Jacques Berndorf
Eine Reise nach Genf

Vom Autor bisher bei *KBV* erschienen:
Mords-Eifel (Hg.)
Der letzte Agent
Requiem für einen Henker
Der Bär
Mond über der Eifel
Die Nürburg-Papiere
Die Eifel-Connection
Eifel-Bullen
Eifel-Krieg
Magnetfeld des Bösen
Auf eigene Faust / Bis der Hass euch bindet
Eine Reise nach Genf
Der Bunker
Der Monat vor dem Mord
Der Reporter

Jacques Berndorf ist das Pseudonym des 1936 in Duisburg geborenen und 2022 in Dreis-Brück in der Eifel verstorbenen Journalisten, Sachbuch- und Romanautors Michael Preute. Sein erster Eifel-Krimi, *Eifel-Blues,* erschien 1989. In den Folgejahren entwickelte sich daraus eine deutschlandweit überaus populäre Romanserie mit Berndorfs Hauptfigur, dem Journalisten Siggi Baumeister.

Berndorf setzte mit seinen Romanen nicht nur die Eifel auf die bundesweite Krimi-Landkarte, er avancierte auch zu einem der erfolgreichsten deutschen Kriminalschriftsteller mit mehrfacher Millionen-Auflage. Sein Roman *Eifel-Schnee* wurde im Jahr 2000 für das ZDF verfilmt. Drei Jahre später erhielt er vom »Syndikat«, der Vereinigung deutschsprachiger Krimi-Autoren, den »Ehren-Glauser« für sein Lebenswerk.

Jacques Berndorf

Eine Reise nach Genf

1. Auflage März 2017
2. Auflage Juli 2017
3. Auflage Mai 2019
4. Auflage September 2020
5. Auflage Januar 2022
6. Auflage Juni 2026

Die Originalausgabe erschien 1993 im Goldmann Verlag.

Am Markt 7 · DE-54576 Hillesheim · Tel. +49 65 93 - 998 96-0
info@kbv-verlag.de · www.kbv-verlag.de

Bei Fragen zur Produktsicherheit wenden Sie sich bitte an unsere
Herstellung: info@kbv-verlag.de · Tel. 0 65 93 / 998 960

Umschlaggestaltung: Ralf Kramp
Druck: Druckhaus Nord GmbH, Bremen
Printed in Germany
ISBN 978-3-95441-355-3 (Taschenbuch)
ISBN 978-3-95441-279-2 (eBook)

Für Tibi und Alfred Etten,
in Erinnerung an Walter Becker,
für die neuen Menschlein
Julia Schmitz, Christina Lothmann
und Christoph Leyendecker.

»Man kann von Messerwerfern
natürlicherweise keine Nachsicht erwarten;
das Messerwerfen ist ihr Geschäft.«

Raymond Chandler an Charles Morton
im Oktober 1950

ERSTES KAPITEL

Eigentlich sollte ich schleunigst aus dem Haus rennen, weil der Brotwagen schon wieder abfahren wollte. Aber das ging nicht, weil meine Katze Krümel innige Freundschaft mit einer Hummelfamilie geschlossen hatte. Diese Hummeln hatten ihren Unterschlupf hinter einer Holzlatte, die die Zarge meiner Haustür begradigte. Krümel saß in der offenen Haustür und beobachtete freundlich die Horde, die unter solch mächtigem Schutz in Ruhe aus- und einfliegen konnte. Da kann man nicht hinausrennen und ganz profan nach Brötchen, Eiern, Käse und Eifeler Leberwurst schreien. Außerdem ist es eine langjährige feste Abmachung zwischen Krümel und mir: Bei derart wichtigen Dingen hat sich der andere herauszuhalten, bis alles gelaufen ist. Als der Hummelflug nach einer Weile sein Ende hatte, war mein Brot- und Eierlieferant schon im nächsten Dorf. Ich war sauer, und Krümel war zufrieden. Das ist häufig so in diesem Haushalt. Wahrscheinlich würde sie jetzt stolz ins Dorf schleichen und irgendeinen Kater verführen, wie Katzen eben so sind.

Theresa war hinter mir und sagte auf ihre beinahe lautlose Art: »Ich habe übrigens gestern Abend meiner Mutter versprochen, sie heute zu besuchen.«

»Dann musst du das tun.« Ich drehte mich vorsichtshalber nicht herum. »Ich arbeite an meinem Teich weiter.«

»Es ist vielleicht einfacher für dich, eine Weile allein zu sein«, schlug sie zaghaft vor.

»Das ist möglich«, sagte ich. Vor mir lag immer noch die Sonne auf den alten Pflastersteinen im Hof, hinter mir das Dunkel des Hausflurs. »Wie lange wirst du bleiben?«

»Ich weiß es nicht«, sagte sie. »Ein paar Tage vielleicht. Ich habe sehr lange nicht mehr mit meiner Mutter gesprochen.«

»Ist recht«, nörgelte ich unbeteiligt. »Du kannst mich ja anrufen.« Dann ging ich hinaus durch die Sonne in die Garage, holte mir einen Spaten, Spitzhacke und die Schubkarre. Als ich an der Haustür vorbeikam, war Theresa verschwunden.

Ich werkelte so vor mich hin, war aber nicht recht bei der Sache. Ich versuchte, eine Felsnase wegzustemmen, weil ich Furcht hatte, sie würde die Teichfolie einreißen.

Dann stand Theresa da mit ihrem Riesenmatchsack und murmelte: »Es ist wohl aus, oder? Ich störe doch nur, oder? Du willst doch eigentlich alleine leben, oder?«

Ich gebe zu, ich war einfach wütend. Nicht nur auf Theresa, sondern auf die ganze Welt. Wahrscheinlich am meisten auf mich. Ich sagte heftiger, als ich eigentlich wollte: »Du hast sechs Wochen hier mit mir gelebt. Jetzt, wo's ernst wird, kriegst du Angst und gehst stiften.«

Sie sagte eine Weile gar nichts, dann murmelte sie: »Na ja, ein bisschen ist es schon so, das mit der Angst. Aber ich habe ja auch Erfahrungen gemacht …«

»Ich bin der Neue, nicht schon die Erfahrung«, widersprach ich.

»Hast du Angst?«, fragte sie schnell. Sie legte den Matchsack an den Rand der Grube, hockte sich ins Gras und fischte mit den Lippen nach einer Haarsträhne, die der Wind über ihr Gesicht blies.

»Na sicher habe ich manchmal Angst. Ich …«

»Auch Angst vor mir?«

»Das weniger«, sagte ich. »Fahr zu deiner Mutter, sprich mit ihr, ruf mich dann an … na ja, wir könnten eine Pause machen, nicht wahr?«

Sie nickte so ernsthaft wie ein nachdenkliches Kind.

»Pause ist gut«, murmelte sie. Dann stand sie auf, nahm den Matchsack, hing ihn sich über die Schulter, sah mich an, lächelte kurz und gequält und ging. Ich hörte, wie sie den Motor startete und langsam, fast ohne Gas zu geben, vom Hof rollte. Dann gab sie Gas, bremste offensichtlich scharf, gab wieder Gas, trat wieder auf die Bremse, dann schlug ihre Wagentür, und sie bog ohne ihren Matchsack um die Ecke, hockte sich in das sommerdürre Gras und sah mich an. »Es war aber doch sehr schön«, murmelte sie.

»Es war sehr schön«, bestätigte ich verkrampft.

»Weißt du denn, wovor wir Angst haben?«

»Vor den Erfahrungen der alten Art«, sagte ich. »Wir sind zwei alte Krähen mit sämtlichen beschissenen Erfahrungen, die Beziehungskisten so mit sich bringen.«

»Ja«, sagte sie sanft. »Ich wollte das nur wissen. Was wirst du tun?«

»Ich weiß es nicht. Eine Geschichte machen, irgendeine.«

»Watermann? «

»Wahrscheinlich Watermann.«

»Aber niemand wird es drucken, hast du gesagt.« Sie zog einen Grashalm durch ihre linke Hand.

»Wenn das Ergebnis der Beachtung wert ist, wird man es drucken.«

Ich war sehr störrisch, und wenn ich heute überlege, auch ein wenig erschöpft und verzweifelt.

»Was ist, wenn man dich verprügelt? Oder tötet?« Das ›tötet‹ kam scharf, wie eine kleine Explosion.

»Wer soll mich töten?« Jetzt war ich wirklich wütend.

»Watermann ist getötet worden«, sagte sie einfach. »Jedenfalls glaubst du das.«

»Im Gegensatz zu mir war er gefährlich. Wenn er Zeit gehabt hätte zu reden, wäre wahrscheinlich die Regierung am Ende gewesen, die Bundesregierung, die Landesregierung.«

»Wenn du dich aufmachst, das zu beweisen, wird jemand kommen und dich nicht gerade höflich auffordern, deine Untersuchungen einzustellen.«

»Das ist mein Job«, stellte ich fest.

»Das muss er nicht sein«, sagte sie. »Ich habe Angst, dass sie dich zu Tode ramponiert in einen Zinksarg legen und der Öffentlichkeit versichern, du hättest einen tödlichen Unfall gehabt.«

»Dann wird mich die Welt nicht mehr interessieren«, sagte ich mannhaft.

»Mach es gut, mein Held«, murmelte sie mit einem schnellen ironischen Lächeln. »Ich kann diese dumme

Opfertierhaltung nicht ausstehen und ... na ja, es war wirklich schön.« Sie stand erneut auf und ging zum zweiten Mal. Diesmal fuhr sie weg und kam nicht wieder.

Die Sonne stand hoch und steil, und ich kochte mir einen starken schwarzen Kaffee und sah im Gästezimmer nach. Sie hatte alle ihre Sachen mitgenommen, sie hatte nicht einmal den dünnen schwarzen Pullover dagelassen, den wir ihr gekauft hatten, damit sie schneller ausgezogen war, wenn wir es kaum mehr erwarten konnten.

Ich war nicht nur müde und erschöpft, ich war auch todtraurig und stand mir selbst im Weg. Es war nicht mein Tag, es war nicht meine Woche, und ich fragte mich, warum ich sie nicht zum Dableiben überredet hatte. Ich hatte nicht den Funken Mut, ich fand mich ekelhaft.

»Hör zu«, erklärte ich meiner Katze beiläufig, »es ist durchaus möglich, dass ich verreise. Ich erwähne das nur, um ein für alle Mal klarzustellen, dass ich nicht damit einverstanden bin, dass während meiner Abwesenheit in diesem Haus alle Katzen des Dorfes rauschende Feste feiern. Beim letzten Mal haben irgendwelche blöden Kater auf der Bettwäsche in Tante Friedas alter Kommode geschlafen, und Porzellan ging zu Bruch. Was ich sagen will, ist: Hände weg von meiner Aussteuer!«

Sie blickte ungeheuer arrogant in die Gegend, stellte den Schwanz steil wie ein Sehrohr und stolzierte davon, als habe sie soeben eine Miss-Wahl gewonnen. »Na gut, dann mach doch, was du willst. Aber sag nicht, ich hätte dich nicht gewarnt.«

Ich duschte und überlegte, wie ich argumentieren sollte. Mir fiel nichts Gescheites ein. Ich probierte alles mögliche aus. Ich versuchte es auf die eindringliche Tour, auf die sanfte, auf die intelligente, es blieb lahm.

Ich erreichte Mannstein in Hamburg erst am Mittag. Ich sagte: »Ich will Watermann machen.«

Mannstein war ein guter, kühler, herzlicher Mann. Er lachte und erwiderte: »Die Leiche ist seit fünf Jahren kalt, vergessen Sie die Sache.«

»Lesen Sie es denn, wenn ich es Ihnen auf den Tisch lege?«

Er war eine Weile still, dann fragte er vorsichtig: »Haben Sie etwas Neues? Ich meine: Können Sie beweisen, dass es Mord war?«

»Noch nicht.«

»Lassen Sie es sein. Kein Mensch will etwas über Watermann lesen, Watermann ist tot. Möglicherweise war er ein Schwein, wahrscheinlich. Aber das ist bekannt, und niemand interessiert sich für ihn.«

»Doch, ich.«

»Niemand wird Ihre Recherchen vorfinanzieren«, mahnte er mild. Er kam immer sehr schnell auf den Punkt.

»Ich möchte Sie nur bitten, es zu lesen«, sagte ich matt.

»Das tue ich. Verrennen Sie sich nicht.«

Ich versuchte es bei Strehlau in München. Ich begann sehr vorsichtig: »Was würden Sie zum Stichwort Watermann äußern?«

»Zunächst einmal nichts«, murmelte er. »Es sei denn, Sie bringen mir den Beweis, dass er ermordet wurde. Und den Mörder!«

»Nehmen wir an, ich kriege den Beweis.«

»Dann bin ich bereit, dafür angemessen zu zahlen.«

»Was ist angemessen?«

»Wie sieht Ihre Vorstellung aus?«

»Zehntausend für die Spesen im Voraus.«

»Sind Sie krank? Ich meine, ich könnte mich mit der Hälfte einverstanden erklären. Also, wie sieht der Beweis aus?«

»Was glauben Sie: Wer hatte ein Interesse daran, aus Watermann einen toten Watermann zu machen?« Ich lachte tief und kehlig, was erfahrungsgemäß vertrauensbildend wirkt.

»Ungefähr fünf bis sieben Gruppen«, sagte er schnell und lapidar. »Die Tatsache, dass dieser Mann plötzlich tot in seiner Hotelbadewanne schwamm, hat Seufzer der Erleichterung ausgelöst, die man auf dem Mond hören konnte. Also, Baumeister, reden Sie nicht um den heißen Brei herum.«

»Wir wissen, dass er bis oben voll war mit Medikamenten. Wir wissen weiterhin, dass er zwei zusätzliche Pillen nahm, die er aufgrund der vorher eingenommenen Beruhigungsmittel nicht mehr selbst nehmen konnte. Also muss ihm die jemand eingeflößt und ihn in die Badewanne expediert haben.«

»Aha«, sagte er schnell. »Und Sie suchen diesen Mann. Und wenn Sie ihn gefunden haben, zahlen Sie ihm einen Hunderter für sein bibberndes Geständnis. Darauf wollen Sie doch hinaus, oder?« Er lachte nicht einmal.

Ich räusperte mich. »Also erstens kann es meines Wissens nach sehr wohl eine Frau gewesen sein. Zweitens gab es einen Mann, der gewissermaßen als Inspizient der Sache fungierte.« Ich dachte wütend: Wenn ich schon übertreibe, soll es wenigstens überzeugend klingen.

»Gibt es Beweise?« Er war noch vorsichtiger als ein Autofahrer auf den Klippen von Dover.

»Ich mache mich auf den Weg, um diese Beweise zu holen.«

»Zu holen oder zu finden?«

»Nein, nein, zu holen. Watermann ist nicht von einer Person oder von einer Gruppe ermordet worden. Sagen wir: Es war eine konzertierte Aktion.«

»Exklusiv?«

»Na sicher exklusiv.«

Er war wieder still. Dann fragte er: »Wer weiß davon, dass Sie erneut recherchieren?«

»Niemand, noch niemand.«

»Sehen Sie zu, dass es möglichst unter der Decke bleibt. Ich habe keine Lust, Spesen an einen Toten zu bezahlen. Ich überweise Ihnen die Fünf.«

»Bitte jetzt per Fax und bitte heute«, sagte ich. »Ich melde mich von unterwegs.«

»Ich lasse Ihnen das Geld sofort anweisen. Seien Sie nicht unnötig heldenhaft.«

»Ich bin kein Held, ich arbeite für meine Pension.«

»Und noch etwas. Unter den zwei- bis dreitausend Spuren, denen man in Sachen Watermann nachgehen sollte, ist eine Frau. Sie heißt Minna Tenhövel, stammt aus Kiel, ist jetzt ungefähr dreißig Jahre alt und hat damals, als es geschah, angeblich ein Kind von Watermann gekriegt oder erwartet.«

»Ist das nicht verfolgt worden?«

»Zumindest nicht gründlich, weil die Frau sich versteckte. Sie ist Geschäftsführerin in einem Bistro, Kiel-Stadtmitte. Das Ding heißt Harlekin oder Clown, irgendetwas in der Richtung. Ich weiß es so genau, weil ich dort schon mal ein Bier getrunken habe.«

Ich ging in meine Teichgrube, holte das Werkzeug und die Schubkarre, brachte alles an seinen Platz und rief dann Christa an, ohne deren beharrliche Putzfrauenarbeit ich längst im Chaos versunken wäre. »Ich muss verreisen, fütterst du Krümel?«

»Na sicher. Bist du lange fort?«

»Ich weiß es nicht. Ich ruf dich an, falls es etwas geben sollte. Die Post könntest du reinholen. Die alten Rosen blühen, du solltest dir einen Strauß pflücken.«

»Das mache ich nicht, das ist zu schade.«

Folgte das obligate Telefonat mit meiner Bank, ob sie denn bereit wäre, mir ein paar Mark auszuzahlen. Meine Bank war wie immer sibyllinisch. Sie sagte, es seien zwar fünftausend per Fax angewiesen worden, aber ob die auch wirklich eintreffen würden, sei ja in diesen bitteren Zeiten höchst ungewiss. Ich wollte schon platzen und irgendetwas Unfrommes äußern, als mit gedehnter Sprechweise der Zusatz kam: »Wir könnten Ihnen natürlich etwas auszahlen.« Da ist man als Kunde richtig froh.

Angedreckt wie ich war, fuhr ich zur Bank, weil ich aus Erfahrung weiß, dass man eine gute Ausgangsposition nutzen muss. Sie hatten gesagt, ich würde Geld bekommen, also durfte man ihnen keine Zeit geben, länger darüber nachzudenken. Ich bekam Geld.

Ich packte eine Tasche voll Jeans, Hemden, Strümpfe und dergleichen Dinge mehr, stellte mich in die Haustür und dachte darüber nach, ob das, was ich zu tun beabsichtigte, auch nur den Hauch von Vernunft hatte. Die Antwort war ein klares Nein, und ich war zufrieden. Die größten Taten in der Menschheitsgeschichte waren aus ähnlichen Beweggründen zustande gekommen: bloße Raffgier, ungeheuer dämlicher Messianismus, schlichter Frust und das Gefühl, endlich einmal aus diesem dämlichen, kleinkarierten Alltag ausbrechen zu müssen. Wenn ich mich recht erinnere, war das bei Christoph Kolumbus auch nicht viel anders gewesen. Warum sollte ich den Watermann-Mord nicht recherchieren? Ich packte den Schlafsack in den Jeep, weil ich Hotels oder Pensionen sparen wollte. Ich vergaß die Schreibmaschine ebenso wenig wie Briefmarken und den Feldstecher. Die zwei Dosen Ölsardinen allerdings ließ ich in weiser Absicht zurück: Man kann nie wissen, wie abgerissen man heimkehrt, und nichts macht depressiver als ein leerer Eisschrank mit einer halben Tube Senf aus dem vergangenen Jahr.

Es fehlte nur noch die Rasur, die Dusche, frische Kleider und ein fröhliches Lied auf den Lippen.

Als ich duschte, lärmte jemand unten im Flur herum und sprach offensichtlich mit sich und der Welt. Ich stellte mich nackt und triefend auf die Treppe und sagte: »Ja bitte?«

Es war mein Freund und Hausbesitzer Alfred, der grinsend und verschwitzt feststellte: »Also erstens ist es so, dass ich ein Bier brauchen könnte.«

»Im Eisschrank.«

»Und zweitens ist es so, dass du eben mal runterkommen kannst. Helfen beim Abladen.«

»Beim Abladen wovon?«

»Heu. Nicht viel, drei- bis vierhundert Ballen.«

Ich nickte, da ich mir bewusst bin, dass man die Landwirtschaft unterstützen muss. Ich zog mir also Arbeitskleider an und ging nebenan vor die Scheune. Er hatte das Laufband schon in Betrieb, stand oben an der Luke und sagte fröhlich: »Los geht's!«

Es dauerte eine Stunde, ich war verdreckt und verschwitzt, und es schien mir durchaus nicht mehr sicher, dass Watermann eine gute Recherche sein würde. Ich zog mich nachdenklich ins Badezimmer zurück, stellte mich erneut unter die Dusche und begann mich langsam wohlzufühlen. Ein kleiner Ausflug, das war es, was ich jetzt brauchte.

Krümel trottete mit mir zum Jeep, sah den letzten Gepäckstücken nach und wusste, sie würde nicht mitfahren können. Da war sie beleidigt und verschwand. Ich gab Gas und dachte, dass es manchmal verdammt gut war, die Eifel einige Hundert Kilometer hinter sich zu lassen. Ich fuhr stracks nach Köln und weiter über die A 1 in Richtung Bremen und hielt erst wieder an, als ich tanken musste. Die Bratwurst, die ich mir an der Raststätte gönnte, schmeckte so schlecht, dass vorsichtige Leute wahrscheinlich gleich das nächste Krankenhaus aufgesucht hätten.

Ich fühlte mich gut, ich wollte wissen, was mit Watermann geschehen war, und ich hatte nicht die geringste Ahnung, wie oft ich diesen Entschluss noch bereuen würde.

War es möglich, Watermanns Fall in wenigen Sätzen zu beschreiben, war Watermann überhaupt fassbar? Ich versuchte es.

Da ist jemand mit einer kometenhaften Karriere als Berufspolitiker. Ein Christ, oder besser, einer, der auf christlich macht. Im Sog irgendeines politischen Mäzens wird er Minister, Parteichef, Ministerpräsident eines Bundeslandes. Er mag Macht, er mag sie sehr, und als sie seine Droge ist, wird der Mann unkontrollierbar. Er steckt knietief im politischen Sumpf, er wittert Gefahr und schafft sie sich vom Hals, indem er politische Gegner mundtot macht, übel über sie redet, die Justiz gegen sie einzuspannen versucht. Als man ihm auf die Schliche kommt, gibt er dem Volk großäugig und großmäulig sein Ehrenwort. Dann besteigt er ein Flugzeug und reist in den Urlaub. Dort ruft ihn ein nie identifizierter Mann an und sagt, er habe ihm Entlastungsmaterial zu verkaufen, höchst wichtige Unterlagen. Gut, sagt Watermann, ich komme! Er fliegt nach Genf ins Hotel *Beau Rivage*. Dort findet man ihn dann, vollkommen angezogen, korrekt gekleidet in einem seiner schrecklich korrekten Anzüge. Er liegt in der mit Wasser gefüllten Badewanne seines Apartments und ist tot. Nach quälenden Tagen lautet der Befund der Gerichtsmedizin: Tod durch Einnahme von Medikamenten, Selbstmord!

Dabei glaubt die halbe Nation fest daran, er sei ermordet worden, oder wie es an den Stammtischen heißt: Irgendetwas stimmt da nicht.

Später, als vollmundig und christlich verlogen behauptet wird, er sei freiwillig zum Sterben in die gemietete Badewanne gestiegen, stellt sich heraus, dass er in Verbindung zu dubiosen Waffenhändlern stand, dass er viel wusste vom illegalen Verkauf von deutschen U-Boot-Plänen nach Südafrika, dass er in der Ex-DDR heimlich auf Staatsbesuch war, dass er dort etwas mit Geheimdienst-Nutten hatte, dabei gefilmt worden war, dass viele Menschen Grund gehabt hatten, ihn zu hassen.

Nur die Ehefrau und der Bruder behaupten mit eisern lächelnder Beharrlichkeit: Er ist ermordet worden! Bist du ermordet worden, Watermann?

Ich dachte wütend: Lieber Himmel, wie kann ein Mann von Gran Canaria nach Genf reisen, um Entlastungsmaterial zu kaufen, wenn er doch weiß, dass es gar kein Entlastungsmaterial geben kann? Aber da er in der Badewanne lag und tot war, musste irgendetwas ihn nach Genf gelockt haben.

Aber was?

In Bremen bog ich auf die E 71 nach Cuxhaven ab und verließ die Autobahn in Neuenwalde. Ich fuhr westwärts nach Dorum, von dort nach Dorumer Neufeld. Der Tag ging klar und warm zur Neige, ich hockte auf dem Deich und starrte hinaus auf das Meer. Es war sehr friedlich, und neben mir klammerte sich ein kleiner Bläuling an einen langen Grashalm und ließ sich vom Wind wiegen.

Linker Hand war ein Campingplatz, und irgendjemand schrie, beim alten Hannes gebe es frische Fritten. Jemand anderer brüllte zurück, er würde lieber seine Socken fressen als Fritten von Hannes. Es war eine friedliche Welt, und irgendwann legte ich die Rücksitze im Jeep um, breitete meinen Schlafsack aus und kroch hinein. Ich schlief nicht, ich versuchte mit Watermann zu sprechen. Aber er war nichts als tot und produzierte unentwegt leere, farbige Sprechblasen.

Um vier stand ich auf, vom Meer her kam ein gläserner Glanz, es war leicht dunstig, der Wetterbericht sagte, es werde sommerlich warm. Ich kroch aus dem Jeep und machte ein paar Schritte jenseits des Deiches in eine Wiese hinein, um die ein Elektrozaun gezogen war. Eine Pferdemami, die so aussah wie ein Haflinger, zog mit einem frischen, langbeinigen, gut gelaunten Baby ihre Bahn. Das Fohlen versuchte so etwas Ähnliches wie einen Galopp und knallte dabei mit einem erstaunten Schrei gegen Mamis warmen Bauch, besann sich und suchte nervös nach Mamis Zitzen, dann war es still.

Hinter einem Weidengebüsch hatte jemand ein kleines Zelt aufgebaut. Daneben lehnten an einen Zaunpfahl gekettet zwei Fahrräder. Auf das helle Tuch des Zeltes hatte jemand mit Talent den Spruch gesprüht: »Wenn Gott lebt, ist das sein Problem.« Darunter stand in einer ungelenken Kinderschrift »Unsere selbst gemachte Vierfruchtmarmelade ist der absolute Hammer!« Über einem Zweig der Weide hingen zwei Handtücher, ein winziger Bikini, eine Badehose, ein Küchenhandtuch. Glück im nordischen Winkel.

Ich würde es bei Watermann mit einer kaum glaublichen Menge an hochfeinen Adressen zu tun haben, und ich fragte mich, ob diese Leute gewillt waren, mit einem Journalisten zu sprechen, der aus einem Eifel-Bauernhof kam und so knickerig war, dass er in seinem

Jeep schlief. Wahrscheinlich würden sie mich mit einem gequälten »Igittigitt« vom Acker weisen oder, noch schlimmer, mir eine ausgediente Krawatte schenken und den nächsten Dorffriseur empfehlen.

Watermann hatte viele Jahre beharrlich daran gearbeitet, um in diese Kreise zu kommen. Er hatte sogar eine Frau aus hochnoblen Kreisen heiraten dürfen, war sicherlich jahrelang als der kleine Gutbürgerliche gelaufen, der Talent hat, auf seine Chance lauert. Watermann, der sich einschleimt, wie die Jugendlichen heute sagen.

Wahrscheinlich war es besser, zunächst herauszufinden, an wen ich mich nicht wenden durfte, um nicht den Frust einer arroganten Abfuhr zu riskieren oder um ausgelutschte Quellen zu neuer sinnloser Erzähllust zu verführen. Gibt es jemanden, der fünf Jahre lang geschwiegen hat und jetzt endlich zu reden bereit ist? Ich dachte matt, dass dafür nur jemand infrage komme, der hochdepressiv sein musste.

Warum kümmerte ich mich eigentlich um die Hinterlassenschaft einer so gefährlichen Leiche? Nehmen wir an: Watermann stirbt. Die, die wissen, wie es geschah, können wieder beruhigt in ihre Löcher verschwinden. Werden sie freiwillig wieder herauskommen? Natürlich nicht.

Kluge Kriminalisten haben gelegentlich geäußert, dass kein Mord perfekt geplant werden kann. Er wird nur zum perfekten Mord, weil bestimmte Zufälligkeiten dem Täter entgegenkommen. Gab es eine Chance, diese Zufälligkeiten zu entdecken?

Wie lockt man Ratten, die überhaupt keinen Hunger haben, aus ihren Löchern?

Ich kletterte wieder auf den Deich und starrte auf das Meer. Nehmen wir an, Watermann ist getötet worden.

Nehmen wir weiter an, die, die ihn töteten, gehen in aller Ruhe und Beschaulichkeit ihrem gewohnten Gewerbe nach, verdienen Geld, treiben Politik, kaufen und verkaufen Waffen und freuen sich auf die nächste Kur in Ischia. Was würde sie veranlassen, aus der Deckung zu kommen?

Ganz langsam schien eine Idee in meinem Kopf Gestalt anzunehmen. Aber sie blieb noch vage, weil im gleichen Augenblick Angst entstand. Es war einleuchtend: Wenn es mir gelang, diese Leute aufzuschrecken, dann würden sie mit aller Gewalt versuchen, mich zum Schweigen zu bringen. Ich marschierte stracks zu meinem Jeep zurück, kroch in den Schlafsack und schlief ein. Ich wurde wach, weil eine Bande kleiner Kinder neugierig auf diesen komischen Onkel in seinem Jeep starrte. Zwei von ihnen hatten sich die Mühe gemacht, auf die Kühlerhaube zu klettern. Als ich die Augen öffnete, waren sie viel zu verdattert, um zu flüchten. Sie lächelten mich an.

Ich sagte: »Wenn einer von euch mir eine Kanne Kaffee besorgt, spendiere ich jedem eine Flasche Limo.«

»Meine Mama hat eine Thermoskanne«, schrie ein Rothaariger mit einer Zahnlücke so breit wie sein fröhlicher Mund.

»Na denn«, sagte ich und rappelte mich hoch. Ein kleines Mädchen behauptete, sie könne eine Kanne besorgen, die schwarz-weiß und viel größer sei. Sie stoben davon.

Als sie wiederkamen, hatten sie wirklich eine volle Kaffeekanne dabei, und der Rothaarige sagte knapp und geschäftsmäßig: »Meine Mutter spendiert den Kaffee, und die Limos habe ich ausgelegt. Das macht fünf Mark sechzig.«

Gegen Mittag fuhr ich weiter, vermied Autobahnen, wollte in Ruhe die Gegend ansehen. Ich musste locker an die Sache herangehen. Von Dorum aus fuhr ich strikt nach Osten, nach Altendorf und ging auf die Fähre nach Glückstadt, dann Elmshorn, Barmstedt, Kaltenkirchen, Bad Segeberg, Kiel. Ich fuhr am Zentrum Kiel ab und durch bis an den Hafen. Es war immer noch sehr warm. Ich parkte und fragte einen Trupp junger Leute, wo denn der Harlekin sei, »um die Ecke«, antworteten sie.

Bistros liegen mir, weil dort die geringste Gefahr besteht, von Omas fettigen Mehlsoßen erschlagen zu werden. Dieses Bistro war brechend voll. Ich entdeckte einen leeren Hocker am Ende der Theke, zwängte mich unter vielen Entschuldigungen durch die Menschenmenge und setzte mich.

Eine junge, dunkelhaarige Frau in einem schwarzen T-Shirt, auf dem grellweiß »Fuck You« stand, starrte mich kurz an und schrie dann: »Bier?«, und hielt ein Glas unter den Hahn.

»Nix Bier«, schrie ich zurück. »Kaffee und etwas zu essen.«

»Nur Snacks«, brüllte sie.

»Also eins mit Käse, eins mit Wurst«, schrie ich zurück. Es war richtig kuschelig in dem Laden.

Der Kaffee kam, aber die Snacks ließen auf sich warten.

Die junge Frau, die Minna Tenhövel sein musste, versuchte mir das zu erklären. Sie sagte achselzuckend:

»Ich hab mal wieder einen neuen Helfer in der Küche. Der ist zu doof, um den Salat zu finden.«

»Das macht nichts«, sagte ich großzügig. »Noch breche ich nicht zusammen.«

Sie sah mich an und entschloss sich zur Wahrheit. »Der in der Küche ist ein Arsch«, sagte sie muffig.

Sie war klein, so um einen Meter sechzig, knabenhaft schlank, gut gebaut, eingezwängt in blassblau schillernde Leggins, die einem Kleinkind alle Ehre gemacht hätten. Sie war schwarzhaarig.

Irgendwann kamen die Snacks, die so aussahen wie ein Haufen frisch angemalter Pappmaschees. Aber sie schmeckten.

Ich war von Leuten eingekreist, die über irgendwelche wichtigen Kieler Ereignisse sprachen, von denen ich nichts wusste und auch nichts wissen wollte.

Ich dachte über Watermann nach und fragte mich erneut, was ich eigentlich in Kiel wollte. Gewiss, er war hier Ministerpräsident gewesen, er hatte hier als Anwalt gearbeitet. Hier hatte er seine Reden geschwungen und sein Ehrenwort verkündet. Aber war es nicht besser, dorthin zu gehen, wo er gestorben war, nach Genf? War es nicht klüger, in Bonn nachzuforschen, wo es bestimmte Leute gab, die Geheimnisse mit ihm geteilt hatten?

Im Grunde war es gleichgültig, wo ich anfing, denn niemand kannte die losen Fäden, niemand würde mir sagen, wo sie zu finden waren. Also, warum nicht Kiel? Warum nicht Minna Tenhövel?

Ich trank den vierten Kaffee, als das Etablissement sich langsam leerte. Mittlerweile war die Dunkelheit gekommen, eine sanftblaue, nicht ernst zu nehmende Finsternis mit einem ausgesprochen warmen Wind. Ich war müde. Ich würde mit dem Jeep auf irgendeine kleine Landstraße gehen, vielleicht einen schönen Waldrand entdecken. Ich hatte Peter de Rosas »Gottes Erste Diener« mitgenommen und freute mich darauf, die reichlich zynischen Geschichten aus dem Vatikan zu lesen.

»Sind Sie an der Uni?«, fragte Minna Tenhövel.

»Nein. Ich habe nichts mit Kiel zu tun, ich bin zu Besuch.«

»Aha.« Anscheinend wartete sie darauf, dass ich mich näher erklärte.

Links saß ein dürrer junger Mensch mit einem finsteren Gesicht, dunklen, wilden Augen. Er mochte dreißig Jahre alt sein, und er funkelte mich an, als wolle er mir unbedingt etwas sagen.

»Besuchen Sie Ihre Erbtante?«, fragte Minna.

»So etwas habe ich nicht«, sagte ich. »Ich habe gedacht, ich schau mir Kiel einfach mal an.«

Das war das Stichwort für den Dürren. Er sagte weinerlich betrunken: »Kiel kannst du dir abschminken, Mensch, Kiel ist beschissen und dreckig und oberflächlich und, ach was, Mensch.«

»Er ist schlecht gelaunt«, sagte Minna. »Er ist immer schlecht gelaunt. Nicht wahr, Werner, schlechte Laune haben ist dein Job.«

»Red keinen Scheiß«, widersprach er heftig. »Weißt du, was mir Sorgen macht? Was mir wirklich große Sorgen macht?«

»Nein, weiß ich nicht«, antwortete ich.

»Israel«, sagte er, »jawoll, Israel. Besonders seit der letzten Wahl. Glaubst du im Ernst, dass wir Frieden kriegen in Nahost?«

»Nein, glaube ich nicht.«

»Aha, ich sehe, du hast Ahnung. Kriegen wir auch nicht. Schamir oder Rabin, die machen immer weiter auf dem aggressiven Trip, sage ich.«

»O Gott«, murmelte Minna. »Vorgestern war es Irland, vorige Woche hatte er Südafrika drauf. Jetzt ist es Israel.«

»Du hast keine Ahnung«, schnauzte der Dürre mit Armbewegungen, als wolle er das ganze Lokal leeren. »Israel ist das Problem in der Welt, Ihr wisst es alle nur noch nicht. Wartet mal ab, wartet mal ab.« Dann brummelte er irgendetwas vor sich hin und sagte schroff: »Das macht mir Kummer, jawoll. Gib mir noch einen doppelten Whisky.«

»Werner, du bist voll genug!«, mahnte Minna.

»Minna, du bist jetzt ruhig«, sagte er grinsend. »Gib mir den Whisky, und ich verspreche, es ist der letzte.«

»Also in Gottes Namen«, sagte Minna. Sie sah mich an und erklärte: »Ich heiße wirklich so.«

»Hübsch«, sagte ich. »Minna ist doch toll.«

»Nä, im Ernst«, murmelte Werner, »Israel ist kein Staat, ein Pulverfass ist das …«

»Freiheit, Demokratie und ein eigenes Land den Palästinensern«, sagte Minna schnell. »Und jetzt ab, nach Hause. Sonst rufe ich deinen Vater an, und der liest dir die Leviten.«

Werner nickte und trollte sich. Er steuerte traumhaft sicher und mit hoher Geschwindigkeit um die Stühle und Tische herum, ohne auch nur irgendwo anzuecken. Das können nur Betrunkene.

»Er leidet an der Welt«, murmelte Minna. »Also, Sie machen eine Urlaubsreise?«

»Das kann man so ausdrücken«, sagte ich. Der Gedanke war wirklich erheiternd. »Kennen Sie Watermann?«

»Wen meinen Sie? Die Familie? Den Toten?«

»Den Toten«, murmelte ich, »den Toten.«

Sie hatte ein schmales, hübsches Gesicht, in dem alles, bis auf die Augen, klein und zierlich geraten war. Jetzt war das alles misstrauisch verkrampft, und die Farbe der Haut spielte plötzlich ins Grau hinein. »Wieso sollte ich?«, fragte sie.

»Das weiß ich nicht, es war nur eine Frage. Ich bemühe mich um ein Interview mit ihm.«

»Wie bitte?« Sie war irritiert, und sie fühlte sich auf den Arm genommen. »Das finde ich gar nicht komisch.«

»Es ist auch nicht komisch«, murmelte ich.

»Moment mal«, ihre Augen waren sehr dunkel, »sind Sie ein Hellseher oder irgend so etwas, oder sind Sie in esoterischen Überlegungen ersoffen? Der Mann ist tot, falls Sie den meinen, den ich meine.«

»Den meine ich. Ich will ihn nicht im Reich der Toten besuchen, ich habe nur versucht, einen Wunsch zu formulieren. Mit dem möchte ich ein Interview.«

»Er hat massenweise Interviews gegeben, viele Seiten erhabene Wortblasen abgelassen. Das können Sie alles nachlesen.«

»Das habe ich, das führt zu nichts. Der Mann ist tot, ich weiß. Man hat sich offiziell darauf geeinigt, dass er sich in übergroßer Schuld das Leben nahm. Das glaube ich nicht. Ich glaube, man hat ihn getötet, deshalb bin ich hier.«

»Warum erzählen Sie mir das?« Sie stand an den Bierhähnen und zapfte mit großer Übung Gläser voll. Ich war jetzt der letzte Gast an der Theke, nur ein paar Tische waren noch besetzt.

»Sie haben mich gefragt, was ich in Kiel mache, also sage ich es. Sind Sie schlecht gelaunt?«

Ihr Mund war ein schmaler Strich. »Sie sind also Journalist, oder so was?«

»Eher so was«, sagte ich.

Sie sah mich an. »Sie fragen mich nach Watermann. Wie soll ich über den was wissen? Ich meine, Sie haben doch einen Grund, ausgerechnet mich zu fragen, oder?«

»Habe ich nicht. Ich komme frisch von der Autobahn, ich kenne hier keinen Menschen, ich habe Leute auf der Straße gefragt, wo man etwas essen kann. Sie haben mir das Bistro empfohlen. So war das.«

»Das soll ich glauben?«

»Du lieber Himmel, dann lassen Sie es. Warum regen Sie sich überhaupt so auf?« Es herrschte eine Weile Schweigen, ihre Bewegungen hinter der Theke waren langsamer geworden, sie war wohl müde. Der Lärm von der Straße hatte sich schlafen gelegt, es war immer noch sehr warm.

»Na ja«, sagte sie und goss eine Reihe Schnapsgläser voll, »dann will ich das mal glauben.«

»Sie machen einen alten Mann ärgerlich. Es ist mir wurscht, ob Sie das glauben oder nicht. Kann ich zahlen?«

»Jetzt ist er beleidigt.« Sie lächelte schmal.

»Ich habe keine Zeit für Spielchen.«

Dann war es wieder eine Weile still, nur QUEEN kam mit symphonischer Wucht über die Lautsprecher, *A Kind Of Magic*.

Eine Tischbesatzung zahlte und verschwand lärmend, damit waren wir bis auf ein älteres Pärchen allein, das in der hintersten Ecke saß, sich an den Händen hielt und wortlos anstarrte.

»Es ist nämlich so, dass ich mit ihm zu tun hatte«, sagte sie. Sie kramte das Geld aus einer großen schwarzen Tasche auf die Resopalplatte und begann es zu zählen.

»Was hatten Sie mit ihm zu tun?«

»Jetzt habe ich mich verzählt. Sind Sie wirklich Journalist?«

»Ja, wirklich. Warten Sie, ich gebe Ihnen meinen Ausweis.«

Sie nahm den Ausweis, sah ihn sich an, gab ihn zurück. »Also stimmt wenigstens das. Als diese Sache mit Watermann passierte, kam jemand von einer Illustrierten vorbei und bot mir viel Geld für meine Geschichte. Ich weiß nicht, ich glaube, ich habe gar keine Geschichte. Jedenfalls habe ich den Mann abgewimmelt. Dann kam er noch einmal und packte mir zwanzigtausend Mark in bar auf den Couchtisch. Erzählen Sie mir Ihre Lebensgeschichte, sagte er.«

»Und? Haben Sie sie erzählt?«

Sie schüttelte den Kopf. »Das Geld sah nach viel aus, und ich hätte es brauchen können. Aber nicht so. Ich wollte das nicht.«

»Ich biete Ihnen keinen Pfennig«, murmelte ich.

Aber sie hatte gar nicht zugehört: »Mag sein, dass er streckenweise ein Schwein war. Aber niemand ist nur ein Schwein.«

»Es ist mir egal, ob er streckenweise ein Schwein war oder nicht. Ich will nur versuchen, seine letzten Tage zu rekonstruieren. Die deutsche Kripo hätte es tun müssen, hat es aber nicht getan. Also tue ich es, weil ich glaube, dass er ermordet wurde.«

»Na sicher wurde er ermordet«, sagte sie ernsthaft.

»Aber Beweise haben Sie auch nicht«, hakte ich schnell ein.

»Natürlich nicht. Aber Selbstmord passt nicht zu ihm, wissen Sie, Selbstmord passt überhaupt nicht.«

»Gut. Und was hatten Sie mit ihm zu tun?«

Sie sah mich an, war ganz weit weg. »Es ist so, dass er beinahe der Vater meines Kindes geworden wäre.«

»Aha«, sagte ich dümmlich. Dann beeilte ich mich nachzufragen: »Und warum beichten Sie das mir?«

»Ich habe lange genug den Mund gehalten«, sagte sie. »Kein Mensch ist heute mehr an dem toten Watermann interessiert. Aber Sie haben so etwas in Ihren Augen. Ich bin ja auch nicht wichtig gewesen in seinem Leben und seinem Sterben. Bringen Sie mich nach Hause, wenn ich hier Schluss habe?«

Ich dachte: Irgendwie hast du mir trotzdem geantwortet, Watermann. »Na sicher bringe ich Sie nach Hause.«

ZWEITES KAPITEL

Sie hatte abgerechnet, sie hatte die letzten Gäste freundlich, aber resolut aus dem Lokal komplimentiert, sie hatte gesagt: »Der Laden stinkt mir langsam!« Es war keine Wut in ihrer Stimme gewesen, eher ein Ausdruck des Bedauerns.

Wir stiegen in mein Auto, und sie lotste mich weit aus der Stadt hinaus nach Norden. Nach Dänischenhagen stand da und nach Altenholz. Es kam eine Abfahrt nach Friedrichsort zur Kieler Förde hin, dann ging es in verwirrenden Winkelzügen bis hinunter zum Wasser, dann in ein kleines Industriegebiet.

»Es ist da drüben, das lange weiße Gebäude. Sie wollen die ganze Watermann-Geschichte wirklich noch mal aufrollen?«

»Ja, will ich. Halten Sie das für zwecklos?«

»Eigentlich ja. Nach meiner Erfahrung ist es zwecklos. Das druckt kein Mensch mehr.«

»Nehmen wir an, ich beweise, dass er ermordet wurde.«

Sie sah mich an, lachte und erwiderte nichts. »Parken Sie hier.«

Sie hatte sich eine kleine Werkhalle im ersten Stock zur Wohnung ausgebaut. Der einzige abgeteilte Raum war ein Badezimmer, sonst gab es keine Wände. Zwischen der kleinen Küche, die auf einem Podest stand, und einem sehr großen Bett in einer Ecke des Raumes hatte sie mit hohen Grünpflanzen so etwas wie hübsche, lichte Raumteiler geschaffen. Alles, oder fast alles, war in weiß gehalten.

»Mir ist nach einem Wein«, sagte sie.

»Kein Alkohol für mich. Kann ich mir einen Kaffee machen?«

»Na sicher können Sie das. Sagen Sie mir, warum Sie an der Watermann-Geschichte interessiert sind?«

»Er macht mich wütend.«

»Er hat Ihnen aber doch nichts getan.« Sie lächelte.

»Da bin ich nicht sicher. Ich denke, dass ich mich auch schäme. Gibt es kollektive Scham? Na wurscht, wir alle haben die Schweinerei geduldet, nicht wahr? Wir haben nicht nachgefragt und nicht nachgeforscht.«

»Aber Sie haben ihn nicht gekannt.« Sie drehte einen Korkenzieher in eine Weinflasche und zog ihn heraus.

»Nein, habe ich nicht. Wenn Sie ein Baby von ihm hatten, haben Sie ihn gekannt. Also können wir uns ergänzen.«

Sie nickte nachdenklich, setzte sich auf ein Sofa und zog die Beine unter den Körper. »Sie müssen doch irgendeine Beziehung zu Watermann haben?«

»Habe ich eigentlich nicht, habe ich eigentlich doch. Mich reizen die Fälle, an denen andere sich die Zähne ausbeißen.«

»Also so eine Art Konkurrenzkampf?«

»Ja, das wohl auch. Mir sind zwei oder drei Geschichten gestorben. Und Watermann steht schon seit einer ganzen Weile auf meinem Programm. Was glauben Sie, wo findet man die Lösung?«

Sie zündete sich eine Zigarette an, rauchte eine Weile und murmelte dann: »Nur im Hotel. In diesem Hotel in Genf.«

»Aber dort ist niemand, den man fragen kann.«

»Doch«, sagte sie energisch. »Wo kommen Sie eigentlich her?«

»Aus der schönsten deutschen Landschaft, aus der Eifel.«

Sie lachte.

Ich nahm die Kaffeekanne, eine Tasse und setzte mich ihr gegenüber. »Im Ernst, die Eifel ist einfach schön. Ich habe vor zwei Tagen einen kurzen Spaziergang zum Steinbruch bei mir um die Ecke gemacht. Das ist nicht weit, dreitausend Meter vielleicht. Es geht immer an einem Waldrand entlang. Auf diesen dreitausend Metern flogen folgende Schmetterlinge um mich herum: der Dunkelbläuling, der Schwarze Apollo, der Zitronenfalter, der feurige Perlmutterfalter mit dem schönen lateinischen Namen Fabriciana adippe, das Tagpfauenauge, der Kleine Fuchs sowie der Eichenspinner und das Ochsenauge. Es gab auch noch jede Menge Blutströpfchen, der von gebildeten Leuten Jakobskrautbär genannt wird, und außerdem das sogenannte Damenbrett aus der Familie der Augenfalter. Das ist ein schwarz-weißer Schmetterling, der meistens auf einer knopfartigen violetten Blume sitzt, die den Namen Witwenblume trägt. Glauben Sie im Ernst, dass ich so viel Schönheit irgendwo anders besichtigen kann?«

Sie starrte mich an und fragte: »Haben Sie das auswendig gelernt?«

»Nein, nein, ich war nur etwas besoffen von so viel Schönheit. Wie war das mit Watermann und Ihrem Baby?«

»Zurück in die brutale Gegenwart, nicht wahr?« Sie lachte spöttisch. »Bloß keine Gefühle – außer bei Schmetterlingen. Tja, wie war das mit mir und Watermann? Ich weiß nicht. Es war überhaupt nichts Besonderes, es war nicht einmal besonders aufregend. Es war eher lau und warm und irgendwie nebenbei.« Sie lächelte irgendwohin. »Gar nicht medienträchtig. Sie haben es gewusst, nicht wahr?«

Ich nickte. »Ich habe es gewusst. Ein Kollege sagte es mir. Aber das ist auch schon alles. Wollen Sie Ihre Geschichte erzählen?«

»Was ist, wenn nicht?«

»Nichts. Dann fange ich an irgendeinem anderen Punkt an.«

Sie schüttelte leicht den Kopf. »Es ist mir unverständlich, wie jemand sich so in eine Geschichte verbeißen kann. Was treibt Sie eigentlich?«

»Neugier, nichts als Neugier. Nein, auch Wut. Wie kamen Sie an Watermann heran?«

»Ganz einfach, mein Vater ist Parteimitglied. Meine Familie hat schon immer im Wahlkampf mitgeholfen. Beim Ministerpräsidenten vor Watermann schon. Das ist so etwas wie eine Tradition. Mein Opa war auch schon Parteimitglied. Ich war Mitglied der Jungen Union vor dem Abitur.«

»Haben Sie studiert?«

»Ja. Geschichte und Politik. Examen, Doktorarbeit in Geschichte. Soziale Folgen des Westfälischen Friedens. Du lieber Himmel, das ist eine Ewigkeit her.«

»Wie kommt Dr. Minna Tenhövel in ein Bistro?«

»Das ist auch einfach. Um die Zeit, als Watermann in Genf starb, machte der frühere Pächter pleite. Da habe ich ihm den Laden abgekauft. Außerdem habe ich Angst vor dem Establishment.«

»Der Harlekin gehört also Ihnen?«

»Bis zum letzten Kaffeefilter.«

»Macht das Spaß?«

»Ja, für eine Weile schon. Aber nicht für immer. Wenn sich die Stadt einmal querbeet bei dir besoffen hat, wird es Zeit, etwas anderes zu suchen.«

»Einen Job als Dr. Minna Tenhövel? Arbeit an einer Uni oder in einem Institut?«

Sie schüttelte wieder den Kopf. »Kein Interesse, da muss ich zuviel schleimen. Vielleicht gehe ich nach Hamburg oder nach München. Mal sehen.«

»Wieder ein Bistro?«

»Warum nicht? Wenn du hübsch sparsam bist, kann es dich gut ernähren.«

»Was ist Watermann für ein Kerl gewesen?«

»Wenn ich das wüsste. Er war nicht ein Kerl, er war mehrere Kerle. Er war sicher faszinierend, er war abstoßend, er war arrogant, und manchmal war er sogar lieb.«

»Hat er die Abtreibung finanziert?«

»Nein, hat er nicht. Er wollte, aber ich wollte es nicht. Ich habe es auf meine Kosten gemacht. Ich war in einer Klinik in Amsterdam. Ich ...«

»Wie kam es eigentlich überhaupt dazu?«

Sie kicherte unvermittelt.

»Nun, Wahlkampf, das bedeutet, man arbeitet ehrenamtlich für die Landesparteizentrale hier in Kiel. Man telefoniert herum, spricht mit Ortsverbänden, Säle werden angemietet, Gastredner verpflichtet, Hotelzimmer für den Kandidaten gebucht, Helfer bei den Ortsvereinen gesucht. Du musst sehen, dass das Werbematerial rechtzeitig kommt, dass Stände aufgebaut werden, dass die Feuerwehrkapelle spielt und so weiter und so fort. Dann ziehst du mit der Truppe übers Land. Du musst Optimismus verbreiten, immer lächeln, immer gut drauf sein.«

»Kannten Sie ihn schon lange?«

»Ja, sicher, durch meinen Papa. Ich war eines von den kleinen Mädchen, denen er schon als Innenminister über den Kopf streichelte. Aber er hat nicht gewusst, wer ich bin, wer mein Vater ist, wie ich heiße.«

Sie sah mich nicht an. »Er war das, was man klassischerweise als leutselig bezeichnet. Man hatte immer den Eindruck: Er meint dich ganz persönlich, aber gleichzeitig war einem klar, dass er nicht einmal wusste, wer man war.«

»Auf welchem Typ Frau stand er?«

»Also der intellektuelle Typ fällt völlig aus, der machte ihm eher Angst. Der mondäne Typ passte ihm nur, wenn … na ja, wenn er doof genug war. Der mochte die fraulichen, die weichen Typen …«

»Also Sie?«

»Also mich.«

»Und wie lief das?«

»Ganz undramatisch. Du bist von morgens bis abends auf den Beinen, du managst. Du sorgst dich um alles. Das geht von Bands und Live-Auftritten bis zu belegten Brötchen. An dem Abend, an dem es passierte, hatte er gerade seine Rede gehalten und hockte mit irgendeinem Dorfbürgermeister zusammen.« Sie unterbrach sich, dachte an irgendetwas, schüttelte mit dem Kopf. »Das erinnert mich an die Schleimis, wie wir sie immer nannten. Egal ob Dorfbürgermeister oder kleine Parteivorsitzende, Bauunternehmer, Friseure, Handwerker, Bauern, Apotheker, Ärzte: Sie alle suchten seine Sonne, und sie versuchten immer, möglichst privat mit ihm fotografiert zu werden. Als der Knall passierte, sagten ziemlich viele von ihnen: Ich habe ihn ja nur flüchtig gekannt! Mein Gott, so viel Mittelmäßigkeit. Aber egal. Mein Kandidat hatte also total die Nase voll von dem Rummel. Ich hockte draußen auf der Festwiese. Es war Kirmes, jedenfalls war da ein Kinderkarussell, ich saß auf einem Holzpferd. Da kam er ganz nachdenklich zu mir und sagte: Man müsste einfach aussteigen! Für ein paar Stunden! Ich sagte: Dann machen wir das doch. Mein Gott, war ich bescheuert. Ich hatte das Auto meines Vaters dabei. Wir stiegen ein und hauten ab. Natürlich konnten wir kein Hotelzimmer mieten, aber wir hatten das Auto. So fing das an. Es passierte noch dreimal. Es war keine rauschende Liebesgeschichte. Als ich merkte, dass ich schwanger war, ging ich zu ihm hin und sagte es ihm. Ich sagte: Ich kriege ein Kind von dir. Er erschrak, er erschrak wirklich. Ich hatte den Eindruck, er war um meinetwillen erschrocken. Er fragte: Was kann ich tun? Nichts! sagte ich. Er hatte auch gar keine Zeit, er war mit den Gedanken immer woanders. Also musste ich allein damit zurechtkommen.«

»Hatten Sie den Eindruck, dass ihm so etwas schon bei anderen Frauen passiert ist?«

»Ich weiß es nicht.«

»Hat er sich noch einmal erkundigt? Bei Ihnen gemeldet? Nachgefragt?«

»Hat er. Von der Staatskanzlei aus.«

»Glauben Sie, dass seine Frau etwas davon wusste?«

»Nein, glaube ich nicht.«

»Können Sie sich an die Sekunde erinnern, als im Radio oder im Fernsehen verkündet wurde, er sei in einer Badewanne tot aufgefunden worden? Was war Ihr erster Gedanke?«

»Mein erster Gedanke war: Die dumme Kuh hat versagt!« Sie wurde unruhig, stellte die nackten Füße auf den Teppich und ging zu einem Regal mit Büchern.

»Das verstehe ich nicht.«

»Es liegt aber so nahe«, murmelte sie. »Hier war seit Tagen die Hölle los. Gerüchte schwirrten in der Luft. Sie können sich nicht vorstellen, was hier in Kiel los war, als Schlag auf Schlag bekannt wurde, was Watermann alles angestellt hatte, um den Oppositionschef madigzumachen. Man hatte den Eindruck, Watermann sei das einzige linke Superschwein zwischen hier und Rio. Ich habe Freunde im Kieler Landeshaus, ich war da. Das ist unvorstellbar. Alle Regierungsmitglieder hingen ununterbrochen am Telefon und berieten sich, was jetzt zu tun sei, was man sagen sollte und was nicht. Immer wieder zeigten alle Fernsehsender sein Ehrenwort an die Nation. Plötzlich nimmt der Mann seine Frau und fliegt in den Urlaub, einfach so. Ich denke: Mich trifft der Schlag! Das kann der doch nicht machen! Dann dachte ich: Hoffentlich ist die Frau clever genug, bucht unterwegs den Flug um und versteckt ihren Kerl irgendwo auf Feuerland oder in der Mongolei. Aber nix da: Sie hatten Gran Canaria gebucht, also flogen sie auch dorthin. Das war der Fehler.«

»Warum war das ein Fehler?«, fragte ich in die Stille.

Sie drehte sich sehr schnell um zu mir. Sie war wütend. »Dieser Mann hat viele Monate lang nur Scheiße gebaut. Er hat versucht, den Oppositionsführer zum Schwulen zu machen, er hat ihn bei der Steuerfahndung anschwärzen lassen. Er hat sogar eine ganz billige Nummer von Privatdetektiv auf ihn gehetzt. Mag ja sein, dass er zu viel Medikamente fraß und nicht mehr richtig denken konnte. Aber die Frau hätte dazu in der Lage sein müssen. Der Mann wusste garantiert von so vielen Leichen im Keller der Partei, dass es ausgereicht hätte, die Bundesregierung und ein paar Landesregierungen zu stürzen. Die Weltwoche, der Spiegel, der Stern, die Frankfurter Rundschau wussten doch genau, wo der Mann jeweils war, was er tat und was er vorhatte. Wie viel konnten die ihm für sein Wissen bieten? Eine Million, zwei Millionen, drei Millionen? Gran Canaria war das dämlichste Ziel, das er sich aussuchen konnte. Dass er überhaupt auf die Idee kam, Ferien machen zu können, ist wahnwitzig. Nein, nein, die Tussi hat vollkommen versagt. Sie hätte Gran Canaria anvisieren können, um dann umzubuchen und abzutauchen. Er brauchte Ruhe, er musste sich finden …«

»Sie kennen alle Details in diesem Fall, nicht wahr?«

Sie war sehr still. Sie nickte. »Ich kann es einfach nicht vergessen. Das mit dem Baby hat mich geschmissen, Mann. Das war einfach furchtbar.« Sie weinte, sie kniff die Lippen zusammen.

»Sie glauben, dass er reden wollte?«

»Unbedingt. Es gibt deutliche Zeichen dafür. Er trat als Ministerpräsident zurück und flog in diesen Urlaub. Hier in Kiel trat der Untersuchungsausschuss zusammen, und die Parteiführung forderte ihn auf, er solle sein Landtagsmandat zurückgeben. Es war sogar von Parteiausschluss die Rede. Davon erfährt dieser Mann aus der Zeitung, kein Mensch hat persönlich mit ihm darüber gesprochen, nicht einmal dieser aalglatte Ziehvater, der nie von irgendetwas gewusst hat und sich nie zuständig fühlt. Das muss man sich einmal überlegen: Watermann hat alles über seine Partei erreicht, aber er hat der Partei auch sein ganzes Leben geschenkt. Dann sagt die Partei: Der Mohr hat seine Schuldigkeit getan, der Mohr kann gehen. Das war supermies.«

»Meinen Sie, dass er nach Genf flog, um zu reden?«

»Ja«, murmelte sie. »Glauben Sie nicht, dass das sein kann?«

»Doch, doch.« Mein Mund war sehr trocken.

Sie sah mich kurz an. »Nehmen wir an, er hätte bei dem Deal mit den U-Boot-Plänen für Südafrika Ross und Reiter genannt. Nehmen wir an, er hätte bei der Vermittlung von Waffenkäufen über die Ex-DDR Ross und Reiter nennen können. Nehmen wir an, er hat genau gewusst, wie die staatliche Firma der DDR, die *Koko,* funktionierte und wer bei denen privat abkassierte. Nehmen wir an, er konnte etwas über organisiertes

Verbrechen erzählen – zumindest im Punkt der Waffenkäufe und Verkäufe in Krieg führende Drittländer. Nehmen wir an, ach du lieber Gott, hören wir auf damit. Was wäre das wert gewesen?«

»Millionen, was weiß ich. Wusste er denn das alles?«

Sie sah mich sehr wach an und begann zu lachen. »Sie glauben doch auch, dass er ermordet worden ist. Wenn Sie so fest davon überzeugt sind, muss er einen großen Teil all dieser Dinge gewusst haben.«

»Motive wie Sand am Meer«, murmelte ich.

»Genau. Motive wie Sand am Meer. Nehmen wir also an: Niemand rief Watermann an, um ihn nach Genf zu locken. Nehmen wir an, er erfand den Anruf, um ganz im Geheimen in Genf mit bestimmten Leuten zusammenzutreffen. Ergibt das einen Sinn?«

»Nicht den geringsten«, entschied ich schnell. »Wir müssen uns vorstellen, wie die Szene ist: Watermann hockt vollkommen verkrampft in diesem Ferienhaus. Da ist etwas passiert, was ihn fassungslos macht. Die Partei, seine geliebte Partei, will nichts mehr von ihm wissen. Er weiß genau, dass draußen die Presse lauert, und er weiß noch etwas: Er kann dieser Presse bestenfalls für Stunden entkommen, nicht für Tage, erst recht nicht für Wochen. Als er tot war, las man in seinem Tagebuch, dass er in Genf einen gewissen Rohloff treffen wollte. Angeblich wurde dieser Rohloff niemals identifiziert. Das ist eine regierungsamtliche Lüge, denn sowohl das Bundeskriminalamt wie der Bundesnachrichtendienst wie der Minister im Bundeskanzleramt wussten genau, wer sich hinter dem Namen Rohloff verbarg, nicht wahr? Es ist …«

»Es war Gerber«, murmelte sie matt. »Gerber, immer wieder Gerber.«

»Richtig, Gerber. Höchst dubioser Agent, Privatdetektiv. Hat gearbeitet für den Bund, für die Geheimdienste, für den Ministerpräsidenten in Niedersachsen, ist nach Meinung vieler ein skrupelloses Schwein, wird aber gedeckt.« Ich stockte und grinste und sagte: »Gerber ärgert mich. Er verführt mich zu blödsinnigen Gedankensprüngen. Also logisch weiter: Wir wissen, dass Gerber tatsächlich in Genf war, als Watermann krepierte. Gerber war im Hotel nebenan. Zurück jetzt, back to the roots. Watermann kann nicht einfach so nach Genf geflogen sein. Das wäre vollkommen unsinnig. Er muss geflogen sein, weil er wusste: Dort ist jemand. Und dieser Jemand muss mit ihm telefoniert haben. Er muss gesagt haben: Komm her, ich hole dich aus der Scheiße heraus. Einverstanden?«

»Einverstanden.« Sie nickte. »Watermann war so verzweifelt, dass er selbstverständlich nach jedem Strohhalm griff. Also flog er hin. Was folgt daraus?«

»Daraus folgt, dass der Anruf von seinem Mörder kam«, sagte ich.

Sie nickte und zündete sich erneut eine Zigarette an. Dann trank sie hastig in großen Schlucken das Weinglas aus.

»Aber wenn der Anrufer der Mörder war, muss er ihn persönlich bestens gekannt haben, oder der Name des Mörders bürgt für bestimmte Qualitäten. Das heißt, dass der Mörder jemand gewesen sein muss, der Watermann dazu bringen konnte, alles stehen und liegen zu lassen und nach Genf zu fliegen. Einverstanden?«

»Ja. Aber das alles bringt uns nicht weiter.«

»Nein, nein, das nicht. Aber es zeigt doch, wo Sie anfangen müssen. Warum sind Sie nach Kiel gekommen?«

Ich zuckte die Achseln. »Wahrscheinlich, um Sie zu treffen. Ist es nicht gleichgültig, wo ich beginne? Ich habe in der Eifel einen Freund, den jungen Milchviehzüchter Thomas. Erstklassiger Betrieb links der Straße zwischen Niederehe und Stroheich. Thomas hat einen Hund, Benny heißt der. Eigentlich ist Benny kein Hund, eigentlich ist er so etwas wie ein anlehnungsbedürftiger Schlaffsack mit Schwanz. Es gibt nur eine Möglichkeit, Benny sauer zu machen. Wenn man ganz laut und drohend ›Finanzamt! Finanzamt!‹ schreit. Dann rennt er wütend los und sperrt knurrend die Hofeinfahrt. Wenn Sie verstehen, was ich meine.«

»Sie suchen also nach einer Möglichkeit …« Sie lachte laut und dröhnend.

»Es muss ein Reizwort geben, um alle schlafenden Hunde zu wecken. Ich weiß nur noch nicht …«

Draußen schrie jemand sehr erregt: »Minna, verdammt noch mal! Mach auf!« Dann klackte etwas gegen die Fenster, kleine Steine vermutlich.

Sie kicherte. »O Gott, mein edler Ritter.«

»Wer, bitte?«

»Karl-Heinz heißt er. Er ist fünfundzwanzig. Er hat sich geschworen, mich vor allem Bösen zu beschützen. Er ist so ein Kind!«

Draußen schrie das Kind: »Verdammt, Minna, mach auf!«

»Machen Sie auf«, riet ich. »Wieso schellt er nicht?«

»Ich habe keine Klingel«, sagte sie, stand auf und ging.

Als sie die Tür öffnete, sagte sie: »Keine Sorge, er wird sofort verschwinden.«

Ich hörte, wie sie auf der Treppe erregt miteinander sprachen, aber ich verstand kein Wort. Es war jetzt zwanzig vor drei.

Dann stand Minna in der Tür, zwinkerte mir kurz zu und sagte empört: »Karl-Heinz glaubt mir nicht, dass wir alte Bekannte sind. Sag du ihm das mal.« Dann glitt sie zur Seite, damit Karl-Heinz an ihr vorbeirauschen konnte. Er war sicher zwei Meter groß und trug ganz enge, schwarze, verdreckte Jeans in klobigen, bedrohlichen Kampfspringerstiefeln. Darüber ein schwarzes, weit ausgeschnittenes T-Shirt. Seine Arme waren bis zu den Schultern hinauf tätowiert. Es waren billige Tätowierungen, meistens Schlangenköpfe und Kreuze. Auf der Schlagader an der linken Halsseite hatte er sich für eine Spinne entschieden. Sein Haar hatte er sich bis auf einen Millimeter abgeschnitten, sein Kopf war länglich, ein wenig nach hinten gedrückt. Sein Gesicht war eine merkwürdige Mischung aus reinem Toren und wütender Kampfmaschine. Er war der Typ, der ganz beglückt von sich behauptete: »Wenn ich zuschlage, weiß ich nicht mehr, was ich tue!« Sein Gesicht war eine einzige Kraterlandschaft. Die Pickel hatte er geschafft, aber die Narben waren ihm geblieben. Er hatte merkwürdig helle Augen, ins Grüne hinüberschillernd.

Jetzt machte er drei Schritte vorwärts in den Raum hinein, blieb stehen und sagte: »Wenn du Minna irgendwie in die Scheiße reitest, mache ich dich alle.« Er sprach Hamburger Slang und hatte eine hohe, kindliche Stimme.

»Kannst du dich setzen, bevor du mich alle machst?«, fragte ich sachlich. »Hier ist noch Wein.«

»Haste auch 'ne Kippe?«

»Ich rauche keine Zigaretten, nur Pfeife.«

»Oh, ein vornehmer Herr!« Er marschierte auf den Sessel links neben mir zu und ließ sich hineinfallen. Es war erstaunlich, dass der Sessel nicht zusammenbrach.

Minna setzte sich, sah ihn liebevoll an und erklärte: »Karl-Heinz passt auf, dass mir nichts passiert.«

»Das finde ich gut«, sagte ich.

»Na ja«, meinte er unsicher, »so gut es eben geht. Und du? Was treibst du so?«

»Ich bin Journalist. Ich recherchiere gerade unserem seligen Herrn Watermann hinterher.«

Er senkte den Kopf zwischen seine unendlichen Beine, blickte dann hoch und fragte scharf: »Du willst natürlich die Geschichte von Minnas Baby.«

»Die will ich nicht«, sagte ich ruhig.

»Die kennt er längst«, schob Minna schnell ein.

»Was machst du, wenn er sie trotzdem in seine Zeitung schreibt?« Er sah Minna zornig an.

»Karl-Heinz«, sagte Minna sanft wie eine Mutter. »Du musst dich nicht über irgendetwas aufregen, was nicht geschehen kann. Baumeister ist ein alter Kumpel, wir kennen uns seit Jahren.«

»Er legt dich nicht rein?«

»Ich lege sie nicht rein«, bestätigte ich.

»Ihr redet über alte Zeiten?«, fragte er und sah wieder auf den Teppich zwischen seinen Springerstiefeln.

»Na sicher, was sonst?«, fragte Minna. »Jetzt kannst du heimwärts marschieren, hier ist alles klar.«

»Über was schreiben Sie denn so? Wirklich über diesen … diesen Verräter Watermann? Mann, ich kann den Namen nicht aussprechen, sonst muss ich kotzen.«

»Du kannst den Namen ruhig aussprechen«, sagte ich. »Es ist auch nicht mehr als ein Name.«

»Aber er hat der Nation Schande gemacht«, zischte er verkniffen.

»Was hat er?« Ich war verblüfft.

»Er hat der Nation Schande gemacht«, wiederholte Karl-Heinz. »Ich sage nur, er war ein Spion für die Sache der ewigen Juden. Das verderbte Zion braucht solche Verräter.«

»He«, murmelte ich erschreckt, »was redest du da für einen Unsinn. Er wurde zwar um die Ecke gebracht, aber mit dem Judentum hatte das sicher nichts zu tun.«

Minna hockte mit sehr weißem Gesicht auf dem Sofa und rauchte nervös. »Musst du jetzt nicht gehen, Karl-Heinz?«

»Ja, ja, ich geh gleich.« Er wagte es nicht, sie anzusehen.

»Kannste denn beweisen, dass dieser Watermann gekillt wurde?«

»Noch nicht«, sagte ich. »Vielleicht bald.«

»Und du reitest Minna nicht in die Scheiße?«

»Nein.« Ich schüttelte den Kopf und sah ihn an. »Sie ist meine Freundin. So, wie sie deine Freundin ist.«

»Okay, okay«, murmelte er und stiefelte zur Tür. Dann drehte er sich herum und sagte: »Ich sehe dich morgen Abend im Harlekin, Minna.«

»Natürlich«, sagte sie brav. »Und schönen Dank für deinen Besuch.«

Wir hörten, wie er die Treppe hinunterging und unten die Tür ins Schloss fallen ließ.

»Das war knapp«, sagte sie spröde.

»Das war es«, sagte ich. »Diese Art von Beschützer kann sehr gefährlich sein. Ist er aus Kiel?«

»Nein. Er ist aus der Gegend von Rostock. Er jobbt hier bei der Müllabfuhr. Er tauchte vor einem halben Jahr auf, setzte sich an die Theke, trank Kaffee, niemals Alkohol, und er war nicht mal aufdringlich. Einmal kam so ein Heini aus München von einer dieser Billig-Illustrierten. Er wollte ein Interview mit mir wegen Watermann. Ich lehnte ab. Aber der Kerl wollte nicht aufgeben. Da nahm Karl-Heinz ihn am Kragen, trug ihn nach draußen auf den Gehsteig und titschte ihn auf das Pflaster wie einen Gummiball. Das war ziemlich brutal.«

»War er oft hier in der Wohnung?«

»Zwei-, dreimal. Nicht mehr.«

»Aber Sie haben ihm viel von sich erzählt, nicht wahr?«

»Ja, ich glaube schon. Ich war ihm dankbar, dass er aufpasst. Wenn man so alt ist wie ich und keine feste Beziehung hat, kann ein Karl-Heinz sehr nützlich sein.«

Ich ging in die Küchenabteilung, um mir noch einen Kaffee aufzugießen. »Glaubt Ihr Vater noch an seine christliche Partei?«

»Nein. Er ist damals ausgetreten, und man darf in seiner Gegenwart Watermanns Namen nicht mehr in den Mund nehmen. Damals rannte er verstört durch das Haus und sagte: Der Kerl gehört weg! Und als es dann hieß, Watermann hätte Selbstmord begangen, da sagte mein Vater nur: Geschieht ihm recht. Erholt hat er sich nie davon.«

»Ist bei Ihnen jemals Polizei aufgetaucht? Oder irgendwelche Leute von den Geheimdiensten?«

»Natürlich. Der Verfassungsschutz war da. Sie sagten, ich solle den Mund halten, und das sei ja wohl auch das Beste für eine Politikerschickse. Jemand von der Staatsanwaltschaft war auch da. Aber als der hörte, dass ich mit Watermann nur geschlafen habe, sagte er, mit Kinkerlitzchen könnten sie sich nicht abgeben. Was werden Sie machen, wohin werden Sie gehen?«

»Erst einmal schlafen.«

»Haben Sie ein Hotel?«

»Nein. Ich rolle mich irgendwo in einem schönen Wald in meinen Schlafsack.«

»Sie können den Schlafsack auch hier irgendwo hinlegen.«

»Das ist nett, vielen Dank, lieber nicht.«

»Das ist kein unsittlicher Antrag«, sagte sie amüsiert.

»Das habe ich auch nicht gedacht. Ich will allein sein, nachdenken und die Gegend genießen.«

»Ich hätte Angst allein im Wald.«

»Ich habe keine Angst, eher im Gegenteil. Ich kriege nur Angst bei zu viel Beton.«

»Ein richtiger Naturfreund«, spottete sie.

»Ich komme Sie besuchen«, murmelte ich. »Im Harlekin.«

»Ihren Kaffee trinken Sie nicht mehr?«

»Nein. Zuviel Kaffee. Schlafen Sie gut.«

Ich schloss die Tür hinter mir und ging hinunter auf den Platz, auf dem der Jeep stand.

Sie warteten nicht, bis sich meine Augen an die tiefblaue Dunkelheit gewöhnt hatten. Der Mann vor mir war sicher einen Kopf größer, er trug ein helles Jackett über einem weißen Hemd. Er schlug eine Dublette und traf mich rechts und links in den Halsansatz. Ich fiel nach vorn, und er sagte betont freundlich: »Tut mir leid, die Tür ist Ihnen ins Kreuz geschlagen.«

Ich kniete und fiel dann langsam nach vorn. Weil mein rechter Arm nicht mehr mitmachte, schlug ich mit dem Gesicht in den Kies. Es schmeckte salzig.

Die gleiche Stimme sagte: »Er heißt Baumeister, Siegfried. Aus einem Nest in der Eifel. So ein Scheißschreiber.«

Eine andere Stimme fragte: »Nehmen wir ihn mit?«

»Selbstverständlich«, erwiderte der, der mir die Tür ins Kreuz geschlagen hatte. »Wir nehmen ihn mit, sein Wagen kann hierbleiben.«

Irgendetwas quietschte, und dann kam die aufgeregte Stimme Minnas: »Baumeister? Hallo? Wer ist da unten? Was machen Sie da? Wo ist ...«

»Wir sollten hier verschwinden«, sagte der Mann, der mich zusammengeschlagen hatte. »Machen wir, dass wir wegkommen.«

»He, Sie da«, rief Minna. »Was ist los? Baumeister? Sind Sie das?«

Ich hatte Sand und kleine Steine im Mund. Ich spuckte. »Einladen und weg hier«, sagte der Mann über mir.

Ich wollte etwas sagen, aber es wurde nur ein Krächzen. Jemand fasste mich unter den Arm und hob mich hoch, ein Wagen wurde gestartet, und eine Stimme, dicht an meinem Ohr, sagte keuchend: »Mach dich doch nicht so schwer, Fettkloß.«

»Ich habe Idealgewicht«, nuschelte ich. Ich konnte nicht stehen, und mein Kopf tat mir weh.

»Er ist wach«, sagte der, der mich hielt.

»Um so besser«, sagte der, der mich zusammengeschlagen hatte.

Sie verfrachteten mich auf den Rücksitz eines Autos, setzten sich nach vorn und schwiegen die ganze Fahrt über. Nur einmal quäkte ein kleiner Lautsprecher, und der Mann am Steuer sagte dienstlich: »Kilian kommt rein.« Das Autopolster roch nach Mottenpulver. Ich bemühte mich, den Kopf hochzuhalten, aber das war schwierig. In der rechten Schulter hatte ich kein Gefühl, die linke schmerzte scharf. Ich weiß nicht, wie lange wir so dahinfuhren, aber sehr lange kann es nicht gewesen sein, denn der auf dem Nebensitz sagte nörgelnd: »Man hat kaum Zeit für eine Zigarette.«

Sie hielten in einer stillen, dunklen Straße. Die Straße sah so aus, als hätten hier früher die besser situierten Kreise gebaut. Es war eine Lindenallee. Sie wollten mich herauszerren, aber ich sagte: »Es geht schon, es geht schon. Ist das hier ein stilles Haus, ein sicheres?«

»Sicher ist es sicher«, antwortete der Jüngere.

Das Haus war zweistöckig, grau, wahrscheinlich in den fünfziger Jahren gebaut. Es hatte ein schiefergedecktes Walmdach, das machte es heimelig. Vor der Haustür hatte ein Heimwerker eine Art Windfang aus halb durchsichtigen Plastikbahnen gebaut. Darin brannte eine mattgelbe Funzel.

»Das Haus der Macht«, sagte ich und wollte in den Vorgarten gehen, aber der Große hielt mich an der

Schulter fest und sagte: »Wir mögen unsere Besucher gerne sauber.«

Er drehte mich in den matten Schein einer Straßenlaterne wie eine Puppe und brummelte: »Gib mir mal die Kleiderbürste aus dem Handschuhfach.«

»Er ist schön genug«, sagte der Junge.

»Nicht doch«, erwiderte der Große, »die Bürste.«

Während er mich sehr sorgfältig abbürstete, dachte ich daran, dass meine Lieblingswirtin Anke heute standesamtlich heiratete. Wahrscheinlich wunderte sie sich, dass ich nicht wenigstens als Zaungast gekommen war. Ich stellte mir ihr Gesicht vor, als ich sagte: »Mich hat irgendein Geheimdienst geschnappt.« Sie lachte und glaubte es nicht.

»Wieso grinsen Sie so?«, fragte der Mann, der mich abbürstete.

»Sie amüsieren mich, Sie sind so gründlich.«

»Opa hat es gerne sauber«, sagte er freundlich.

Als er mit seinen Bemühungen fertig war, sah ich richtig ordentlich aus, und wenn er mir zärtlich mit einem Kamm durch die Haare gefahren wäre, hätte es mich auch nicht gewundert.

Sie brachten mich nicht in das Haus, sie gaben mich an der Tür ab. Der Große sagte: »Da ist er.«

Die Frau, die mich entgegennahm, nickte nur. Es war eine dürre Frau mit spärlichem, fast gelbem Haar und einer großen schwarzen Hornbrille. Sie sagte distinguiert: »Nehmen Sie bitte im Warteraum Platz.«

Das Zimmer war genauso fade wie die Warteräume der Zahnärzte, die ich kenne. Ein paar alte Illustrierte lagen herum und gaben dem Unternehmen den Hauch der großen weiten Welt. Ich stopfte mir in Ruhe eine Pfeife und schmauchte vor mich hin.

Nach einer Weile kam ein kleiner dicklicher Mann um die fünfzig herein. Seltsamerweise trug er ein hellblaues Oberhemd mit einer dunkelblauen Krawatte und darüber einen grauen Pullover. Es war mindestens achtundzwanzig Grad warm. »Das ist nett von Ihnen«, sagte er strahlend. »Kommen Sie mit.«

Der nächste Raum war noch trostloser als das Wartezimmer. Er war vollkommen kahl und enthielt nichts außer einem kleinen viereckigen Tisch und zwei Stühlen. Es gab kein Fenster.

»Hier ist es gemütlicher«, sagte er. »Bitte nehmen Sie Platz.« Er verschwand für ein paar Sekunden in einem Nebenraum und kam mit einem schmalen grauen Ordner zurück. »Sie sind Baumeister, nicht wahr? Journalist. Was treibt Sie hierher?«

»Watermann«, sagte ich.

»Dz, dz, dz«, machte er und schüttelte den Kopf. »Ist die Geschichte nicht uralt?«

»Ja, eben«, antwortete ich. Er schaute in seinen Ordner. Dann fragte er: »Sie haben einen Grund, die leidige Affäre noch einmal zu untersuchen?«

»Ich denke ja, und es ist mein verfassungsmäßiges Recht.«

»Das ist es sicher«, nickte er bekümmert. »Können Sie sich vorstellen, weshalb wir Sie hergebeten haben?«

»Sie haben mich nicht gebeten«, sagte ich. Ich bemühte mich, die Pfeife wieder in Gang zu setzen, ich hatte sie schlecht gestopft. »Ihre Leute haben mich verprügelt.«

Er sah mich an und war einen Augenblick irritiert. »Das glaube ich nun wirklich nicht. Die Erfahrung lehrt, dass jemand, der verprügelt wurde, nicht so aussieht wie Sie.«

»Vergessen Sie es«, sagte ich. »Nein, ich kann mir nicht vorstellen, weshalb Sie mich hergebeten haben. Ich weiß ja nicht einmal, was das hier ist. Sind Sie das vierzehnte Kommissariat der Kripo, sind Sie der Bundesnachrichtendienst, der Verfassungsschutz oder gar der Militärische Abschirmdienst? Was auch immer, sagen Sie mir bitte nicht, Sie seien eine Abteilung des Innenministeriums. Das sagen alle und immer.«

»Jeder füllt seinen Platz aus, wie er kann«, sagte er blumig. »Sehen Sie, die Affäre hat uns allen damals viel Kummer und Arbeit beschert. Wir wollen nicht, dass erneut etwas aus dem Ruder läuft.«

»Sie wollen endlich die Kontrolle, die Sie damals schon nicht hatten«, knurrte ich. »Wahrscheinlich werden Sie mir gleich verbieten, weiter zu recherchieren.«

»O nein«, sagte er empört. »Ich bin Demokrat, ich stehe zu diesem Staat. Ihre Arbeit symbolisiert ein demokratisches Grundrecht. O nein, das wollen wir Ihnen nicht streitig machen. Es geht um einen anderen Punkt. Sie haben Minna Tenhövel getroffen. Weshalb?«

»Sie hatte etwas mit Watermann. Das ist fünf Jahre her. Sie wissen das. Sie wissen auch, dass sie abtreiben ließ. In Holland. Sagen Sie nicht, Sie wissen das nicht. Wenn Sie es nicht wissen, sind Sie schlecht im Beruf.«

»Ich weiß es«, gab er zu. »Sie haben sich in der Hoffnung an Minna Tenhövel gewandt, sie wisse mehr.«

»Ach du lieber Gott«, sagte ich erheitert. »Das nicht gerade. Aber zuweilen haben andere Menschen gute Denkansätze. Ich suche nach guten Denkansätzen.«

»Sind Frau Tenhövels Denkansätze gut? Und wenn ja, inwiefern?«

»Sie denkt quer«, sagte ich. »Das wissen Sie auch. Die Affäre Watermann ist unsauber und nicht im Geringsten erledigt.«

»Es war Selbstmord«, sagte er schnell und hart.

»Mord«, sagte ich ebenso schnell. »Wer nach dem heutigen Kenntnisstand immer noch von Selbstmord ausgeht, ist entweder Politiker oder blind. Ja, ja, ich weiß, es ist prima geschaukelt worden: Die Staatsanwaltschaft in Kiel hat das Ermittlungsverfahren eingestellt und darauf verwiesen, dass bei eventuell offenen Fragen am Tatort weiter ermittelt werden müsste. Und die Genfer warten seit Jahren, dass die Deutschen mit Verdachtsmomenten und Theorien kommen. Das habt ihr alle prima gemacht, und jeder darin Verwickelte kann ruhig weiterschlafen.«

»Das ist Polemik«, sagte er aufgebracht.

»Das ist es nicht. Es ist eine fachliche Äußerung. Niemand hat ein Interesse daran, den Fall Watermann aufzuklären. Das ist zu viel Schmutz, das will niemand, am wenigsten seine alten Parteikumpane.«

»Die wilden Phantasien des Siggi Baumeister. Schon wieder eine Verschwörungstheorie!«, höhnte er.

»Verschwörungstheorien können stimmen«, sagte ich wütend. »Watermann war für beinahe jede Sauerei gut. Und beantworten Sie mir nur eine Frage: Watermann fliegt von Gran Canaria nach Genf und wird einen Tag später tot in seiner Badewanne gefunden. Er hat insgesamt acht Medikamente im Leib. Nehmen wir einmal zu Ihren Gunsten an, er hat sie sich tatsächlich auf irgendeine Weise beschaffen können. Dann bleibt immer noch eines ungeklärt: Wo sind die Verpackungen dieser Medikamente?«

Er war eine Weile still. »Er hat eben einen raffinierten Selbstmord begehen wollen.«

Ich schüttelte den Kopf. »Sie hocken hier und wiederholen alte Lügen. Der Mann hat die Landesregierung jahrelang wie seinen privaten Country-Club geführt, er konnte mit euch machen, was er wollte. Der Verfassungsschutz, der Bundesnachrichtendienst, der Militärische Abschirmdienst: alles prima Jungens, aber so weit neben der Schnur, dass Watermann es geschafft hat, mindestens siebenmal in die DDR zu reisen, ohne dass einer von euch ihn begleiten konnte. Ihr habt nicht gewusst, was hier lief.«

»Sie gehen zu weit«, stellte er sanft fest.

»Ich gehe nicht zu weit, ich sage nur die Wahrheit. Und Sie haben mir noch immer nicht gesagt, weshalb ich hier bin.«

Er nahm die Akte, und wahrscheinlich fragte er sich, ob er es riskieren könnte, grob zu werden. Er entschied sich dagegen. »Hier steht, dass Sie ein sehr kritischer Journalist sind, dass …«

»Reden Sie keinen Stuss«, unterbrach ich heftig. »Da steht, dass ich diesem Staat gegenüber höchst kritisch eingestellt bin, dass ich zu den Oppositionellen gezählt werden muss, dass ich über meine bloße journalistische Tätigkeit hinaus ein Feind der Polizei, der Kriminalpolizei und der Geheimdienste bin.«

»So ungefähr«, nickte er. »Stimmt das?«

»Nein, das stimmt nicht. Ich habe nur etwas gegen den Missbrauch von Macht. Also: Weshalb bin ich hier?«

»Sagen wir einmal so: Menschen in Ihrem Beruf kommen häufiger an Hinweise, die den Behörden nicht gegeben werden.«

»Mit anderen Worten: Sie sind selbst nicht sicher, dass es Selbstmord war.«

Er wedelte heftig mit beiden Händen. »Aber keineswegs, das ist es nicht, Herr Baumeister. Die Staatsanwaltschaft hat die Akte geschlossen, es war eindeutig Selbstmord. Es wird nicht weiterermittelt. Aber meine Behörde weiß aus langer Erfahrung, dass immer wieder neue Spuren aufgegriffen werden, übrigens mit oft erstaunlichen Ergebnissen. Falls Sie also einen Hinweis auf neue Tatsachen haben, bitte ich um Mitteilung. Wir möchten nicht noch einmal in ein solches Chaos laufen …«

»… und hilflos sein«, sagte ich böse.

»Und hilflos sein«, gab er zu. »Ich sage Ihnen etwas ganz im Vertrauen. Als es '87 zum großen Knall kam, war ich im Landeshaus. Ich musste mit ansehen, wie in dem großen Treppenhaus vor mir ein leibhaftiger Minister mit einem Rudel Anbeter vorbeistürmte und ohne Hemmung laut und vernehmlich in die Runde fragte: Soll ich nun abtreten, ja oder nein? Ich dachte damals, ich sei in einem Kindergarten. Ich will das nicht noch einmal erleben.«

Er ist nur einer, der seine Arbeit tut, dachte ich plötzlich. Dann ärgerte ich mich über meine Milde. »Sie sollten Ihre Leute ein wenig disziplinieren. Die schlagen tatsächlich. Ich gebe Ihnen keine Informationen, ich schütze Informanten. Sie wissen selbst, dass viele Einzelheiten auf Mord weisen.«

Irgendwie war bei ihm die Luft raus. Er hockte da wie ein Trauerkloß, raffte sich dann auf und versuchte es noch einmal. »Sie sind ein freier Journalist, Sie müssen Ihre Recherchen selbst finanzieren. Wer bezahlt Sie denn?«

»Keine Auskunft.«

Irgendwo schellte ein Telefon, er sah ergeben zur Decke und stand auf, um in den Nebenraum zu gehen. Als er zurückkam, sagte er schmal: »Ja, dann möchte ich Sie nicht länger aufhalten. Man hat sich gerade nach Ihrem Wohlergehen erkundigt.«

»Wie bitte?«

»Ein Kollege rief an. Er fragte, ob es Ihnen gut geht.«

»Und? Was haben Sie geantwortet?«

»Ich habe geantwortet, Sie seien ein Arsch. Ich habe geantwortet, es gehe Ihnen gut.«

»Dann ist das ja klar«, sagte ich. Ich ging hinaus, und er blieb wortlos zurück.

Der Tag war angebrochen, kein Wölkchen am Himmel, in einem Jasminbusch lärmten Spatzen. Am Rinnstein stand ein Taxi mit laufendem Motor. Hintendrin saß Minna und fragte aufgeregt: »Was ist denn eigentlich passiert?«

»Haben Sie hier angerufen und sich nach mir erkundigt?«

»Nein. Ich war bei der Kripo, ich kenne da ein paar nette, wichtige Leute.«

»Sehr gut gemacht, vielen Dank. Was ist das hier für ein Haus?«

»Das weiß ich nicht«, sagte sie.

»Verfassungsschutz«, sagte der Taxifahrer. »Wohin?«

»Zu mir zurück«, sagte Minna. »Haben Sie … ich meine, hat man Sie irgendwie …«

»Sie haben mich auf Ihrem Parkplatz verprügelt.«

»Das tut mir leid. Aber woher haben die gewusst, dass Sie bei mir sind?«

»Ziemlich dumme Frage«, sagte ich wütend. »Überlegen Sie doch nur einmal!«

»Meinen Sie etwa Karl-Heinz?«

»Na sicher meine ich Karl-Heinz. Jemand, der unermüdlich für das Vaterland denkt, wird sich mit diesen Leuten prima verstehen.«

»Das glaube ich nicht«, sagte sie hell empört.

»Wo wohnt er denn?«

»Bei mir um die Ecke.«

»Dann gehen wir ihn besuchen«, sagte ich. »Damit Sie endlich Ihre Naivität verlieren.«

»Wir können uns auch duzen«, sagte sie.

»Gut, ich heiße Siggi.«

»Sie sind sauer, nicht wahr?«

»Du hast recht, ich bin sauer.«

»Kennen Sie die Baracken im Gleisdreieck?«, fragte Minna den Fahrer.

Der nickte und murmelte: »Haltet die Gummiknüppel bereit, Leute.«

»Ist es so schlimm?«, fragte ich.

»Eine Pennersiedlung«, sagte der Fahrer verächtlich.

Wir kamen an dem Gebäude vorbei, in dem Minna wohnte. Dann wurde die Gegend billig und verfallen.

Schließlich hielt der Fahrer vor einem offenen Viereck aus Baracken. »Da ist es. Weiter fahre ich nicht.«

»Na komm«, sagte Minna.

»Woher weißt du, dass er hier wohnt? Warst du schon einmal hier?«

»Nein. Er hat es mir beschrieben. Da drüben in der rechten Ecke. Er sagt immer: Wenn die Bullen kommen, habe ich den Logenplatz.«

»Wie schön für ihn«, sagte ich.

Wir marschierten los. Der Innenhof war ein einziger Saustall. Überall lag Unrat herum, überall alte Matratzen, Decken, Sprungfederkerne, Bierkisten, alte Zeitungen. In einer Ecke kümmerte ein Holunder vor sich hin. Die meisten Fenster waren mit Decken verhängt, und genau in der Mitte des Platzes rauchte ein altes Holzfeuer.

Neben der total vergammelten Tür in der hinteren rechten Ecke war mit einer Reißzwecke ein Zettel angeheftet. Auf dem standen untereinander Namen: Wanda, Gert, Mareike, Karl-Heinz, Schimmi, Max.

»Na also«, sagte ich, »es geht hier doch richtig geordnet zu. Ich hole ihn raus, okay?«

»Gut«, sagte sie, aber ihre Stimme klang ängstlich. Ich öffnete die Tür und lief in ein Tuch oder eine Decke, die sie vor die Tür gehängt hatten. Ich schlug die Decke zurück, und da hockten sie auf dem Fußboden um ein Tablett herum, auf dem zwanzig oder dreißig Kerzen brannten. Sie waren entweder betrunken oder bekifft, genau war das nicht auszumachen. Es roch unbeschreiblich, eine Mischung aus Essensresten, Urin, Schweiß, Tabak, Haschisch. Ich sagte: »Hallo, zusammen. Karl-Heinz, draußen ist Minna und will dich sprechen.«

Er saß mit dem Rücken zu mir. Er drehte sich herum und sagte: »Ich bin aber nicht im Dienst.«

Das Mädchen, das links von ihm saß, kicherte albern. »Wir warten draußen«, sagte ich und drehte mich wieder zum Eingang herum. »Vielleicht kommt er«, sagte ich zu Minna.

Wir warteten. Nach einer Minute tauchte er auf.

»Ich bin verprügelt worden. Vor Minnas Haustür«, erklärte ich. »Warum hast du den Bullen gesagt, dass ich bei ihr bin?«

»Habe ich nicht.« Sein Gesicht zeigte keine Regung.

»Ich bin sauer«, sagte Minna. »Ich wette, du bist bei mir im Harlekin nur aufgetaucht, weil sie gesagt haben, du sollst mich ein bisschen überwachen.«

»Die hatten nichts damit zu tun«, sagte er. Er trat von einem Bein auf das andere.

»Der dicke Ältere, den sie Opa nennen, hat mir aber gesagt, dass sie gut mit dir zusammenarbeiten«, bluffte ich.

»Das stimmt ja auch«, sagte er heftig. »Ich arbeite nur mit ihnen zusammen, wenn es um Recht und Ordnung geht.«

»Wie viel hast du ihnen denn über Minna erzählt?«, fragte ich.

»Nichts«, sagte er störrisch.

»Du lügst«, sagte ich heiter, »aber du warst mir sehr nützlich. Du hast den Hund ersetzt, der bissig wird, wenn man Finanzamt schreit.«

»Ha?«, sagte er.

»Das verstehst du nicht«, erklärte Minna. »Tja, tut mir leid, Karl-Heinz, du hast Lokalverbot, ich will dich nicht mehr sehen.«

»He, warte mal, so geht das nicht«, sagte er plötzlich ängstlich.

»Lass die Scheißer doch laufen«, sagte jemand hinter Karl-Heinz. »Die haben kein Dope, die haben nicht mal Dosenbier.«

»Lauf zum Taxi«, sagte ich zu Minna, und sie verstand, drehte sich herum und lief zum Taxi.

»Das war nicht gut«, sagte ich zu Karl-Heinz, »du hast mich gelinkt.«

»He Macker, nicht so«, sagte der im Schatten scharf.

Karl-Heinz stand da mit hängendem Kopf, dann trat er zu. Er traf mich hoch oben am rechten Hüftknochen, und der Schmerz kam so jäh, dass mir die Luft zum Schreien fehlte. »Hau ab«, sagte er schnaubend, »sonst mache ich dich alle.«

»Das war richtig gut«, sagte die Stimme im Schatten voller Heiterkeit.

Es war feucht und schlammig, und ich konnte das rechte Bein nicht anziehen. »Du könntest ihn eigentlich den ganzen Platz lang treten«, sagte die Stimme.

»Minna meint, er ist ein alter Bekannter«, wandte Karl-Heinz ein.

»Minna meint, er ist ein alter Bumser«, sagte die Stimme. »Tritt ihm in die Eier, oder so was. Es muss wehtun, sonst lernen's diese Opas nie. Es muss richtig wehtun.«

»Ja, ja«, sagte Karl-Heinz, aber er bewegte sich nicht. Seine nackten stämmigen Beine waren direkt vor meinem Gesicht.

»Hilf mir mal hoch«, sagte ich.

Er beugte sich vor. »Du musst dich bei mir entschuldigen.«

»Wofür?«

»Na ja, du hast gesagt, ich bin link. Ich bin aber nicht link. Ich will nur die Bewegung stützen, dass es vorwärtsgeht mit Recht und Ordnung. Und dass solche Schweine wie Watermann, na ja also, dass sie nicht mehr ans Ruder kommen.«

»Ich entschuldige mich.«

Karl-Heinz griff nach mir, wie man nach einem Päckchen greift. Er stellte mich mühelos auf, und ich musste mich an ihm festhalten.

»Hast du gehört, er hat sich richtig bei mir entschuldigt«, sagte er verwundert.

»Der wird auch deine Scheiße fressen«, sagte die Stimme. »Die kriechen alle, wenn sie merken, dass du der Stärkere bist.«

Der Taxifahrer ließ den Motor an, der Wagen war ungefähr dreißig Meter entfernt.

»Deine Kumpels hauen ab«, sagte die Stimme vergnügt. Der Taxifahrer schaltete die Scheinwerfer ein und kam sehr schnell herangefahren. Minna schrie: »Spring schon rein.«

Der Einfachheit halber ließ ich mich so fallen, dass ich den Türrahmen des Autos erwischte. Und dann ging alles ganz schnell. Ich tastete nach der Rückenlehne des Fahrersitzes, zog mich hinein und schloss die Tür hinter mir.

»Hör mal«, begann Karl-Heinz empört. Den Rest hörten wir schon nicht mehr, unser Fahrer gab Vollgas.

»Was ist, wenn sie gleich in meine Wohnung kommen?«

»Sie kommen nicht«, sagte ich. »Sie kommen nie. Sie kommen nur dann, wenn ihnen jemand den Rücken stärkt.«

»Hast du Schmerzen? Glaubst du wirklich, dass Karl-Heinz, na ja, dass sie ihn benutzen, um mich irgendwie zu bespitzeln?«

»Sicher. Sie brauchen solche Leute. Sie sind Leute, die solche Leute immer schon gebraucht haben. Nichts ändert sich.«

Sie bezahlte den Fahrer und ließ sich ganz ordentlich eine Quittung geben. Sie stützte mich auf dem Weg nach oben, sie ließ für mich heißes Wasser in die Badewanne laufen und löste mir eine Handvoll Aspirin auf. Ich trank das Gebräu, und als die Schmerzen nur noch dumpf pochten, stieg ich in die Wanne.

Sie hockte auf der Lokusbrille und wirkte sehr erschöpft. Sie sagte verwundert und starr: »Ich glaube, ich bin wirklich naiv.«

»Mach dir nichts draus«, murmelte ich. »Das ist das Geheimnis der Macht.«

DRITTES KAPITEL

Ich erinnere mich, dass die Schmerzen langsam zurückgingen, dass sie mir einreden wollte, ich solle in ihrem Bett schlafen, dass ich mir zwei Sessel zusammenschob, mich hinlegte und schließlich doch in ihrem Bett aufwachte. Sie lag angezogen in den zwei Sesseln, und sie schlief tief und fest. Es war zehn Uhr. Ich ging in das Badezimmer, um mich zu besichtigen. Die Schläge in den Halsansatz hatten keine Spuren hinterlassen, nicht einmal blaue Flecken. Das war Profiarbeit. Die rechte Hüfte prangte in beinahe allen Farben des Regenbogens, aber ich musste dankbar sein, dass ich mein Bein überhaupt noch bewegen konnte. Ich hörte, wie sich draußen im Wohnzimmer etwas rührte.

»Wer lockte Watermann nach Genf?«, fragte Minna laut.

»Der Mörder«, rief ich zurück.

»Watermann kannte ihn?«

»Er muss nur überzeugend geklungen haben, sonst nichts.«

»Hast du herausgefunden, was Watermann in Genf tat?«

»Bis auf seine Mörder scheint das kein Mensch zu wissen. Er kam Samstagnachmittag an und wurde am nächsten Tag, also am Sonntag, kurz nach ein Uhr mittags tot in seiner Badewanne gefunden. Nach seinen Tagebucheintragungen traf er diesen gewissen Rohloff, der ihm angeblich Entlastungsmaterial geben wollte. Aber aus vielen Gründen ist diese Tagebucheintragung wahrscheinlich falsch. Mit anderen Worten: Kein Mensch weiß eine Antwort auf die Frage, was Watermann rund vierundzwanzig Stunden lang in Genf getan hat.«

»Also war er ständig im Hotel?«

»Darauf kann man mit Ja und mit Nein antworten. Das Hotel hat viele Eingänge, durch die man hinein- und hinausgehen kann, ohne beachtet zu werden. Angeblich ist er zusammen mit anderen Hotelgästen gesehen worden. Das ist auch so eine Merkwürdigkeit: Es gibt keine Gästeliste.«

»Du weißt aber sehr genau Bescheid.«

»Das muss man, wenn man annimmt, dass er getötet wurde.«

»Wieso fand dieser deutsche Reporter den Watermann eigentlich?«

»Fragst du das, um meinen Wissensstand zu prüfen? Oder willst du es wirklich wissen?«

»Ich finde deinen Beruf aufregend, ich will es wissen.«

»Also: Wenn ein Bonze wie Watermann sich auf die Flucht macht, sind Reporter hinter ihm her. In der Regel werden sie von den Büros der Fluggesellschaften verständigt, wer wohin fliegen will. Kaum war Watermann in seinem Ferienhaus auf Gran Canaria, tauchten schon die ersten Journalisten auf. Das ist normal, das ist unser Job, wenngleich ich diese Form von Indiskretion nicht mag. Es ist also nicht weiter verwunderlich, dass etliche Journalisten sofort wussten, dass Watermann nach Genf flog und im Hotel *Beau Rivage* abstieg. Der Stern-Reporter Sebastian Knauer ging am Sonntag, ziemlich exakt um zwölf Uhr dreiundvierzig zu Watermanns Apartment, um zu klopfen und ihn um ein Gespräch zu bitten. Die Tür war merkwürdigerweise offen. Knauer ging hinein, fand ihn in der Badewanne und fotografierte ihn.«

»Hättest du das auch getan?«

»Selbstverständlich. Dass Knauer später in der Schweiz deswegen verurteilt wurde, gehört zu den Bigotterien unserer Schweizer Nachbarn, derartige Verlogenheiten sind normal, bei uns Deutschen übrigens auch. Am Samstag gibt die Zeit zwischen halb sieben und halb elf Uhr Rätsel auf. Um diese Zeit saß Watermann in einem Taxi von seinem Ferienhaus zum Flughafen Gran Canaria. Normalerweise dauert die Fahrt zwanzig Minuten. Watermann brauchte im Taxi drei Stunden, und da der Taxifahrer bis heute nicht gefunden wurde, weil kein Mensch ernsthaft nach ihm suchte, weiß niemand, was er in den drei Stunden tat. Die Maschine kam etwa um fünfzehn Uhr zehn auf dem Flugplatz Cointrin in Genf an. Um sechzehn Uhr dreißig ist Watermann im Hotel. Da fehlen also rund siebzig Minuten. Dann hat ihm um achtzehn Uhr dreißig ein Etagenkellner namens Vergori eine Flasche Rotwein mit zwei Gläsern gebracht. Angeblich ist Vergori der letzte, der Watermann lebend gesehen hat.«

»Das heißt, dass er am Samstag und Sonntag mit Ausnahme von ein paar Minuten unbeobachtet war?«

»Richtig. Was hältst du von einem Kaffee? Übrigens noch etwas: Dieser Fall ist unglaublich vertrackt. Was spricht etwa dagegen, dass er sich Wasser in die Wanne einließ, um zu baden? Dass er dann stürzte?«

»O nein, Baumeister. Wie kamen dann die Medikamente in ihn rein?«

»Richtig«, lobte ich. »Aber da die Medikamente ziemlich lange brauchen, um volle Wirkung zu zeigen, kann es ebenso gut sein, dass er die tödlichen Pillen gar nicht in seinem Apartment schluckte, sondern außer Haus war. Dann wurde er als Toter in sein Apartment geschleift ...«

»Hör auf, das sind doch Spekulationen. Schließlich wirst du noch behaupten, dass der Tote, der in der Badewanne lag, gar nicht Watermann war.«

»Das nicht gerade, aber behauptet worden ist auch das schon.«

»Stimmt es eigentlich, dass die Badewannenarmaturen ohne Fingerabdrücke waren?«

»Ja, das scheint zu stimmen. Es kann aber sein, dass die Hotelleitung, um das Apartment schnell weiterzuvermieten, eine Putzfrau schickte, die gründlich aufräumte. Putzfrauen haben etwas gegen Fingerabdrücke.«

»Ja, und was hat die Genfer Polizei getan?«

»Nicht sehr viel und nicht sehr gründlich. Sie haben eigentlich darauf gewartet, dass ihnen von deutschen Behörden Hinweise auf mögliche Täter oder Tätergruppen zugehen. Diese Hinweise kamen nie, stattdessen schloss die Staatsanwaltschaft die Akte.«

»Aber die Genfer ermitteln doch weiter.«

»O ja, die bleiben dran. Es wird heute noch ermittelt.«

»Du suchst also jemand, der ihn nach Genf lockte?«

»Ja. Aber im Wesentlichen suche ich den, dem vorher aufgetragen wurde, es wäre schön, wenn Watermann plötzlich zu leben aufhörte.«

»Der Kaffee ist fertig, Baumeister. Das ist mir alles zu kompliziert.«

»Aber du bist fasziniert, nicht wahr? Und eigentlich ist es dir auch nicht zu kompliziert, eigentlich hast du ein wenig Angst.«

»Komm Kaffee trinken.«

Sie stand halb nackt, nur mit einem Hauch von Slip bekleidet, vor ihrem Herd und brutzelte irgendetwas. Ihre Rückseite war ein verlockender Anblick.

»Ich komme«, warnte ich.

»Ja, ja, der Kaffee wird kalt.« Dann drehte sie sich herum und hauchte: »Du lieber Gott«, und wurde fast rot dabei. Ehrlich gestanden ärgerte mich das etwas, denn wenn sie sich gedankenlos hüllenlos vor dem Herd produzierte, nahm sie mich als Mann wohl nicht ganz ernst. Aber ich sagte es nicht, ich wahrte meine Interessen.

Sie hatte Spiegeleier auf Speck fabriziert und war erheblich in meiner Achtung gestiegen. »Dies ist ein Arbeitsfrühstück«, erklärte sie. »Erzähl mir, was du jetzt machen willst. Willst du bei diesen Kielern vom Verfassungsschutz weiterbohren?«

»O nein, die wollen nur ihren Hinterhof sauber halten. Geheimdienstarbeit ist reine Interessenarbeit, keine Spur von Edelmut.«

»Was machst du also?«

»Du hast es bereits erraten. Ich gehe nach Genf, ich sehe mir den Tatort an.«

»Hättest du etwas dagegen, wenn ich mitkomme?« Da stand sie voller Unschuld und meinte es so.

»Das geht nicht. Ich recherchiere immer allein. Außerdem musst du deine Kneipe am Laufen halten.«

»Muss ich nicht, ich kann Ferien machen, ich habe eine Vertretung.«

»Das ist keine Ferienfahrt.«

»Das ist mir klar. Ich wollte immer schon mal in Journalismus machen.«

»Man kann nicht mal eben einfach so in Journalismus machen. Deswegen gibt es so einen Haufen mittelmäßiger Journalisten.«

»Also, du willst nicht?«

»Ich will nicht. Ich hab gerade einen Versuch in Zweisamkeit hinter mir. Es ging schief.«

»Deshalb beschäftigst du dich mit Watermann, nicht wahr?« Sie war richtig boshaft.

»Das hätte ich ohnehin getan.« Ich wurde wütend.

»Was war denn so schlecht an ihr?« Sie hatte schmale Augen.

»Wir haben uns in Freundschaft getrennt. Sie will nur noch kommen, wenn ich Heftpflaster brauche. Bei der Recherche zu Watermann hilft alles mögliche, nur keine Analyse von Beziehungskisten.«

Sie schwieg eine Weile, biss auf der Oberlippe herum. Dann sagte sie: »Ich wollte nicht privat werden, tut mir leid.«

»Schon gut«, sagte ich. »Macht ja nichts. Pass auf, dass sie dir nicht einen neuen Karl-Heinz an die Bar stellen.«

»Was heißt das? Gehst du jetzt?«

»Ich muss mir etwas ansehen«, sagte ich. »Ich melde mich.«

»Mein Interesse am Fall Watermann ist ehrlich«, sagte sie mutlos.

»Das glaube ich. Bis später.« Ich stand auf, ging hinaus zu meinem Auto, fuhr erst einmal eine Weile ziellos durch die Gegend und atmete erleichtert durch. Nach Theresa sofort Minna? Das hätte nur Ärger bereitet. Wieso reagierte ich so gereizt? Minna hatte einmal ein Baby mit Watermann, war ihr Interesse nicht normal? Wahrscheinlich war ich nur neurotisch oder, freundlicher formuliert, nervös. Es war nicht mein Jahr, dieses Jahr, beziehungsmäßig jedenfalls.

Ich trudelte über Plön und Eutin in Richtung Lübeck, machte hier und dort halt, um einen Kaffee zu trinken oder ein Eis zu essen. Ich wusste nicht, ob Genf eine gute Entscheidung war.

Ich kannte in Genf niemanden, nicht einmal eine Kollegin oder einen Kollegen.

Seit wann, Baumeister, machst du deine Recherchen davon abhängig, ob du am Tatort jemanden kennst oder nicht? Wahrscheinlich war ich krank, irgendein Virus. Auf krummen Wegen landete ich gegen Abend in der schönen Gemeinde Timmendorfer Strand und mietete mich im Hotel Dryade ein. Vermutlich hatte ich Angst, mit mir alleine in meinem Jeep zu schlafen. Ich aß bei irgendeinem Italiener, der mir für dreiundzwanzig Mark fünfundsiebzig genügend Nudeln für einen hohlen Zahn servierte und hockte mich dann in einem Straßencafé an einen Tisch, um trübsinnig vor mich hinzustarren.

Ich marschierte an einem Minigolfplatz vorbei, auf dem verbiesterte Bürger kleine unschuldige Bälle in irgendwelche Löcher zu schlagen versuchten und dabei genauso verklemmt aussahen wie ich. Ich dachte: Du hast dich irgendwo am Straßenrand verloren, Baumeister, du solltest versuchen, wieder zu Bewusstsein zu kommen. Ich rief also Minna im Harlekin an, und jemand sagte muffig: »Hat keine Zeit, macht Toast.«

»Sagen Sie ihr, Baumeister ist dran. Ich warte.«

Nach einer Weile hob sie den Hörer auf. »Ich dachte schon, du seist auf ewig verschwunden. Wo bist du?«

»Timmendorfer Strand, in einem Hotel. Ist Karl-Heinz bei dir an der Bar?«

»Nein. Er hat sich nicht sehen lassen.«

»Kannst du feststellen, ob er zu Hause ist?«

»Ich kann jemanden hinschicken.«

»Tu das, bitte.«

»Warum?«

»Ich hab da so eine Ahnung. Und wenn ich eine Ahnung habe, will ich wissen, ob sie richtig ist.«

»Kommst du hierher?«

»Nein. Ich fahre erst einmal zurück in die Eifel. Ich muss mich um Krümel kümmern, ich muss eilige Geldsachen erledigen. Dann fahre ich nach Genf.«

»Und? Kann ich mit?«

»Ja. Aber ich kann dich nicht ernähren.«

»Getrennte Kasse?«

»Das wäre mir recht.«

»Wann muss ich antreten?«

»Sagen wir in drei Tagen? Du fährst die Autobahn Köln-Brühl-Euskirchen. Bis ans bittere Ende. Dann links ab nach Hillesheim.« Ich gab ihr die Adresse. Später lag ich in meinem Bett und wusste plötzlich, dass ich nichts anderes tat, als wortlos um Theresa zu trauern.

Watermann interessierte mich nicht wirklich, Watermann war ein Phänomen weit draußen am Horizont meines Lebens, dort wo Traum und Wirklichkeit sich berührten. Ich schlief fast bis Mittag, frühstückte dann und rief Minna an.

»Ist Karl-Heinz da?«

»Nein. Er ist verschwunden, seit wir ihn nachts besucht haben. Wieso willst du das wissen?«

»Es interessiert mich eben. Ich werde es dir irgendwann einmal erklären. Bis dann.«

In Höhe Osnabrück erwischte mich auf der Rückfahrt ein grandioses Gewitter von fast tropischen Ausmaßen. Es dauerte nicht einmal drei Minuten, bis die Autobahn gesperrt war, weil wie üblich einige Trottel sich eisern auf die Kunst der Autokonstrukteure verließen und sich vom Gaspedal nicht trennen wollten. Jetzt hatten sie Beulen am Blech und Blessuren am Körper und sahen so aus, als würden sie alle naselang anfangen, bitterlich zu weinen.

Ich verlor auf diese sympathische Weise etwa zwei Stunden und erreichte die Eifel erst, als es schon dunkel war und auf Mitternacht zuging. Normalerweise erwartet mich meine Katze Krümel vor der Haustür. Sie kann den Motor des Autos über Kilometer hören. Aber diesmal war Krümel nicht da.

Ich zog das Leichtmetalltor auf, das meine Garage dichtmacht, hockte mich in den Jeep, schaltete das Licht ein und wollte ihn hineinfahren.

Dann sah ich die Katze.

Sie hatten sie an einem Draht am Schwanz aufgehängt. Der Draht führte durch einen Eisenhaken an der Decke, in dem ich meistens einen Holzrechen eingefädelt habe. Die Katze war grau, sie sah aus wie Krümel, und eine Sekunde lang hatte ich ein Würgen im Hals und wollte den Rückwärtsgang einlegen, um wieder zu verschwinden. Ich stieg aus und ging zu dem Tier.

Es war steif, es war lange tot, es sah so aus wie Krümel, aber es war nicht Krümel. Es war der Kater, den ich immer den Freundlichen nannte, weil er so unermüdlich an das Gute im Menschen glaubte und seinen Kopf an den Beinen jedes Vorübergehenden schabte und dazu schnurrte. Der Freundliche war der Vater der Babys gewesen, die Krümel zwei Jahre zuvor auf meinem Schreibtisch bekommen hatte.

»Scheiße«, sagte ich laut.

Dann fuhr ich den Wagen ein paar Schritte zurück und machte das Garagentor wieder dicht. Ich schloss das Haus auf und lauschte eine Weile in die Dunkelheit. Dann hörte ich Krümel. Sie kam die leicht knarrende Treppe hinunter, und sie bewegte sich nervös und unruhig. Ihr Schwanz ging aufgeregt hin und her.

»Schöne«, sagte ich, »was war los?«

Sie kam heran und verlor etwas von ihrer Aufgeregtheit. Sie rieb sich an meinen Beinen, und ich ging voraus in die Küche und machte ihr eine Dose Seelachs auf. Während sie fraß, rief ich Dr. Schneider in Gerolstein an.

Ich sagte: »Es ist mir wurscht, ob Sie mich für verrückt halten, aber Sie müssen jetzt sofort hierherkommen.«

»In der Nacht? Ist was mit Krümel?«

»Nein. Es ist nicht Krümel, es ist Krümels Exmann. Es ist wichtig.«

»Na gut«, sagte er nicht sehr begeistert.

»Ist jemand im Haus, der nicht ins Haus gehört?«, fragte ich meine Katze.

Sie antwortete nicht, sie ließ sich nicht vom Fressen abhalten. Also waren wir allein. Ich ging hinauf und machte das Fenster meines Schlafzimmers auf. Es war stickig im Haus. Ich ging auf den Dachboden und sah sicherheitshalber nach, ob sich hier irgendwo jemand versteckt hatte. Ich entdeckte nichts. Dann ging ich wieder hinunter und rief Alfred an.

»Kannst du kommen?«

»Wann? Morgen früh?«

»Nicht morgen, jetzt.«

»Was ist los? Ich glaube, mein Schwein pfeift.«

»Komm schon«, sagte ich ungeduldig und legte den Hörer auf.

Sie kamen nahezu gleichzeitig. Schneider ließ seinen Wagen auf dem Hof ausrollen und fragte aus dem Fenster heraus: »Feiern Sie Geburtstag oder so was?«

»Nein«, sagte ich. »Sie müssen eine Leiche untersuchen.«

»Ich bin Tierarzt.«

»Ja, eben.«

Alfred stoppte hinter ihm. »Was ist los?«

»Fahr mal so, dass deine Scheinwerfer in die Garage leuchten«, sagte ich. Ich zog das Tor auf.

»Ach du lieber Gott«, sagte Schneider.

»Das ist ja irre«, sagte Alfred.

»Ich muss wissen, wie lange das Tier schon tot ist. Ungefähr. Hast du irgendwen im Dorf oder hier auf dem Hof gesehen?«

»Nein. Aber heute Morgen, vor dem Melken, waren Fremde im Dorf. Sie haben unten bei Mechthild Zigaretten gezogen. Das ist alles. Aber ich weiß nicht, wer das war.«

»Wer hat sie gesehen?«

»Ludwig ist losgefahren, um den Milchwagen zu holen. Das muss um fünf Uhr gewesen sein oder früher. Ist jemand hinter dir her?«

»Sie haben die Katze wahrscheinlich mit Krümel verwechselt«, sagte ich.

Schneider ging los und sah das Tier aufmerksam an. Dann fasste er es an und tastete es ab. Er schüttelte den Kopf. »Ich nehme es mal ab.« Er legte sie in die Schubkarre und tastete sie erneut ab. »Das muss so zwischen achtzehn Stunden und einem vollen Tag her sein.«

»Haben sie ihr das Genick gebrochen?«

»Weiß ich nicht. Die Schweine haben das Tier wahrscheinlich lebend an dem Draht aufgehängt. Es hat sich zu Tode gestrampelt. Sehen Sie mal, rechts von dem Haken. Da hat es versucht, die Krallen in den Beton zu schlagen.«

»Heilige Scheiße«, sagte Alfred rau. »Ich hole mal Ludwig raus, er muss mir sagen, was das für Kerle waren. Was für Vögel sind denn hinter dir her?«

»Das weiß ich nicht so genau«, sagte ich.

»Erstatten Sie Anzeige?«, fragte Schneider.

Ich schüttelte den Kopf. »Es war einfach. Sie konnten von hinten in die Garage. Durch die alte Stalltür.«

»Was sind das denn für Leute?«, fragte er unruhig.

»Ich weiß es nicht«, log ich. »Vielen Dank noch einmal.«

Er fuhr vom Hof, und Sekunden später fuhr auch Alfred. Ich ging hinein und fand es elend leer und still. Ich hörte eine Weile Manhattan Transfer, aber das konnte mich auch nicht trösten. Ich war gerade am Eindösen, als Alfred die Tür aufstieß.

»Ludwig sagt, es war Viertel nach vier. Er ist rüber zur Molkerei, um mit dem Tankwagen loszufahren. Das heißt, er wollte rüberfahren. Dann hatte er keine Zigaretten mehr und wollte sich welche in Mechthilds Automat ziehen. Er sagt, es waren vier. Sie waren so um die zwanzig Jahre alt. Weiße kurze Hemden, Stoppelfrisur und diese Kampfstiefel. Er sagt, sie fuhren von Mechthild aus weiter ins Dorf. Sagt dir das was?«

»O ja«, sagte ich.

»Wo ist denn diese ... diese schmale Dunkelhaarige? Ist sie weg?«

»Ja. Sie ist weg.«

»Meinst du, diese Kerle sind noch in der Gegend?«

»Was sagt Ludwig, was fuhren sie für einen Wagen?«

»Einen alten Granada 2,8 i. Dunkelgrün, sagt Ludwig. Ach ja, Kieler Nummer. Warst du in Kiel?«

»Ich war in Kiel.«

»Also alte Bekannte?«

»Kann man sagen. Die Katze war nur eine Warnung. Ich denke, sie sind noch hier.«

»Na gut, aber wo?« Er ging an den Eisschrank, holte sich eine Flasche Sprudel und öffnete den Kronkorken mit seinem Feuerzeug. »Wenn sie noch hier sind, dann oben am Sportplatz. Von dort aus können sie das Haus sehen.«

»Dann fährst du jetzt weg. Ich gehe langsam bis zum Steinbruch. Und sag Markus Bescheid. Wenn ihr sie mit euren Traktoren in die Zange nehmt, können wir sie uns packen. Ich gebe dir zehn Minuten Vorsprung. In Ordnung?«

Er nickte und ging hinaus, und ich hörte, wie er wegfuhr. Ich wartete zehn Minuten. Dann löschte ich die Lichter mit Ausnahme der Leuchte neben der Haustür. Sie sollten mich gut erkennen.

Ich ging die Weinbergstraße hoch, an den Häusern meiner Nachbarn vorbei. Es war sehr still, einmal glaubte ich einen Motor zu hören, aber das konnte eine Täuschung sein. Linker Hand war der Bolzplatz für die Kleinen mit dem schönsten englischen Rasen, den ich kenne. Dann kam die Gruppe jahrhundertealter Eichen, dann die Schneise, in der die drei Waldwege beginnen. Ich nahm den linken. Über den Wiesen und den Feldern mit Braugerste kam mattgrau der Tag gekrochen. Ich ging langsam und rauchte eine Jubiläum von Stanwell.

Die Szenerie kam mir lächerlich vor. Da waren irgendwelche verführte Jugendliche, die die Welt retten wollten, und ich ließ mich darauf ein, mit ihnen Räuber und Gendarm zu spielen. In diesem Fall allerdings war es wichtig, sehr schnell und sehr plötzlich mit ihnen Kontakt aufzunehmen. Es war die einzige Möglichkeit, ihnen zu zeigen, dass ich auf der Hut war.

Ich bückte mich und pflückte ein paar Walderdbeeren, die grellrot im Gras standen. Dabei sah ich sie. Sie ließen ihr Auto parallel zu mir über einen Feldweg rollen. Es war gespenstisch, da ich sie nicht hörte. Sie waren dreihundert Meter jenseits der Wiesen und glitten wie ein Schatten durch die Landschaft.

Sie waren so dumm.

Die Schmetterlinge wurden wach. Auf einer violetten Distel hockten ein Tagpfauenauge und ein Ochsenauge und breiteten zittrig die Flügel aus, um den Tag zu prüfen. Ich wünschte ihnen guten Flug.

Der alte Steinbruch, der nur noch gelegentlich von Leuten benutzt wird, die sich hier Steine für ihre Gärten holen, hatte zwei Eingänge, die beide gerade mal so breit wie ein Auto waren. Ich ging durch den rechten Eingang über die glattgefahrene Fläche vor der Steilwand. Ich hockte mich auf einen Steinbrocken und entdeckte zwischen meinen Füßen zwei stahlblaue Mistkäfer, die über Grashalme torkelten.

Die Frage war, ob sie den Fehler machen würden, den sie auf keinen Fall machen durften. Sie machten ihn.

Sie kamen sehr schnell den Wiesenweg herunter und bretterten, wohl um Eindruck zu schinden, direkt durch den Eingang, den auch ich genommen hatte.

Sie stiegen nicht sofort aus, sie sahen sich um. Zwanzig Meter weiter warf Alfred den Motor des CASE an und kam mit Vollgas rückwärts in den Eingang gefahren. Er hatte einen großen Heuwender angespannt, einen Wald langer Stahlspitzen. Er ließ den Wender hochkommen, und die Teller begannen sich zu drehen.

Sie stiegen immer noch nicht aus, aber sie hatten ihre Lage begriffen. Zwischen ihnen und dem rettenden zweiten Ausgang lag ein fast drei Meter tiefer Graben mit steilen Wänden, den der Sprengmeister hatte sprengen lassen. Sie saßen fest.

Sie stiegen aus und blieben neben ihrem Auto stehen. Sie machten einen verdutzten Eindruck, sahen aber immer noch gefährlich aus. Sie trugen Sonnenbrillen. Dann heulte ein zweiter Trecker auf, und Markus auf einem John Deere schob sich in den zweiten Eingang. Auch er setzte rückwärts in die Lücke, auch er hatte einen wellengetriebenen Heuwender eingespannt.

»Jetzt kommt ihr nicht einmal mehr zu Fuß raus«, sagte ich laut. Ich winkte Alfred zu, und er ließ den Wender schnell laufen. Das rechte Horrorszenario für verwirrte Jugendliche: Fleischwölfe für Menschen. Dann stellten beide die Motoren ab.

»Wir sind vier«, sagte Karl-Heinz.

»Ja, ja«, sagte ich. »Komm bitte her.«

»Wieso das?«

»Weil ich mit dir reden will und weil ich nicht brüllen möchte. Nein, nein, nicht alle vier, nur der Karl-Heinz.«

Sie wisperten miteinander, dann kam Karl-Heinz zu mir her. »Ich wollte mich nur mit dir unterhalten«, sagte er.

»Das wolltest du nicht«, erwiderte ich. »Du hast die Katze aufgehängt. Du hast sie umgebracht.«

»Ja und? Ich hab das nur gemacht, damit du gewarnt bist. Du sollst aufhören, dich mit Watermann zu beschäftigen.«

»Was du tust, ist Nötigung, Erpressung und Tierschinderei, und was weiß der Teufel noch alles. Hat Opa dir das befohlen?«

»Opa? Ach so, der. Nein, Opa redet nicht mit uns. Das machen andere. Sie sagen uns immer, auf wen wir ein Auge haben sollen. Aber wir sind privat hier.«

»Privat? Was willst du?«

»Nichts. Ich will nur, dass du aufhörst, nachzuforschen. Wir haben schon Schwierigkeiten genug in diesem Staat.«

»Du bist ein Arsch, mein Freund, du lässt dich einspannen, du hast dir das Denken abgewöhnt.«

»Red nicht so was. Wir kommen hier raus, wir kommen hier spielend raus. Jederzeit.«

»Versuch es.«

Er drehte sich herum. Seine drei Kumpel standen wie angewachsen zusammen.

»Versuch es«, wiederholte ich. »Versuch es ruhig. Ich will dir nur zeigen, dass du bei mir keine linke Tour drehen kannst. Sag mir schon, wer dich bezahlt.«

»Mich bezahlt keiner«, sagte er schnell.

»Wer bezahlt dich?«

»Keiner, ich mache es ehrenamtlich.«

»Hör zu, ich verstehe was davon. Du kannst vom Lohn bei der Müllabfuhr nicht mal den Sprit bezahlen. Wie läuft das, wer bezahlt dich?«

Unschlüssig schabte er mit der Spitze seines rechten Stiefels über einen roten Basaltbrocken.

Ich verstärkte den Druck. »Hör zu, als ich die Katze gefunden habe, wusste ich sofort, dass du es warst. Ich habe meinen Freunden Bescheid gegeben. Sie stehen vor dir. Wenn die Heuwender laufen, habt ihr keine Chance. Und im Dorf unten warten die Bullen ...«

»Wir haben Waffen«, sagte er.

»Waffen? Bist du verrückt?«

»Wieso?« Jetzt war er erstaunt.

»Du landest im Knast.«

»Wir haben alle vier Waffen.«

»Du meinst, du kannst uns wie Karnickel abschießen und abhauen? Bist du so naiv, oder tust du nur so? Du hast niemals eine Waffe, du gibst nur an.«

Er griff nach hinten in den Hosenbund und hatte die Waffe in der Hand. Sie sah echt aus, wenngleich ich von Waffen nichts verstehe.

»Wer bezahlt dich?«

»Ich bin privat.«

»Zum letzten Mal, wie finanzierst du das?«

»Na ja, wir machen eine Ferientour. Sie geben uns eine kleine Beihilfe. Hundert Mark pro Mann und die Verpflegung und den Sprit. Wir kämpfen für eine gute Sache.«

»Was ist an der Sache gut, Karl-Heinz? Katzen aufhängen, Leute bedrohen und verprügeln?«

»Es ist ja nur für die Sache«, sagte er mutlos.

»Du machst dich kaputt damit«, sagte ich und wandte mich leicht von ihm ab. »Sie nutzen dich aus, sonst nichts. Wenn du in Schwierigkeiten kommst, dann behaupten sie, dich niemals gesehen zu haben, dich nicht zu kennen. Für sie bist du ein Arsch.«

Dann trat ich zu. Ich traf ihn voll zwischen die Beine, und er ließ die Waffe fallen und schrie grell. Ich nahm die Waffe hoch, und er bückte sich tief nach vorn und schnappte wie verrückt nach Luft.

Der Lauf der Waffe war zugegossen.

Alfred und Markus warfen die Trecker an, legten den Rückwärtsgang ein, ließen die Wellen der Heuwender anlaufen und fuhren langsam an.

»Hört auf!«, schrie ich.

Sie stoppten sofort.

Karl-Heinz lag flach auf dem Bauch und versuchte mit den Schmerzen fertig zu werden. Sein Gesicht war schneeweiß. »Ich lasse dich laufen«, sagte ich. »Ich will dich schonen. Wenn ich dir noch einmal begegne, lasse ich dich verhaften.« Dann ging ich an seinen drei Kumpanen vorbei und stach mit meinem Schweizer Messer ihren rechten Hinterreifen an. Sie bewegten sich nicht, sie sagten kein Wort. Ich stellte mich hinten auf den Querträger von Alfreds Trecker, und er rumpelte los. Ich hatte das ekelhafte Gefühl, zu den Leuten zu gehören, die Leuten wie Karl-Heinz keine Chance geben.

»Das war knapp, wie?«, sagte Alfred.

»Es sind Kinder«, sagte ich. »Maßlos gefährliche Kinder. Die Treibhausluft bei uns tut ihnen gut.«

Zu Hause legte ich mich nackt auf mein Bett, es war sehr warm im Zimmer. Nach einer Weile kam Krümel maunzend ins Haus, die Treppe hoch und legte sich quer über meine Beine. Irgendwann schellte das Telefon, und die ungläubige Stimme des Tierarztes Schneider sagte: »Ich habe obduziert. Der Kater hat sich bei seinen Freiheitsbemühungen selbst das Genick gebrochen.«

»Wie schön. Ich komme gelegentlich vorbei.«

»Das habe ich umsonst gemacht«, sagte er.

»Danke«, sagte ich und schlief gleich darauf wieder ein. Als ich wach wurde, brannte die Sonne, es war drei Uhr nachmittags, und ich ging daran, einen Haufen altes Geschirr zu spülen. Ich hatte es noch zusammen mit Theresa benutzt, und einmal muss man anfangen aufzuräumen.

Dann hockte ich mich in den Garten unter die zwei kleinen Birkenbüsche und dachte darüber nach, ob es sich lohnen könne, dem merkwürdigen Tod des Watermann ein paar Tage zu opfern. Das Wetter war schön genug, langsam nach Genf zu gondeln, sich ein wenig umzuhören und umzusehen. Die Frage war, ob die bloße Ahnung, dass der Mörder sein Opfer höchstpersönlich nach Genf lockte, ausreichte. Vor allem, wenn man die Auswahl zwischen mindestens acht Gruppen und also sehr vielen Menschen hatte.

Ich entschloss mich für Genf, denn alles war jetzt besser, als in der Eifel zu bleiben und zu erleben, dass die Menschen in Urlaub fuhren oder braun gebrannt und gut gelaunt zurückkehrten. Dann fiel mir ein, dass spätestens in achtundvierzig Stunden Minna Tenhövel auf den Hof rollen würde, und ich schalt mich einen Narren. Das war keine gute Entscheidung gewesen.

Ich rief die Kripo in Kiel an. Ich ließ mich mit dem Diensthabenden verbinden und erklärte: »Mein Name ist Siggi Baumeister, ich bin ein Journalist. Ich war gerade in Kiel, um mich ein wenig um den Fall des toten Ministerpräsidenten Watermann zu kümmern. Bei der Gelegenheit lernte ich in einem abhörsicheren Haus des Verfassungsschutzes einen älteren Mann kennen. Man nennt ihn Opa. Er hat, direkt oder indirekt, eine

Gruppe jugendlicher Rechtsradikaler auf mich gehetzt. Sagen Sie ihm bitte, er soll das lassen, sonst bekommt er Schwierigkeiten, und zwar gewaltige, denn ich …«

»Moment, Moment, Sie sind hier falsch. Hier ist die Kriminalpolizei, hier ist …«

»Sagen Sie Opa, dass die Jugendlichen zugegeben haben, auch noch dafür bezahlt zu werden. Ich danke Ihnen.«

Dann legte ich auf, wohl wissend, dass sie sich nicht mochten, die Männer von der Kripo und die vom Verfassungsschutz. Sie würden sich einen Spaß daraus machen, Opa ein Feuer unter den Hintern zu setzen. Wenn man ein Ei legen will, sollte man das gründlich tun.

Dann fuhr ich in die »Tasse« und aß ein großes Joghurteis mit Früchten. Als ich zurückkam, stand da ein Golf vor der Tür, und auf den Stufen hockte Minna und sagte: »Ich habe mir gedacht, dass ich sofort hierherfahre. Du hast es aber hübsch hier.«

»Ab in den Garten. Da liegt ein Schlauch. Mach die Beete gründlich nass. Anschließend gibt es eine Forelle in Niederehe. Trag dein Gepäck rauf in das erste Zimmer. Wir fahren morgen früh um vier.«

»Wieso hast du nach Karl-Heinz gefragt?«

»Er war vor ein paar Stunden noch hier. Ich erzähle es dir. Aber erst den Garten sprengen.«

Ich berichtete ihr alles bei der Forelle, und sie war tief betroffen und wollte nicht aufhören, darüber zu sprechen.

Sie fragte: »Wie kann denn irgendein Geheimdienst so dumm sein, sich mit der Mitarbeit von solchen Kindern zu belasten?«

»Das ist überhaupt nicht dumm und zuweilen die einzige Möglichkeit herauszufinden, welche Stimmung unter den Extremen herrscht.«

»Aber dann noch mitarbeiten lassen ... « Sie verstand das nicht.

»Diese Mitarbeit lässt sich in der Regel nicht beweisen. Um die Mitarbeit zu beweisen, müsste ein Richter die wahrheitsgemäße Zeugenaussage von Beamten verlangen können. Kann er aber nicht, denn diese Beamten erhalten von ihrer vorgesetzten Behörde in der Regel keine Aussagegenehmigung. Das bedeutet in unserem Fall: Ich kann so oft behaupten, wie ich will, dass die Kids auf mich angesetzt und bezahlt wurden. Beweisen kann ich das nie und nimmer.«

»Das ist Machtmissbrauch.«

»Stimmt.«

Wir schliefen ein paar Stunden, luden das Gepäck ein und verließen die Eifel morgens gegen halb fünf. Bis Koblenz ging es glatt, aber dann gerieten wir bald in die ersten Staus. Dummerweise hatte ich übersehen, dass in Nordrhein-Westfalen an diesem Tag die Ferien begannen. Es war hoffnungslos, und so fuhren wir kurz vor dem Autobahnkreuz Weinsberg ab, um uns über deutsche Landstraßen nach Süden zu quälen. Grob gesprochen hangelten wir uns über den Schwarzwald nach Süden, übernachteten in Basel und fuhren dann über Montreux weiter nach Genf.

Immer wieder begannen wir unsere Überlegungen mit dem Satz: »Er gibt also der Nation sein Ehrenwort, ich wiederhole Ehrenwort, und entschwindet in den Urlaub …« Einmal fragte sie: »Nehmen wir einmal an, das Apartment ist der Tatort. Es war von einer Flasche Rotwein die Rede. Da sollen auch zwei Gläser gestanden haben. Dann ist nicht mehr von Rotwein und Gläsern die Rede, sondern von einer Flasche Whisky. Ist das Apartment nicht genau durchsucht worden?«

Ich dozierte also: »Dieser Tatort, das Apartment, ist das dubioseste, was ich je erlebt habe. Du erinnerst dich, dass dieser Etagenkellner Vergori dem Watermann am Samstagabend gegen halb sieben eine Flasche Rotwein mit zwei Gläsern brachte? Gut. Es war eine Hausmarke namens: *Gestiefelter Kater* von 1985. Watermann sagte Vergori, er solle nichts eingießen, das mache er selber. Als Watermanns Leiche gefunden wird, ist diese Flasche Rotwein verschwunden, buchstäblich verschwunden, denn Vergori hat nach eigenen Angaben die leere Flasche und die Gläser nicht wieder aus dem Apartment herausgeholt, er hat es nicht mehr betreten. Die beiden Gläser gab es noch. Eines lag zerdeppert, aber nachweislich ausgespült und ohne Fingerabdrücke, im Papierkorb, das andere stand unbenutzt auf einem Tischchen. Die Rotweinflasche war verschwunden, dafür lag in einem Papierkorb eine kleine Flasche Whisky der Marke *Jack Daniels* aus der Mini-Bar. Sie war ausgetrunken und ebenfalls ausgespült und ohne Fingerabdrücke …«

»Und trotzdem haben die schlauen Leute sich für Selbstmord entschieden?«

»Sie wollten auf keinen Fall die Wahrheit wissen.«

»Also hat Watermann zusätzlich zu den acht Medikamenten auch noch Alkohol getrunken?«

»Eben nicht. Die Obduktion hat keine Spur von Alkohol ergeben. Das heißt, sowohl den Rotwein wie den Whisky hat jemand anderer getrunken. Oder, um verwirrende falsche Fährten zu legen, den Rotwein ausgegossen oder verschwinden lassen, und den Whisky ausgegossen.«

»Die Staatsanwaltschaft in Kiel hat das Ermittlungsverfahren abgeschlossen, obwohl sie das alles wusste?«

»Obwohl sie das alles wusste.«

»Stimmt es eigentlich, dass dieser Gerber im benachbarten Hotel einquartiert war? Und wer genau ist Gerber?«

»Manfred Gerber, Alter heute zweiundfünfzig, gibt als Beruf Privatermittler an, wurde jahrelang vom Bundeskriminalamt als privater Agent eingesetzt und gefördert. Machte sich einen Namen durch einige merkwürdige Dinge. Zum Beispiel sprengte er ein Loch in die Gefängnismauer in Celle, um dadurch in den inneren Kern der Rote-Armee-Fraktion zu gelangen. Arbeitete später für deutsche Industrieunternehmen in Südamerika. Ein sehr mysteriöser Mann. Er war nachweislich in Genf, als Watermann starb. Wohnte nur ein paar Meter weiter. Das sagt alles, aber gleichzeitig sagt es nichts, denn Genf ist die internationale Hochburg der Geschäftsleute, die mit Waffen reich werden. Gerber hat eine enge Anbindung an diese Leute, tummelt sich dauernd für Versicherungen im Untergrund. Insofern ist es auch logisch, dass Watermann ausgerechnet nach Genf gelockt wurde, denn Watermann wiederum wusste eine Unmenge über illegale Waffendeals. Er wusste genau Bescheid über den U-Boot-Deal mit Südafrika, er wusste über eine Unmenge von illegalen Waffengeschäften deutscher Unternehmen in Krieg führenden Drittländern Bescheid. Viele dieser Waffen sind zunächst in die DDR geschafft worden, um von dort verschifft zu werden. Der Knabe, der das arrangierte, heißt bekanntermaßen Schalck-Golodkowski und war nicht nur Geheimdienstoffizier, sondern der absolute Managerkönig der Ex-DDR.«

»Also kann irgendein Waffenhändler Watermann ermordet haben …«

»Kann, bestenfalls kann. Für Waffenhändler von internationalem Ruf war dieser Watermann nicht mehr als ein quer sitzender Furz, ein unbedeutender Mensch.«

Sie starrte mich von der Seite an und begann zu kichern.

»Ihr seid doch bescheuert, ihr Männer. Glaubst du denn im Ernst, irgendein Großmächtiger aus der Politik ruft einen Killer an und sagt: Tu mir mal eben den Gefallen und lege Watermann um! Glaubst du so einen Schmarren?«

»Hältst du politische Morde für möglich?«

»Natürlich.«

»Hast du eine Vorstellung, wie sie ablaufen?«

»Nein, habe ich nicht. Ich stelle mir ein Gremium vor, das entscheidet, dieser oder jener muss weggeschafft werden, und dann …«

»So läuft es eben nicht ab. Nehmen wir unseren Fall, nehmen wir Watermann. Watermann fliegt mit Ehefrau in den Urlaub. Dann schmeißen ihn die eigenen Parteigenossen aus dem Landtag. Das war eine Panne, ich gehe jede Wette ein, dass dies die Superpanne im ganzen Durcheinander war. Watermann liest von seinem Rausschmiss in der Zeitung und dreht durch. Er hat sein ganzes Leben für die Partei geschuftet, er hat für sie gelebt. Sie hat ihn groß gemacht, aber er hat sie auch gestärkt. Jetzt schmeißen ihn dieselben Leute, die ihm vorher in den Arsch gekrochen sind, aus dem Verein heraus. In diesem Augenblick ist Watermann vogelfrei. Die großen Politiker kriegen plötzlich die Panik. Sie konnten den Fehler, den die Landesgruppe der Christlichen in Schleswig-Holstein gemacht hatte, nicht wieder ausbügeln. Sie wussten: Watermann rast vor Wut über seinen Rausschmiss. In diesem Moment wussten alle Betroffenen, dass Watermann nicht den Mund halten würde. Sie mussten etwas unternehmen, sie mussten die Notbremse ziehen, sie mussten ...«

»Und dann hat der Kanzler beim Frühstück gesagt: Nietet ihn um!« Sie schlug sich vor Begeisterung auf die Schenkel.

»Das ist natürlich Unsinn. Unser Bundeskanzler ist ein höchst ehrenwerter Mann, ebenso ehrenwert wie alle seine Minister. Niemals würde einer dieser Männer sagen: Bringt den oder jenen um die Ecke. So funktioniert das nicht. Sie müssen gar nichts sagen, verstehst du?«

»Das verstehe ich nicht.«

»Es ist ganz einfach. An diesem Punkt war ziemlich leicht auszurechnen, was Watermann tun wird: Er wird über kurz oder lang reden, ein Buch schreiben, seine Version der Wahrheit sagen. Alle wissen ganz genau, dass Watermann von rund zehn bis zwanzig Skandalen erzählen kann. Mit Sicherheit so detailliert, dass

Minister darüber fallen, Staatssekretäre stolpern, hohe Beamte entlassen werden müssen, Parteivorsitzende angeschlagen sind, Geheimdienste ins Zwielicht geraten. Also muss der Bundeskanzler gar nichts sagen. Er kann sich darauf verlassen, dass genügend hohe Beamte auf Landes- und Bundesebene begreifen: Wenn Watermann redet, sind wir alle dran! Wenn das Boot leck ist, sinken wir alle. Jetzt kommt das Verrückte: Auch diese hohen Beamten werden nie und nimmer sagen: Bringt Watermann um! Sie werden etwas anderes sagen. Ahnst du, was sie sagen?«

»Nein«, sagte sie verkrampft.

»Ganz einfach: Sie behaupten, dass Watermann in diesem Zustand die Sicherheit des Staates in einer nicht mehr zu kontrollierenden Weise gefährdet. Dann folgt die zweite Phase: Irgendeiner dieser außerordentlich mächtigen Beamten ist auf der Sicherheitsseite tätig, egal ob auf der Landesebene oder auf Bundesebene. Der Mann hat also direkte Weisungsbefugnis. Er kann entscheiden: Watermann ist jetzt in überragender Weise gefährdet und somit gefährlich. Es steht zu befürchten, dass Watermann getötet wird. Also muss ich ihn schützen, also locke ich ihn zu seinem Schutz nach Genf ...«

»Moment mal, du stellst doch die Welt auf den Kopf!«, sagte sie hastig.

»Nicht die Spur«, sagte ich. »Ich kann als haushoher Bundesbeamter, zuständig für Sicherheitsfragen, nach dem Tod Watermanns behaupten: Ich habe ihm empfohlen, direkt nach Genf zu kommen, weil wir ihn dort schützen konnten. Das gelang nicht.«

»Mit anderen Worten: Niemand braucht zu sagen: Bringt ihn um! Und niemand muss fürchten, sich schuldig zu bekennen.«

»So ist es.«

»Was suchen wir dann in Genf?«

»Wir suchen den einen Fehler, den sie gemacht haben.«

»Willst du wieder Finanzamt schreien?«

»Ja«, sagte ich. »Ich weiß nur noch nicht, in welche Richtung ich schreien soll.«

»Du willst natürlich im Apartment von Herrn Watermann schlafen und in seiner Badewanne baden?«

»Nein, absolut nicht. Ich bin ein empfindlicher Mensch.«

Sie wurde ungeduldig. »Wo wollen wir denn anfangen?«

Mir wurde immer klarer, dass sie keine pflegeleichte Reisegefährtin sein würde. Ich brummelte: »Willst du meine Volontärin werden, mein Lehrling?«

»Na ja, warum nicht? Also, erkläre mir dein Vorgehen, bitte.«

»Stell dir vor, du bekommst in der Schule die Aufgabe, einen Aufsatz zu schreiben. Über ein Thema, das du sehr gut beherrschst. Was machst du? Du sammelst Stoff. Genau dasselbe tun wir jetzt auch. Wir sammeln alles an Fakten und Vermutungen, was wir kriegen können. Das ergibt ein Muster. An der Stelle, an der eine Vermutung eine Tatsache ersetzt, müssen wir versuchen, an Beweise zu kommen oder aber an Aussagen, die Beweiskraft haben. Nimm einen einzigen Punkt: Watermann taucht in diesem Hotel auf, hat aber nachweislich nicht selbst das Zimmer gebucht. Niemand weiß, wer es für ihn gebucht hat. Die Frau war es nicht, sein Bruder war es nicht, aber jemand hat für den Herrn Dr. Dr. Watermann gebucht. Das führt zu einem nächsten, nie erledigten Problem: Wir wissen, dass dieser Gerber im Nachbarhotel *Le Richemond* wohnte. Aber wer im Hotel *Beau Rivage* des Watermann logierte, wissen wir nicht. Die Gästeliste wird aus Gründen der Diskretion in der Schweiz wie ein Geheimdossier behandelt. Also brauchen wir diese Liste, um festzustellen: Wer waren denn Watermanns Zimmernachbarn? Vielleicht ist diese Liste aufschlussreich, vielleicht ist sie so langweilig wie ein Telefonbuch. Wir werden sehen.«

»Baumeister, das kriegen wir nie raus«, murmelte sie nach einer Weile.

»Da bin ich mir nicht so sicher, wir müssen nur laut genug Finanzamt schreien.«

»Du bist wirklich ein merkwürdiger Mensch. Lebst unter Bauern und Handwerkern mitten im Wald und braust hierher, um den ganz Großen ans Bein zu pinkeln.«

»Das hast du aber fein formuliert.«

VIERTES KAPITEL

Wir fuhren bis Ferney-Voltaire, acht Kilometer vor Genf. Wir fanden ein Gasthaus, in dem die Preise einigermaßen normal schienen, und mieteten ein Doppelzimmer.

Dann hielt ich ihr einen kurzen sogenannten Arbeitsvortrag.

»Kein Nahkampf. Wir verkaufen uns als müdes Paar. Wir reden niemals in Lokalen oder in der Öffentlichkeit über den Fall. Wir machen den Eindruck von hart arbeitenden Leuten, die ein paar Tage ausspannen und spazieren gehen wollen. Wir haben den Honigmond längst hinter uns, wir turteln nicht, wir halten nicht Händchen, und wir halten den anderen nicht für den Größten.«

»Gut so. Wenn du morgens der erste unter der Dusche bist.«

»Einverstanden. Jetzt werde ich die Sache ein wenig ins Rollen bringen.«

»Wieso jetzt? Wir sind doch noch gar nicht angekommen!«

»Ich habe eine Idee, also lass mich telefonieren.«

»Dann gehe ich duschen. Ach nein, ich will es mitkriegen.« Sie hockte sich auf das Bett.

Werner Ascheburg, Chefreporter des Kölner Express, war einer der Männer, die die richtige Nase hatten. Ich wollte ihn nicht hinters Licht führen, ich sagte: »Ich habe möglicherweise eine Geschichte für Sie. Ich kümmere mich erneut um den toten Watermann, ich rufe Sie aus Genf an. Haben Sie Zeit, mir zuzuhören?«

»Ich habe. Ich muss allerdings darauf aufmerksam machen, dass die Politikverdrossenheit des gemeinen Mannes mittlerweile krankhafte Formen angenommen hat. Die wollen von Bestechung und Korruption nichts mehr lesen, weil sie voraussetzen, dass so etwas gang und gäbe ist.«

»Ich gehe von der Überlegung aus, dass ein sehr massives Interesse bestand, den Tod des Watermann herbeizuführen, weil er von zu vielen Leichen im Keller wusste. Nehmen wir nun einmal an, dass bestimmte Justizkreise, aber auch hohe Behörden sich schämen, so elend versagt zu haben. Nehmen wir weiter an, ein paar von diesen Leuten wollen reden. Vor allem über die Frage, dass die Bundesregierung ein erstaunlich großes Desinteresse daran hatte, den Fall aufzuklären. Beweissträngen in Richtung Mord ist nicht nachgegangen worden.«

»Das hört sich gut an. Für wen sind Sie unterwegs?«

»München. Ich kann Ihnen aber garantieren, dass Sie ein exklusives Vorabdruckrecht bekommen. Nehmen wir an, ich ahne, um welche Beweise es geht. Könnten Sie dann erwähnen, dass ich recherchiere? Könnten Sie eine Geschichte machen? Ich bin zwei Tage am Fall und schon verprügelt worden.«

Er antwortete jugendlich hell. »Das klingt immer besser. Los, erzählen Sie.«

Ich berichtete kurz über mein Kieler Erlebnis, und ich berichtete auch von Minna. »Wenn Sie also erwähnen, dass ich hier in der Gegend bin, um zu recherchieren, nehme ich an, dass ich Besuch bekomme.«

»Das ist wahrscheinlich«, erwiderte er. »Ich werde laufend informiert?«

»Laufend. Ich setze an dem Punkt an, dass es ganz normale Bürger geben muss, die in das Geschehen eingebunden waren, aber nicht sprechen.«

»Was für eine Rolle spielte Manfred Gerber, der saß doch im Nachbarhotel?«

»Ich denke, er war eine Art Oberspielleiter. Er wusste nur, dass es störungsfrei laufen musste.«

»An welche normalen Bürger denken Sie?«

»Zum Beispiel an das Hotelpersonal.«

»Haben Sie einen Kontakt in der Stadt?«

»Nein.«

»Ich habe einen für Sie. Walter Gremm. Guter Junge, ungefähr dreißig. Warten Sie, ich gebe Ihnen seine Telefonnummer. Will diese Dame, die bei Ihnen ist, sich an Watermann rächen?«

»Will sie nicht. Sie ist Doktor der Politologie. Wann können Sie die Geschichte machen?«

»Ist morgen recht?«

»Ja.«

Ich legte den Hörer auf und sagte befriedigt: »Er wird die Ratten aus ihren Löchern locken.«

»Warum hast du nicht ein bisschen gemogelt? Warum hast du nicht behauptet, wir hätten schon einen Beweis?«

»Das ist nicht fair«, wandte ich ein.

»Niemand ist heutzutage fair«, sagte sie.

»Das ist nicht meine Sorte Spiel.«

»In Watermanns Spiel hat niemand die Wahrheit gesagt, einschließlich Watermann.«

»Wir fahren jetzt in das Hotel. Zieh dich bequem, aber schick an.«

Ich rief diesen Walter Gremm an und erreichte ihn auf Anhieb. Zurückhaltend und bescheiden, wie das meine Art ist, sagte ich ihm schöne Grüße vom Kollegen Ascheburg aus Köln. »Haben Sie Zeit, mit uns einen Drink zu nehmen? In einer Stunde? In der Lobby vom Hotel *Beau Rivage*?«

»*Beau Rivage*.« Er zog das Wort in die Länge wie Kaugummi. »Ich vermute also deutsche Anstrengungen, um das Rätsel des Herrn Watermann zu lösen?«

»Sehr richtig.«

»Das wird auch Zeit«, seufzte er. »Ja, ja, ich komme vorbei. Salut.«

Wir machten uns landfein, wechselten Jeans und die Hemden, Minna bestäubte sich mit einem mörderisch süßen Parfüm, ich zog mir die englischen Maßschuhe an und setzte meine Miene von Welt auf. Ich hielt zwar nichts davon, aber das Üben machte Spaß.

Ich überließ ihr das Badezimmer, zog mich in die äußerste entgegengesetzte Ecke zurück, starrte aus dem Fenster und wartete geduldig. Wir schwätzten miteinander wie Kumpel auf der Arbeitsstelle.

»Du musst doch viel über Genf wissen.«

»Weiß ich auch«, sagte sie. »Wenn du Politik studierst, kommst du an Genf nicht vorbei. Es gibt kaum eine andere Stadt auf der Welt, die so international ist wie diese. Hier haben sehr viel künstlerische und gelehrte Gesellschaften ihren Sitz, hier sitzt der Ökumenische Rat der Kirchen, des Lutherischen Weltbundes, des Reformierten Weltbundes, das Weltkomitee des CVJM. 1536 kam Calvin in die Stadt, er machte sie berühmt, er machte sie zum sogenannten protestantischen Rom. Er schrieb seinen berühmten Katechismus.« Sie grinste. »Willst du mehr hören?«

»Na sicher, ich bin lernfähig.«

»Na schön, dann werde ich dich mit meinem Wissen erschlagen. Also das Genfer Abkommen über Wirtschaftsstatistik spielt eine Wahnsinnsrolle, dann die Genfer Abrüstungskonferenz des Völkerbundes. Dann die Genfer Konventionen zum Schutz der Verwundeten, der Kriegsgefangenen und der Zivilbevölkerung, womit wir beim Internationalen Roten Kreuz wären. Hier ist wirklich was los.«

»Dann ist es ja kein Wunder, dass sich hier die internationalen Waffenhändler treffen, oder?«

»Nein, das ist überhaupt kein Wunder, weil sie im Schatten der Mächtigen reisen.«

»Du bist richtig gut.«

»Das hoffe ich«, sagte sie sanft.

»Hast du mit Watermann jemals eine Verabredung in einem Hotel gehabt?«

»Nein, nein«, sagte sie. »Mich gab es nicht. Es passierte dreimal im Auto, gesprochen haben wir wenig. Er sagte immer nur, wie kaputt er sei, und ich blieb ziemlich stumm, weil ich nie begreifen konnte, dass ich mit einem leibhaftigen Ministerpräsidenten bumste.«

»Hat es wenigstens Spaß gemacht?« Ich bereute die Frage sofort und fügte hastig hinzu: »Entschuldige, das klingt blöd.«

»Nein, nein«, sagte sie heiter. »Als Vorgang ist es mir nicht in Erinnerung, als Mann war er kein Erlebnis. Ein Spießer auf der Suche nach Ablenkung …«

»Verdammt noch mal«, ich schloss das Auto auf, »du kannst doch nicht behaupten, dass du nicht von ihm fasziniert warst.«

»Das war ich. Aber es war die Macht, die mich reizte. Er strotzte vor Macht. Und manchmal machte ihn das ungeheuer dumm. Ich wollte dir schon lange sagen, dass er die einzige Abwechslung dieser Art war. Ich bin eher schüchtern …«

»Du musst dich nicht entschuldigen.« Ich nahm die Schnellstraße, die steil von Norden hinunter zur Rhône führt. »So etwas passiert, und so etwas ist auch mir schon passiert.«

»Die Frau, die du gerade … hinter dir hast. War das auch so ein Fall?«

»O nein, das war nicht so ein Fall. Sie war eine Kollegin, ein verdammt guter Typ. Niemand war schuld, ich vielleicht. Nein, es hat ziemlich weh getan.«

»Puh.« Sie zündete sich eine Zigarette an. »Wie lange hat es gedauert?«

»Sechs Wochen. Hat Watermann jemals über seine Frau und seine Kinder gesprochen?«

»Hat er. Jedes Mal. Er betonte immer, er sei eigentlich ein Familienmensch. Wahrscheinlich war er das ja auch. Aber Macht korrumpiert, und absolute Macht korrumpiert absolut. Dieser Mensch, der ihn ans Messer geliefert hat, dieser Medienberater, kennst du den?«

»Nein. Ich denke, der weiß auch nur sehr begrenzt Bescheid. Außerdem hatte der keine Macht. Der hockt jetzt auf einem nicht sonderlich gut bezahlten Job und wird davon träumen, dass er der Mann war, der Watermann stürzte.«

»Das war er wohl nicht«, sagte sie. »Ich denke, er hat es nur beschleunigt. Irgendwann, das ist sicher, wäre Watermann ohnehin ins Trudeln geraten.«

»Das mag sein«, sagte ich. »Nimm den Stadtplan und sag mir den Weg. Ich möchte in die Tiefgarage vom *Beau Rivage*.«

Das *Beau Rivage*, von dem berichtet worden ist, es sei eine Luxusherberge, war eher ein sehr zurückhaltendes, etwas hochnäsiges, schweizerisches Haus. Die Halle, an der nichts überraschte, machte einen absolut diskreten und soliden Eindruck. Es war so, als hingen überall Schilder »bar bezahlt«. Die zwei Frauen und zwei Männer hinter der Empfangstheke hatten ihr berufsmäßiges Lächeln wie eine zweite Haut im Gesicht kleben. Von irgendwoher kam sehr gedämpft irgendeine untermalende Musik mit viel Geigen, niemand sprach laut, der Page neben dem Haupteingang machte den Eindruck eines tödlich gelangweilten Kindes.

»Die Ledersessel rechts«, sagte ich durch die Zähne.

Wir setzten uns, ich reichte ihr Feuer für eine Zigarette und stopfte mir dann die Vario von Danish Club.

Zuerst näherte sich uns ein sehr steif wirkender junger Mann in einem dunkelblauen Tuchanzug mit einer etwas helleren Krawatte und fragte dezent: »Sind die Herrschaften Hausgäste?«

»Nein«, sagte Minna. »Haben Sie eine halbe Flasche Champagner für mich?«

»Ich schicke die Bedienung«, teilte er mit. Dann drehte er sich ruckweise herum wie ein Tangotänzer und enteilte.

»Champagner, bist du verrückt? Das kostet hier so viel wie in der Eifel eine ganze Kuh.«

»Ich zahle für mich«, sagte sie kühl, konnte aber ihre Begeisterung nicht unterdrücken. »Zeigen wir denn, dass wir Journalisten sind?«

»O ja«, sagte ich. »Sie sollen es alle wissen. Wir sind nicht scharf auf Interviews mit den Großen der Welt, sondern auf Verbrüderungen mit den Kleinen. Das sind die, die uns hier bedienen.«

Aber zunächst kam nur ein etwa sechzehn Jahre alter Auszubildender in einer dürftigen weißen Leinenjacke, der kurioserweise weiße Handschuhe trug.

»Er kommt vom Silberputzen«, erklärte Minna. »Junger Mann, eine halbe Flasche kalten Champagner.«

»Eine bestimmte Marke, Madame?«

»Hm, Pommery?«

»Sehr wohl, Pommery. Der Herr, bitte?«

»Eine Kanne Kaffee.«

Auch der Junge drehte und bewegte sich wie ein Tangotänzer.

»Der Hotelchef muss Choreograf sein«, murmelte Minna.

Dann kam Walter Gremm. Er sah nicht aus wie ein Journalist, eher wie jemand, der es bei einer Bank versucht, aber nicht ganz geschafft hat. Er sah sich um und steuerte schließlich auf uns zu. »Hallo«, sagte er.

Er war ein schmaler, kleiner Mann, um die dreißig Jahre alt. Er trug eine dunkelblaue Lederkrawatte auf einem Jeanshemd, dazu einen hellen leichten Sommeranzug. Er hatte ein sehr schmales Gesicht mit einer schmalen Nase zwischen dunklen, sehr lebhaften Augen. Er sagte: »Haben Sie Beweise?«

»Ja«, sagte Minna einfach und lächelte voll Unschuld.

»Und die behalten Sie für sich?«, fragte er lächelnd weiter.

»Sagen wir so«, ich machte ein möglichst nachdenkliches Gesicht. »Das hängt davon ab, ob Sie uns ein wenig unter die Arme greifen.«

»Ich bin ein Lokalredakteur«, sagte er vorsichtig. »Es ist nicht mein Fall, es ist nicht mein Ressort. Mich interessiert Watermann nur am Rande, sozusagen persönlich.«

»Meine Kollegin war etwas voreilig, wissen Sie. Ich denke …«

»O nein«, er breitete die Arme mit einer segnenden Geste aus. »Sie brauchen keine Furcht zu haben.« Er grinste diabolisch. »Ich schweige wie ein Grab, ich verrate nichts. Wenn Ihre Kollegin so freundlich ist, mir zu bestätigen, dass Sie einen Beweis – oder mehrere? – haben, müssen Sie mir keine Auskunft geben. Wird es Verhaftungen geben?«

Ich versuchte einen mörderischen Blick zu Minna, aber die achtete gar nicht auf mich. »Herr Gremm, eine Frage vorab. Am Tatort, also im Apartment des Herrn Watermann selig, wurde angeblich eine Rotweinflasche mit zwei Gläsern entdeckt, dann eine kleine leere Whiskyflasche. Es wurde behauptet, man habe keine Fingerabdrücke genommen, weil die Polizei Ihrer wundervollen Stadt bei einem so klar liegenden Selbstmord gar nicht auf die Idee kam, welche zu suchen …«

Er nickte. »Ich verstehe. Sie meinen das totale Durcheinander und der offen ausgesprochene Verdacht, die Genfer Behörden würden schlampig oder gar nicht arbeiten. Sehen Sie, ich weiß, dass unsere Mordspezialisten, wie bei jedem Selbstmord oder bei jedem unnatürlichen Todesfall, sehr genau waren. Es gab keine Fingerabdrücke an und um die Wanne. Aber nicht, weil die Genfer Kripoleute sie nicht suchten, sondern weil sie suchten und keine fanden. Ich gebe zu: Das ist sehr seltsam. Tatsächlich waren auch an dem zerbrochenen Weinglas keine, und keine an dem kleinen Whiskyfläschchen. Nun kommt etwas hinzu, was wir vornehm zurückhaltend die Bühne hinter der Bühne nennen. Ein gewisser Deutscher namens Manfred Gerber ist sehr häufig zu Gast in dieser Stadt. Dieser Gerber ist eindeutig eine dubiose Existenz, hat aber mächtige Freunde. Hier hat er zum Beispiel im Chef der Bundespolizei, Peter Huber, einen mächtigen Helfer. Nun fragt man sich als aufrechter Bürger: Wenn Gerber den Huber gebeten hat, den Tod des Watermann nicht sonderlich schnell und genau zu untersuchen, dann entsteht eine Zeitnische. In dieser Zeitnische, so denken einige Kollegen und ich, hätte man hervorragend Personen sowie Versatzstücke des Dramas entweder verschwinden lassen können, oder aber man hätte falsche Fährten legen können. Ich finde meine Kollegen von Stern und Spiegel und anderen international beachteten Blättern sehr intelligent und findig.« Er machte eine Pause und grinste. »Aber, gnädige Frau, lieber Herr Baumeister, ich finde sie auch geschwätzig. Mit dem Geschwätz schreiben sie darüber hinweg, dass wir es mit einem Tatort zu tun haben, den wir nicht mehr rekonstruieren können, weil wir keine Kenntnisse von den Personen haben, die mitspielten. Mit anderen Worten: Es ist so, wie der oberste Ankläger dieses Landes sagte: Wir in Genf haben dringend auf deutsche Hilfe gewartet. Um es einfach auszudrücken, verehrte Kollegin, verehrter Kollege: Wir sind sicher, dass Herr Watermann sich nicht selbst tötete, aber wir sind nicht dazu da, Ihre politischen … nun, sagen wir, Ihre politischen Schweinereien zu erledigen, nicht wahr?« Sein Lächeln war jetzt eindeutig bösartig.

Dann kamen unsere Getränke, und Gremm erbat sich einen Kaffee. Er schwieg, bis der kam. »Können Sie nicht andeuten, auf welchem Gebiet Ihr Beweis liegt?« Er strahlte Minna an. »Wenn Ihr Begleiter schon so schweigsam ist, gnädige Frau, sind Sie vielleicht offener?«

»Warum geben Sie eigentlich nicht zu, dass Sie erstaunlich viel wissen für jemanden, der nicht mit dem Fall beschäftigt war?«, fragte ich schnell.

»Wir haben uns alle dafür interessiert«, antwortete er entwaffnend. »Sehen Sie, da kommt ein leibhaftiger Ministerpräsident aus Deutschland, um hier zu sterben. Welchen Journalisten interessiert das nicht?«

»Sie wittern eine Geschichte, Kamerad«, sagte ich leise.

»Na sicher«, sagte er. »Kriege ich sie?«

»Das könnte sein. Wann schließen Sie heute den Lokalteil?«

»Gegen sieben, also in einer halben Stunde.«

»Bis wann können Sie Text nachschieben?«

»Bis neun Uhr.«

»Wie viel kostet uns das?«

Er schüttelte den Kopf und presste die Lippen aufeinander. »Kein Geld«, sagte er beinahe lautlos. »Ich will Ihre Geschichte.«

»Gut«, sagte ich.

»Das geht«, sagte Minna nachdrücklich.

»Du hältst jetzt den Mund«, sagte ich. »Passen Sie auf, Gremm, wir wissen beide ziemlich gut, dass eine Reihe von Menschen heiß daran interessiert war, dass Watermann die Wupper überschritt. Wir können nur in Genf herausfinden, wer es war. Die Lösung liegt in diesem teuren, gutbürgerlichen Hotel. Sie kriegen die schweizerischen Rechte der Geschichte, wenn Sie mir ein paar Fragen beantworten und wenn Sie morgen früh in der Lokalausgabe ein Bild von uns bringen mit einem erläuternden Text. Geht das in Ordnung?«

Er nickte. »Das könnte gehen. Ihre Frage also.«

»Zuvor möchte ich wissen, ob Sie etwas ahnen. Und falls wir beide dasselbe ahnen, denke ich, dass der Handel okay geht. Wenn ich Sie also frage, wie gut in diesem Hotel der Zimmerservice funktioniert, möchte ich als Antwort ein sanftes Grinsen.«

Er grinste sanft.

Ich fragte weiter: »Hat denn niemand der vielen Zeitungsleute in diesem Punkt nachgehakt?«

»Doch, doch«, sagte er, »aber zu spät und nicht hartnäckig genug.«

»Und wo liegt der Schwachpunkt?«

»In einer Dame namens Lilo.«

»Hatte die Dame was mit Watermann?.

Er lachte meckernd. »O nein. Ich denke, die war eine Nummer zu groß für Ihren kleinen Ministerpräsidenten. Und es war auch nicht Lilo, die ihm beim Sterben half. Aber manchmal, wenn sie richtig besoffen ist, erzählt sie eine komische Geschichte.«

»Wer ist Lilo?«, fragte Minna schnell.

»Eine Nutte, eine Hure, eine Prostituierte«, sagte Gremm ganz brav.

»Sie war also nicht angestellt beim Zimmerservice?«, fragte ich.

»Nein. Sie arbeitet in der Bar vom *Le Richemond* nebenan«, sagte Gremm. »Bemühen Sie sich nicht. Sie kommen ohnehin nicht darauf.«

»Was erzählt denn Lilo für eine Geschichte?«, fragte ich.

Gremm blickte zu Boden. »Sie müssen wissen, dass Lilo gut ist. Ich meine, in ihrem Beruf. Aber sie ist schon vierzig, wenngleich kein Mensch ihr das ansieht. Sie sehnt sich wie alle Huren nach einem Häuschen mit Garten, nach Kindern, nach dem Rosenzüchten. Sie hat in den letzten Jahren häufig auf das falsche Pferd gesetzt.«

»Und das letzte Pferd war oberfaul«, sagte ich.

»Richtig«, nickte Gremm. »Das letzte Pferd war ein Italiener namens Paolo, genauer Paolo Maggia. Dieser Paolo war Lilos große Liebe. Als Watermann tot war, oder besser gesagt, als er vermutlich tot war, machte Lilo gerade die Pläne für eine richtige Verlobungsfeier. Sie ist hoffnungslos romantisch, verstehen Sie. Dann aber war ihr Paolo spurlos verschwunden.« Er strich irgendein Staubkorn von seiner Hose. »Wie alle Huren ist Lilo stinksauer, wenn sie der Meinung ist, beschissen worden zu sein. Paolo war ein liebenswerter Schweinehund-Typ, wenn Sie wissen, was ich meine. Er gab Lilo gegenüber zu, dass er einen falschen Namen benutzte, sagte ihr aber niemals, weshalb. Sie nahm es hin, na ja, sie war eben verknallt. Jetzt verschwand er plötzlich, und sie war wütend. Er hatte behauptet, Paolo Maggia zu heißen und aus Palermo zu sein. Lilo stellte fest: Er war unter dem Namen nicht in Genf gemeldet und konnte auch nicht aus Palermo stammen.«

»Minna«, sagte ich, »tu mir einen Gefallen und stell jetzt die richtige Frage. Es gibt nur eine.«

Sie warf den Kopf in den Nacken und wollte erbost kontern, aber Gremm kam ihr zuvor und gluckste erheitert: »Aha, Sie sind noch in der Ausbildung? Na gut, ich höre die Frage der Volontärin.«

Sie biss sich auf die Unterlippe, sie verschränkte die Hände, sie wurde etwas blass um die Nase. »Hat Lilo jemanden beobachtet, der zu einem für Watermann kritischen Zeitpunkt ihre Bar oder ihr Hotel verließ und nach Watermanns Tod fröhlich zurückkehrte?«

»Falsch«, sagte ich.

»Falsch«, sagte Gremm. »Die richtige Frage?«

»War Paolo Maggia ein Angestellter dieses Hotels? Speziell im Roomservice?«, fragte ich.

»Bingo! Der Kandidat hat soeben Schloss Linderhof und einen Ausritt mit König Ludwig gewonnen.«

»Der konnte nicht gut reiten, glaube ich.«

»Ihr Beweis?« Er war wirklich hartnäckig.

»Watermann kann nur hierhergekommen sein, weil jemand ihm versprach, ihn aus der Scheiße zu holen. Richtig?«

»Richtig«, nickte Gremm. »Mit anderen Worten: Sie haben keine Spur von Beweis, aber Sie wollen die Ratten aus den Löchern holen?«

»Sehr bildhaft gesprochen«, lobte ich. »Machen Sie mit?«

»Kriege ich das Ergebnis?«

»Sie kriegen es.«

»Gut«, sagte er. »Das lohnt die Arbeit.«

Er nahm pingelig genau unsere Personalien auf, fragte nach meinen bisherigen Arbeiten, unserer Absicht. Er formulierte: »Die beiden Deutschen machen den Eindruck, als verfügten sie über mächtige Hilfe im Hintergrund. Aber sie schweigen, sie nennen keine Namen. Nur eines ist sicher: Sie haben Unterstützung von deutschen Behörden, die es offensichtlich satthaben, zu dem merkwürdigen Ende des deutschen Ministerpräsidenten schweigen zu müssen.«

Gremm grinste: »Ist das gut so, ist das in Ihrem Sinne?«

»Sehr gut«, sagte ich. »Darf ich die Frage stellen, wie lange denn dieser Paolo Maggia in Diensten dieses Hotels stand?«

»Zwei Jahre«, sagte Gremm.

»Also kein lancierter Job eigens für Watermanns Tod.«

»Nein, das kann nicht sein.«

»Gibt es eine Vermutung, weshalb Paolo so plötzlich verschwunden ist?«

»Ja, natürlich. Ich denke, er lebt nicht mehr. Ich denke, er ist die stille Leiche bei der Affäre.«

»Denkt das die Genfer Polizei auch?«

»Zumindest einige der Beamten. Sie denken, dass Maggia irgendetwas mitkriegte, was er nicht mitkriegen sollte. Deshalb musste er verschwinden.«

»Was hält Lilo von der Idee des toten Paolo?«

Gremm lachte. »Wenn sie betrunken ist, sagt sie, er sei viel zu clever, um sich ermorden zu lassen.«

»Wir sollten also die Leiche suchen?«

Er schüttelte den Kopf. Dann fragte er Minna: »Soll ich als Beruf Journalistin schreiben, oder was?«

»Schreiben Sie Lehrling«, sagte Minna fröhlich. »Ich wollte immer schon ein Lehrling sein.«

»Und was haben Sie mit Watermann zu tun?«

»Eigentlich nichts«, sagte sie keck. »Ich habe eher etwas mit Siggi Baumeister zu tun.«

»Eine weitere Frage«, sagte ich. »Watermann ist am Samstag mit einem Iberia-Flug um etwa fünfzehn Uhr zehn in Cointrin hier in Genf eingetroffen. Der Etagenkellner Vergori hat gesagt, er habe Watermann abends gegen halb sieben die Flasche Rotwein gebracht. Nehmen wir an, Watermann ist zwischen ein Uhr und vier Uhr Sonntagmorgen gestorben, dann erhebt sich die Frage, ob die Flasche Wein das einzige ist, was er bestellte. Was hat er gegessen?«

»Dieser Punkt ist wirklich merkwürdig«, sagte Gremm.

»Tatsächlich muss er ja irgendetwas gegessen haben. Aber laut Vergori hat er nichts bestellt. Er hatte aber bei der Obduktion etwas im Magen, außer den vielen Medikamenten. Wir kommen zu einem wichtigen Punkt: Selbstverständlich hat das Hotel der Kriminalpolizei alle verfügbaren Unterlagen übergeben. Außer der Flasche Wein war nichts im Computer für Zimmer dreihundertsiebzehn gespeichert. Und hier wird der Todesfall Watermann für mich ein sehr denkwürdiges Ereignis ...«

»Aber was beweist das?«, sagte Minna schnell.

»Nun«, sagte Gremm. »Ich weiß durch einen Zufall, dass ein Gast dieses Hauses am Montag nach den Ereignissen seine Rechnung bezahlen wollte. Dabei fiel ihm auf, dass der Rechnungsbetrag etwa dreihundert bis vierhundert Franken zu seinen Gunsten betrug. Das heißt, der Mann hat am Samstag und Sonntag bestellte Speisen gar nicht bezahlen brauchen. Zufällig war das nämlich ein Gast meiner Redaktion. An diesem Wochenende war im Etagenservice aller Hotels mehr los als in allen Restaurants. Das hat etwas damit zu tun, dass sehr viele internationale Geschäftsleute zu internen Tagungen hier waren, und ...«

»Dann kann doch Vergori nicht allein im Etagenservice gewesen sein.«

»Das war er auch nicht«, sagte Gremm. »Da war noch der Paolo Maggia und die Xenia Barducci. Sie waren zuständig für drei Etagen. Die Barducci hat übrigens vor drei Jahren gekündigt und ging nach Ascona. Die Barducci ist niemals verhört worden, das wissen wir sicher.«

»Nun gut, es war also viel los. Die Computerliste weist keine Bestellung aus Zimmer dreihundertsiebzehn auf, außer der Flasche Rotwein ... Moment mal, und Ihr Redaktionsbesuch hat also zwei Tage lang gegessen und es nicht bezahlen brauchen. Er hat aber bestellt, das heißt, seine Bestellung wurde automatisch in den Computer gegeben, das heißt wiederum …«

Ich muss ein sehr dümmliches Gesicht gemacht haben, denn Minna wie Gremm grinsten ganz unverhohlen.

»Was lacht ihr denn so? Wisst ihr, was ich denke?«

»Da bin ich aber gespannt«, murmelte Gremm immer noch grinsend.

»Wenn Zimmer dreihundertsiebzehn nichts bestellte und ein anderer Gast etwas bestellte, aber nicht bezahlen musste, dann … verdammt noch mal, ja was bedeutet das?«

»Sie sind etwas verwirrt«, murmelte Gremm. »Es ist einfach. Ich und meine Kollegen sind der Auffassung, dass der gesamte Computer des Hotels nicht richtig arbeitete, dass Eintragungen entweder verändert oder aber gar nicht getätigt worden sind …«

»Es gehörte zum Plan«, hauchte ich. »Verdammt noch mal, ja, das ist es!«

Gremm nickte gelassen.

»Ich verstehe das nicht ganz«, mahnte Minna an.

Gremm wandte sich ihr zu. »Wenn jemand bucht, landet er im Computer, kommt er an, werden Personalien und Anschrift in den Computer eingespeist, bestellt er etwas zu trinken oder zu essen, wandert das über den Computer, will er seine Rechnung, drückt jemand einen Knopf im Computer, und die Rechnung wird ausgedruckt. Wenn ich diese Eintragungen nun manipuliere, ist hinterher nicht einmal mehr feststellbar, ob und wann bestimmte Personen jemals dieses Hotel betreten haben. Verstehen Sie jetzt?«

»Ach, du lieber Gott., flüsterte sie.

Gremm fügte hinzu: »Es ist nur eine Theorie, aber es ist eine verdammt gute Theorie.«

Er machte ein Foto von uns und verschwand.

»Du hast mich blamiert«, sagte Minna vorwurfsvoll.

»Es ist mein Job, und du bist ein elender Amateur. Wie kannst du so dumm sein und behaupten, wir hätten Beweise?«

»Ich wollte bluffen«, sagte sie trotzig.

»Wie ein Anfänger«, sagte ich böse. »Anfänger sollten den Mund halten. Du bist sehr hübsch. Niemand behauptet, dass das Gehirn ersetzt.«

»Du bist ekelhaft!«

»Damit kann ich leben. Am Abend kommen wir wieder und besuchen Lilo.«

»Und bis dahin?«

»Bis dahin mache ich einen Spaziergang. Ich spanne aus.«

Wir fuhren zurück in das Hotel, und ich ging spazieren. Ich war missmutig und ohne Hoffnung. Wer immer dieser Paolo Maggia war, er würde nur eine Randfigur sein. Er war schon im Hotel *Beau Rivage* Kellner, als niemand ahnte, welch ein dicker Fisch Watermann sein würde. Ich konnte mit Lilo sprechen, wahrscheinlich würde sie nichts wissen, aber ich durfte keine Spur aus den Augen lassen. Du lieber Himmel, was sollte ich mit einer Hure, die trank?

Dieses Ferney-Voltaire war ein nettes, kleines Städtchen, arbeitsam, bunt, mit dem Flair des französischen Südens und dem Geist seiner Sprache. Keine

Wolke stand am Himmel, die jungen Frauen gingen leicht, beschwingt, farbenfroh und zeigten viel Haut. Es war kein Tag, um sich mit einem Mann wie Watermann zu beschäftigen, es war ein Tag zum Lachen. Jetzt ging er langsam unter einem roten Himmel zur Neige.

Ich hockte mich vor ein Café auf den Bürgersteig, ließ mir ein großes Fruchteis servieren und träumte von einem Informanten, wie man ihn sich für diese Gelegenheiten wünscht – einer, der lapidar erklärt: Es drängt mich danach, Ihnen zu berichten, wie das Drama um Herrn Watermann tatsächlich verlief …

Das Eis war von einem Riesenhaufen Schlagsahne gekrönt, der mir die Luft raubte. Ich gab nach der Hälfte auf, bezahlte und ging weiter.

Plötzlich war sie neben mir und sagte: »Ich hätte noch diese oder jene Frage.«

»Bist du hinter mir hergegangen?«

»Nein. Ich ging spazieren, da sah ich dich. Mir ist ziemlich elend. Da gibt es eine Geschichte mit Watermann, die mir eklig ist, da …«

»Die Rostockgeschichte, nicht wahr?«

»Ja, die.«

»Nun, das zielt direkt auf die Frage, ob Watermann möglicherweise im Zimmer dreihundertsiebzehn vom Staatssicherheitsdienst der DDR getötet worden ist. Das ist verdammt gut möglich. Für die meisten Kriminalisten steht außer Zweifel, dass Watermann erpressbar geworden war. Es geht vordergründig um eine Nuttengeschichte. Das ist es, was dich so deprimiert, nicht wahr?«

»Na ja, klar. Man glaubt, es war zumindest irgendetwas Ehrliches. Dann sollst du kapieren, dass er nichts als ein Arsch mit Schwanz war.«

»Frau Doktor, nicht so heftig. Komm, wir hocken uns da auf die Mauer. Also Rostock: Es gab da einen Ex-Stasimann namens Oberst Eberhard Lehmann. Der war von 1982 bis 1986 Vizechef der Hauptabteilung II im Ministerium für Staatssicherheit, Spionageabwehr. Von 1986 bis über die Wiedervereinigung hinaus war er Resident des sowjetischen Geheimdienstes KGB in Berlin. Er war auch Informant des Verfassungsschutzes. Er berichtete seinen westlichen Arbeitgebern, dass Watermann zusammen mit dem berüchtigten Schalck-Golodkowski, dem Devisenbeschaffer der DDR, in Waffengeschäfte verwickelt war. Da führte ein eindeutiger Strang zu dem berühmten U-Boot-Geschäft mit Südafrika. In seiner Amtszeit zwischen 82 und 87 war Watermann nur zweimal offiziell Gast in der DDR. Jetzt sagt plötzlich sein Fahrer aus: Ich bin mit Watermann mindestens sieben- bis neunmal in der DDR gewesen! Und zwar je viermal in den Rostocker Interhotels Neptun und Warnow ...«

»Um diesen Schalck-Golodkowski zu treffen?«

»Nein, das ist nicht ausdrücklich gesagt worden, das war auch gar nicht nötig, denn Schalck hatte genug Verbindungsleute, er konnte im Hintergrund bleiben. Über sämtliche Besuche Watermanns in Rostock gibt es Ordner voller Dossiers. Der Mann wurde Tag und Nacht beschattet, abgehört und sogar gefilmt. Der größte Teil dieser Unterlagen ist spurlos verschwunden, keiner der Filme existiert offiziell mehr. Aber Insider sind sehr sicher, dass sie nicht vernichtet wurden, sondern nur nach Schleswig-Holstein in Sicherheit gebracht wurden. Da tickt eine Zeitbombe …«

»Und die Filme zeigen, wie Watermann …«

»Richtig. Die Filme zeigen, wie Watermann mit vom Staat angestellten Nutten bumst …«

»Er war machtgeil, sicher, aber so dumm wird er …«

»Moment, Moment, reg dich nicht auf. Kein Mensch behauptet, dass er dumm war. Der Fahrer sagt: Mein Chef, der ja selbst mal Innenminister in Schleswig-Holstein war, wusste natürlich von dieser Beschattung! Der Grund, weshalb sich Watermann trotzdem darauf einließ, kann nur sein, dass er glaubte, so mächtig zu sein, dass niemand es riskieren könnte, ihn zu erpressen. Trotzdem riskierte die DDR, ihn zu erpressen. Nach Lage der Akten sollte Watermann sich mit Vertretern des Ostens in Schweden treffen. Er lehnte ab, er muss sich ungeheuer sicher gefühlt haben. Nach Ansicht von Leuten, die es wirklich wissen müssen, hatten die häufigen Besuche Watermanns in der DDR nur einen Grund: einen der raffiniertesten Deals, die man sich vorstellen kann. Dabei spielten Regierungen, Geheimdienste und Rüstungsunternehmen mit.

Watermanns Wirtschaftsminister brachte von einer Südafrika-Reise einen Riesenauftrag für die Kieler Werft HDW mit: den Bau eines neuen Kreuzfahrtschiffes namens Astor II. Die Südafrikaner finanzierten diesen Auftrag mit dem Verkauf der alten Astor I an die DDR. Der Trick war dabei, die Astor I zunächst in Kiel generalüberholen zu lassen, sie dann vorübergehend an eine westdeutsche Werft zu verkaufen und anschließend der DDR anzubieten. Diese Astor I war übrigens das ZDF-Traumschiff. Damit hatte die Kieler Werft endlich einen Auftrag, und die DDR konnte die Astor I mit Ostmark bezahlen, wie das zwischen der BRD und der DDR vereinbart war. Da die Südafrikaner aber gerne westdeutsche U-Boote kaufen wollten, kam jetzt der Devisenschieber Schalck-Golodkowski in den Deal. Die U-Boot-Pläne wurden durch Kuriere der südafrikanischen Botschaft außer Landes geschmuggelt. Die Südafrikaner wollten aber auch U-Boot-Teile und Elektronik. Der Schalck hatte eine Rüstungsfirma namens IMES. Er hatte auch Speditionen, die dauernd in der Bundesrepublik unterwegs waren. Mit anderen Worten: Schalcks Lastwagen wurden mit allem beladen, was Südafrika gekauft hatte, und fuhren einfach nach Rostock. Dort wurde das teure Gut auf Schiffe verladen. Über alles hielt Watermann seine schützende Hand, und das Mindeste war, dafür mit den hübschesten Frauen der DDR die Nächte zu teilen.«

»Wieso könnte dann die Ex-DDR ihn umgebracht haben?«

»Ganz einfach: Für die DDR war es schändlich, mit dem Rassistenstaat Südafrika Geschäfte zu machen. Außerdem konnte Watermann diesen ganzen Deal beweisen …«

»Ja, aber dann hätten ja auch die Manager der Kieler Werft Grund gehabt, ihn zu töten.«

»Hatten sie auch. Wie du siehst, befinden wir uns im Auge des Taifuns.«

»Das hat doch alles keinen Zweck«, sagte sie in komischer Verzweiflung. »Was ist denn zum Beispiel, wenn der Verfassungsschutz in das ganze Geschäft eingeweiht war und es absegnete?«

»Dann hatten auch Leute des Verfassungsschutzes Grund, Watermann in der Badewanne zu ersäufen«, sagte ich hart. »Das macht die Geschichte so pikant.«

»Ich bin so mutlos«, murmelte sie.

»Nicht verzagen. Als der Mord passierte, war Manfred Gerber im Nachbarhotel, im *Beau Rivage* verschwand der Kellner namens Paolo Maggia. Watermanns Fahrer hat gesagt: Er war sieben- bis neunmal in der DDR! Es sind immer die kleinen Leute, die von den großen übersehen werden. Halten wir uns an die kleinen, an Paolo!«

Wunderbar weich und sanft kam die Nacht. Wir gingen zu unserem Hotel zurück, aßen etwas und machten uns auf den Weg in die Genfer Innenstadt.

»Wir parken unter dem *Beau Rivage,* wir gehen durch die Halle, wir lassen uns sehen. Es ist wichtig, dass die Leute uns dauernd sehen. Ich gebe dir hier die NIKON AF. Das ist eine kleine Kamera mit einem Schwarz-Weiß-Film. Du richtest das Objektiv auf irgendeine Person, also zum Beispiel auf Lilo an ihrer Bar, und drückst einfach ab. Das Blitzlicht ist nicht eingeschaltet, das ist auch nicht notwendig, der Film ist empfindlich genug. Das Klicken ist kaum zu hören, und du brauchst das kleine Ding auch nicht krampfhaft verstecken, schließlich bist du mein Lehrling.«

»Gut«, sagte sie einfach. »Wie wechselt man den Film?«

Ich erklärte es ihr und gab ihr drei Ersatzfilme. Dann parkten wir und fuhren mit dem Lift in die Halle. Wir lächelten und grüßten leicht nach allen Seiten, als seien wir alte Bekannte. Dann ließen wir uns nieder und bestellten ein Sodawasser und plauderten über Belangloses, zum Beispiel darüber, dass Minna in einem Schaufenster eine Jeans gesehen hatte, die absolute Spitze war, aber unverantwortlich teuer.

Wir schlenderten hinaus auf die Straße und hinüber ins Nachbarhotel, das genauso solide und gedämpft wirkte wie das *Beau Rivage*. Einer der Portiers sah uns leicht fragend an, und ich ging darauf ein: »Wir möchten etwas in Ihrer Bar trinken.«

»Certainement, Monsieur. Sie werden zufrieden sein. Gleich die erste Treppe nach unten, rechter Hand.«

Es war kühl in der Halle. Die Treppe war mit einem roten Teppich belegt, Musik kam uns entgegen, irgendeine scheußliche Schmalzmischung aus tausend Geigen und einem einsam klagenden Saxophon.

Die Bar war ein lang gezogener Raum mit dem Charme eines D-Zug-Waggons und einer Batterie lederbezogener Hocker. Links standen drei Tische mit Ledersesseln.

An der Bar hockten zwei Männer, die trübsinnig vor sich hinstarrten, als seien ihnen sämtliche Geschäfte in die Hose gegangen. Hinter der Bar hantierte Lilo, umrahmt von zwei bildhübschen jungen rabenschwarzen Männern, die ständig lächelten, als könnten sie nicht anders. Lilo sagte irgendetwas auf italienisch zu dem Mann, der vor ihr hockte. Der lächelte nur müde, wollte offensichtlich in seinem Weltschmerz nicht gestört werden.

»Ab in die Mitte«, flüsterte ich. Ich half Minna ritterlich auf einen der Hocker, und sie sagte laut und fröhlich: »Na, denn mal Schampus, gnädige Frau.«

Lilo, wenn es denn Lilo war, lächelte zurückhaltend und nicht sehr freundlich. »Und der Herr?«

»Kaffee«, sagte ich. »Ich muss noch fahren.«

»Aha«, sagte Lilo und drehte ab, um die Sachen zu holen. Sie war eine knabenhaft schlanke, schwarzhaarige Frau mit einem Hauch von Bluse, die sie vor dem Bauch zusammengeknotet hatte. Darunter waren Jeans zu sehen, darunter hochhackige, feuerwehrrote Pumps. Sie hatte ein schmales, energisches Gesicht mit sehr vollen Lippen und großen dunklen Augen wie eine Katze. Möglicherweise war Paolo Maggia gar nicht weggelaufen, weil er irgendetwas mit Watermann zu tun hatte, sondern weil er Angst vor dieser Frau hatte.

»Was für ein Weib«, flüsterte Minna. Sie legte ihr kleines Handtäschchen vor sich auf die Bar und stellte die Nikon daneben.

»Einfach ausrichten und drücken!«, flüsterte ich.

»Schon passiert.«

»Du bist richtig gut.«

»Das weiß ich.«

Lilo kam zurück, stellte Gläser auf, sagte nach rechts zu einem der bildhübschen Männer etwas von Kaffee und öffnete eine kleine Flasche Sekt.

»Danke«, sagte Minna.

»Sind Sie Lilo?«, fragte ich.

»Das bin ich«, gab sie zurück. »Wer hat Ihnen von mir und meiner fantastischen Bar erzählt?«

»Kollegen«, sagte ich. »Ich soll von Paolo grüßen.«

»Aha«, sagte sie kühl mit einem schrägen Blick. »Und wo ist er?«

»Er arbeitet in Deutschland«, sagte ich, nur um etwas zu sagen.

»Was sollen Sie mir ausrichten?« Ihr Deutsch war absolut perfekt.

»Nur schöne Grüße. Dass er demnächst mal auftauchen wird.«

»Hier? In Genf?« Sie hatte sehr runde Augen, und sie glaubte mir nicht.

»Sagte er jedenfalls!«

»Sind Sie Kollegen? Sind wir Kollegen?«

Ich schüttelte den Kopf. »Nein, sind wir nicht. Ich bin Redakteur. Ich habe ihn zufällig kennengelernt.«

»Ja«, sagte sie abwesend. Sie überlegte kurz und sah dann Minna an.

»Meine Kollegin hier kennt ihn nicht«, sagte ich hastig.

»Er interessiert mich nicht mehr«, sagte Lilo mit einem sehr harten Gesicht.

»Na ja, ich gehe mal für kleine Mädchen«, sagte Minna dumpf und verschwand.

»Ich möchte mit Ihnen reden«, bat ich.

»Es geht um Watermann, nicht wahr?«

»Auch.«

»Hier geht das nicht, hier ist gleich der Teufel los. Da kommt irgendeine Theatergruppe. Haben Sie später Zeit?«

»Sicherlich. Wo?«

»Bei mir zu Hause? Bettlergasse. Das ist in der Nähe. Um drei Uhr. Ein ganz schmales Haus, neunundvierzig a.«

Ich schlenderte hinaus und wartete auf Minna. Als sie kam, wollte sie sich beschweren, aber ich schnitt ihr das Wort ab. »Lilo ist eine Frau, die lieber mit Männern verhandelt.«

»Sie ist knallhart, sie wird Geld verlangen. Sie wird für jeden Atemzug, den sie für dich tut, kassieren.«

FÜNFTES KAPITEL

Der Grund, weshalb ich fürs Leben gern in der Hocheifel lebe, ist vor allem der, dass ich in der Erde wühlen kann, dass ich riechen kann, wie Erde riecht, dass ich erleben kann, was sie wachsen lässt. Wenn ich mich herumtreibe in dem, was man so die große weite Welt nennt, fühle ich mich zuweilen wie ein mutterloses Kind, das verzweifelt nach jemandem sucht, der einfach sagt: Bleib hier, du bist willkommen! Ich hocke mich dann in mein Auto und schiebe eine Kassette von BAP oder den BLÄCK FÖÖSS ein und ersaufe in meinen kindlich vergnügten Vorstellungen vom Getriebe um den Kölner Dom oder dem Gewimmel in den Kneipen, in denen ich mich so gern herumtreibe.

Auf dem Weg zu Lilo schob ich ein Band der neuen Kölner Gruppe LSE ein, auf dem der Sänger von den BLÄCK FÖÖSS, Tommy Engel, hingebungsvoll den Song vom SAUNA-BOY röhrt oder den Wald besingt, in den er fährt, um festzustellen, dass die Bäume zwar alt und grün sind, er aber letztlich vor der Frage steht, was er eigentlich im Wald soll.

Da fühlte ich mich nicht mehr ganz so fremd, da stand ich fest auf meinem Boden.

Das Haus, in dem Lilo wohnte, war sehr schmal, alt und ordentlich wie ein redlich in die Jahre gekommener Rentner. Es gab nur eine Klingel ohne Namen, und also klingelte ich. Auf der Treppe in dem engen Stiegenhaus kam mir ein dicklicher Mann entgegen, der mindestens fünfzig war, aber so munter die Stufen herunterhüpfte, als habe er gerade eben längere Zeit in einem Jungbrunnen gepaddelt. Er strahlte mich an, er zwinkerte mir zu, er summte irgendeinen albernen Schlager, und wenn er vorübergehend einen Spitzentanz eingelegt hätte, wäre ich auch nicht verwundert gewesen. Sein Blick war voll Seligkeit.

Lilo stand in der Tür und lächelte mich an.

»Habe ich etwa diesen netten Herren verjagt?«, fragte ich.

Sie bekam den Bruchteil einer Sekunde sehr runde Augen und lachte dann erfrischend. »Das war der Elektriker von nebenan, der meinen Fernseher gerichtet hat.«

»Nachts?«

»Nachts. Seine Frau, die mich immer zuckersüß grüßt, weiß, dass ich entweder in der Bar arbeite oder aber hier. Wenn ich ihn tagsüber antanzen lassen würde, hätte sie den dringenden Verdacht, dass er fremdgeht.«

»Man sagt von Ihnen, Sie seien eine Hure. Sind Sie das?«

Sie wandte sich ab und wies ein wenig theatralisch in einen sehr großen Wohnraum, der zwei Stufen tiefer lag und eine Landschaft in weiß und braun war. »Sieht das so aus, als sei ich eine Nutte?« Merkwürdigerweise war sie nicht im Geringsten gekränkt.

Es gab eine sehr große Sitzgruppe in honigfarbenem Leder, von der ich ziemlich genau wusste, dass einfache Leute für das Geld ein ganzes Haus bauen könnten. Es gab Hirtenteppiche, die nicht von der Sorte waren, wie man sie, den Quadratmeter zu zwanzig Mark, deutschen Hausfrauen als Inbegriff des Luxus einreden will. Es gab drei biblische Motive von Chagall, eins pro Wand. Ich wusste, dass man sie nicht im nächstbesten Kunstgewerbeladen kaufen konnte. Ich sagte: »Das ist eigentlich keine Antwort. Die Antwort, die mir dieser wirklich wunderschöne Raum gibt, besagt nur, dass Sie eine sehr teure Nutte sein können. Entschuldigung.«

Sie stand da, stemmte die Arme in die Hüften und wusste nicht genau, ob sie nun sauer sein sollte oder belustigt.

»Es ist eine rein berufliche Frage«, betonte ich. »Es ist keinerlei Wertung damit verbunden. Die Menschen auf den Straßen dieser Stadt behaupten, Sie lieben gegen Geld.«

»Das tue ich nicht, oder vielmehr tue ich das nur höchst selten. Ich wähle meine Freunde aus, ich habe etwas gegen laute, fettige, dicke Männer, damit fallen drei Viertel der Weltbevölkerung schon einmal aus, oder? Es ist dagegen richtig, dass ich mich aushalten lasse von Typen, die mir wirklich gefallen.«

»Wie teuer sind Sie denn so?«

»Ich habe keinen Preis«, sagte sie. Die Belustigung in ihr schien zu siegen, und das war gut für mich. »Setzen Sie sich bitte. Wollen Sie etwas trinken?«

»Ein Wasser, bitte.« Ich hockte mich sehr vorsichtig in einen dieser sündteuren Sessel. »Um es einfach zu machen: Ich glaube, dass Watermann ermordet wurde. Deshalb bin ich hier. Ich bin hier, um zu erfahren, was mit Paolo Maggia geschah. Sind Sie eigentlich von der Genfer Polizei verhört worden?«

»Leider erst dreieinhalb Jahre nach den Ereignissen.«

Sie stellte die Flasche und ein Glas vor mich hin und setzte sich mir gegenüber.

»Hatten Sie bei dem Verhör den Eindruck, dass die Polizei ernsthaft ermittelt oder schleppend vor sich hinarbeitet?«

»Sie ermittelten langsam, weil sie nach eigener Aussage immer noch auf deutsche Amtshilfe warteten. Es ist eine politische Schweinerei, nicht wahr?«

Das hatte ich schon einmal gehört, und ich wusste, dass das der Wahrheit entsprach. »Eine private Frage: Was glauben Sie, ist er ermordet worden?«

»Selbstverständlich ist er ermordet worden«, sagte sie. Sie hockte in weißer Bluse und roten Jeans wie eine Luxuspuppe in dem Meer von honigfarbenem Leder, aber sie wirkte nicht im Geringsten verspielt. »Sie haben mir schöne Grüße von Paolo gebracht. Also, was will er?«

»Die Grüße waren ein Bluff. Ich weiß nicht, wo er ist, ich weiß nicht, wie er sich jetzt nennt. Aber ich muss ihn finden.«

Sie steckte sich einen langen Zigarillo zwischen die grellroten Lippen und zündete ihn an. »Das habe ich mir fast gedacht. Aber ich glaube nicht, dass Paolo irgendetwas damit zu tun hatte. Falls er etwas damit zu tun hatte, dürfte er tot sein, oder?«

»Wahrscheinlich. Es ist mir zugetragen worden, dass Paolo Ihre große Liebe war. Es ist mir auch zugetragen worden, dass Sie ihn heiraten wollten oder irgendetwas in dieser Preislage. Ist das richtig?«

»Nein, ist es nicht. Fällt Ihnen auf, dass die Frauen in den Geschichten der Männer immer den schlechteren Part spielen? Bevor ich Ihnen die Geschichte erzähle, muss ich wissen, wer Sie sind, was Sie eigentlich wollen, und ja, was Sie mir zahlen.«

»Sie sagten, Sie wüssten nichts, weil Paolo nichts damit zu tun hatte. Für was soll ich also zahlen?«

»Sind Sie freiberuflich tätig?«

»Ja, bin ich.«

»Wer bezahlt Ihre Recherchen?«

»Ein Münchner Blatt.«

»Können Sie mir tausend geben?«

»Kann ich. Aber ich weiß nicht, ob ich soll.«

Sie lachte, und es wirkte erfrischend. »Sie werden.«

»Bedeutet das, dass Sie bei der Polizei nichts von Wert ausgesagt haben?«

Sie wurde ernst, sie starrte vor sich hin, sie bedachte meine Worte, sie kniff die Lippen zusammen, sie schüttelte den Kopf, es war, als verhandele sie mit sich selbst. »Sagen wir so: Da man nicht jeden Tag einen deutschen Ministerpräsidenten tot in der Badewanne liegen hat, nahm zunächst jeder in den Hotels an, Paolo hätte etwas damit zu tun. Ich auch. Aber dann konnte ich keine Verbindung herstellen zwischen diesem Politarsch und meinem Paolo. Na sicher, Paolo hat als Springer damals überall gearbeitet, auch im Etagenservice im dritten Stock, aber das muss nichts heißen. Ich gebe aber zu, dass mir mittlerweile Zweifel gekommen sind. Ich habe der Polizei zwar nichts davon gesagt, weil ich die Polizei nicht leiden kann, aber ich bin inzwischen sicher, dass Paolo etwas mit Watermann zu tun hatte. Die Frage ist nur: Was? Und jetzt zu Ihnen: Wer sind Sie, was haben Sie vor? Können Sie zahlen?« Sie lachte, und die ganze kleine Figur vibrierte vor Heiterkeit.

»Ich bin Siggi Baumeister, ich gelte als Spezialist für Langzeitthemen. Es gibt keine deutschsprachige Gazette, in der ich nicht erschienen bin, und ich bin nur auf die Wahrheit scharf. Ihr Geld lege ich hierher. Okay so?«

»Ja. Die Männerwelt hat mich einmal sagen hören, ich würde gern ein Baby haben und mich zurückziehen. Daraus zogen viele den Schluss, ich wollte dieses Baby mit Paolo. Das war nicht so. Er ist im Grunde ein Macho. Aber er ist ein Charmeur, ein herzlicher, liebevoller Typ, ein guter Freund. Nicht ich wollte unbedingt ihn, sondern er wollte unbedingt mich. Das hat etwas damit zu tun, dass ich eine reiche Frau bin. Ich besitze drei Hotels, zwei Pizzerias, drei Boutiquen, bin also ein sehr warmes Bett. Paolo wollte dieses Bett, und er machte niemals einen Hehl daraus.«

»Was passierte am Todestag Watermanns?«

»Ich erinnere mich daran, dass es ein Tag wie jeder andere war. Der Betrieb in der Stadt war normal. Paolo schlief hier in den hinteren Räumen. Er hatte um zwölf Uhr mittags Dienstbeginn. Weil im *Beau Rivage* immer sehr viele, sehr reiche Geschäftsleute zu Gast sind …«

»Man sagt, dass die Crème des internationalen Waffenhandels in den Hotels der Innenstadt zu finden ist. Stimmt das?«

»Das stimmt. Aber diese Männer sind nur eine Gruppe. Eine andere Gruppe sind die internationalen Geheimdienstleute. Das *Beau Rivage* zum Beispiel ist ständig Herberge für die amerikanischen Jungs vom CIA. Natürlich tun Hotelmanager immer so, als sei ihnen das unbekannt, aber tatsächlich leben sie davon, dass sie von morgens bis abends sämtliche Augen zudrücken. Das ist der Charme schweizerischer Verlogenheit, und jeder Hotelgast kann sich so sicher darauf verlassen wie auf das Bankgeheimnis. Manchmal sind auch Staatsoberhäupter hier, und immer hohe Regierungsbeamte aus der ganzen Welt. Hier haben sie die Garantie, dass sie ohne jedes Aufsehen jeden Edelgangster treffen können, ohne mit ihm fotografiert zu werden.« Sie lachte tief und genüsslich.

»Bitte, zurück zu Paolo. Wie arbeitete er damals?«

»Er war ein Springer, das heißt, er wurde in den Bereichen eingesetzt, in denen Not am Mann war. Also Bar, Restaurant, Etagenservice, Bedienung in den Konferenzräumen und so weiter. Ich erinnere mich, dass irgendein Scheich aus Dubai da war und irgendein französischer Geldsack. Beide kamen mit einem großen Tross und benahmen sich so, wie sie sich immer benehmen, als wäre Genf ein Dorf ihrer Leibeigenen. Haben Sie denn eine Gästeliste des Hotels vom Todestag des Herrn Watermann?«

»Nein. Ich fange ja erst an. Hat die Polizei eine?«

»Selbstverständlich hat die Polizei eine Gästeliste. Aber die ist mit ziemlicher Sicherheit falsch.«

»Aber ein Computer kann sich doch nicht irren, oder?« Ich bekam einen trockenen Hals.

Sie lächelte. »Ein Computer kann sich selbstverständlich irren, wenn man ihm vorher befohlen hat, sich zu irren.«

»Moment mal, meinen Sie eine Manipulation?«

»Genau das meine ich. Erinnern Sie sich an den Nachtportier di Natale? Erinnern Sie sich an seine Aussage? Gut. Dann wissen Sie, dass dieser Mann behauptet hat, er habe in der Nacht vor dem Eintreffen des Herrn Watermann einen Gast im zweiten Stock untergebracht. Dieser Gast war in der darauffolgenden Nacht plötzlich aus unerfindlichen Gründen in den dritten Stock umgezogen, genau neben Watermann. Di Natale hat gesagt, er habe den Namen des Gastes nicht in den Computer eingetippt, weil er zu Recht annahm, dass das die Tagesschicht nachholt. Die Tagesschicht hat dies offensichtlich nicht getan. Er verschwand, und kein Mensch weiß, wie er heißt und wie er aussah.« Ihre Backenknochen traten plötzlich scharf hervor, sie wirkte gespannt. »Das ist nur ein Hinweis, Sie werden bald begreifen, dass es noch mehrere gibt.«

»Wusste Paolo davon, dass Watermann sein Gast war?«

»Paolo wusste das. Ich erinnere mich noch genau, wie er sagte: Dieser deutsche Ministerpräsident ist im Haus, ein mickriges Männchen und nervös wie ein Hahn. Das war alles.«

»Hat Paolo erwähnt, dass Watermann irgendetwas bestellte?«

»Kein Wort davon.«

»Zurück zum Todestag, den Sonntag. Paolo geht also wie gewohnt gegen zwölf Uhr mittags arbeiten. Was folgte dann?«

»In allen Zeitungen der Welt war die Rede davon, dass der Etagenkellner Vergori dem Watermann gegen halb sieben eine Flasche Rotwein mit zwei Gläsern brachte. Da entstand der Eindruck, Vergori wäre allein für den Etagenservice zuständig gewesen. Das ist falsch. Da war noch eine Kollegin, und da war Paolo. Die Kollegin war für den dritten Stock eingeteilt, aber Paolo bat sie, mit ihm zu tauschen, weil der Scheich speziell von Paolo bedient werden wollte. Das ist normal, das passiert jeden Tag. Also war Paolo im dritten Stock.«

»Und dieser Vergori?«

»Der auch. In diesen Hotels ist in den Konferenzräumen und Suiten immer eine Unmenge los, da braucht man viele Leute. Paolo ging um elf Uhr aus dem Haus. Er sagte, er wolle wie immer in Ruhe einen Kaffee trinken und die Zeitung lesen. Den Corriere de la Sera, jeden Tag von vorne bis hinten. Das war auch normal. Aber an diesem Tag hat er keinen Kaffee getrunken und die Zeitung nicht gelesen.«

»Wieso das? Woher wissen Sie das, wenn er anschließend verschwunden war?«

»Ganz einfach. Er kaufte seine Zeitung immer am selben Kiosk und seinen Kaffee immer im gleichen Café. Der Kioskbesitzer schwört, er sei an diesem Tag nicht da gewesen, und der Cafébesitzer schwört ebenfalls, dass Paolo an diesem Tag nicht da war. Davon habe ich aber erst später erfahren. Jedenfalls war er pünktlich um zwölf Uhr im Hotel.«

»Hat denn seine Kollegin von irgendeiner Unregelmäßigkeit berichtet?«

»Nein. Er hat sie nur gebeten, den dritten Stock mit ihr zu tauschen, das war alles.«

»Bevor ich auf Einzelheiten komme: Wie ist er denn verschwunden? Wenn er hier schlief, dann muss er doch hierhergekommen sein, um seine Sachen zu packen, wenigstens Wäsche und Hemden und so …«

»Nichts. Es ist alles noch da. Sie können es besichtigen.«

»Das möchte ich gern.«

Sie sah mich an, nickte dann und bemerkte: »Glauben Sie im Ernst, dass Sie einen Hinweis finden? Ich habe die Sachen schon mehr als einmal durchsucht, jede Hosentasche gefilzt: Nichts.«

»Passt es zu Paolo, alles hierzulassen? Passt es zu ihm, ohne ein Wort zu gehen, ohne sein Lieblingshemd?«

»Nein. Er war ein theatralischer Junge, er liebte die großen, wilden Gesten. Wenn ihn etwas gezwungen hätte, Genf zu verlassen, hätte er erst einmal nach meiner Schulter verlangt, um sich auszuweinen.« Sie lächelte versonnen.

Das Zimmer Paolos war etwa vier mal vier Meter groß. Ein Bett, ein Tisch, ein Stuhl, eine Sesselecke, Radio, Fernseher, Video. Das alles sehr solide, gediegen und teuer.

»Es kann nicht daran gelegen haben, dass er mir nicht begegnen wollte. Denn er hätte sich nicht zu beeilen brauchen. Ich höre nachts um zwei Uhr in der Bar auf. Er hätte also nach seiner Schicht um Mitternacht noch mindestens zwei Stunden Zeit gehabt, um in Ruhe einzupacken und zu verschwinden.«

Sie ging vor mir her in den luxuriösen Wohnraum zurück und setzte sich wieder. »Es gibt an diesem Tag einiges, das auffällt. Zum Beispiel wie gesagt, dass er keine Zeitung kauft, keinen Kaffee trinkt …«

»Kam er denn früher wie gewöhnlich im *Beau Rivage* an?«

»Nein, eben nicht. Er kam pünktlich, so gegen drei Minuten vor zwölf. Ich weiß nicht, was er in der Stunde vorher tat, ich weiß nicht, wo er war.«

»Seien Sie ehrlich, Sie haben überlegt, ob er, Paolo, es war, der den Hotelcomputer manipulierte.«

»Ja, das habe ich. Er verschwand so plötzlich, dass es nur zwei Möglichkeiten gab: Entweder er wurde getötet, oder aber er musste von einer Sekunde auf die andere fliehen. Beide Möglichkeiten deuten …«

»… eindeutig auf Watermann«, unterbrach ich sie.

»Ja«, sie nickte. »Wenn ich das alles richtig verstanden habe, dann war Watermann, ehe man ihn tot in der Badewanne fand, stundenlang allein. Aber irgendeiner muss bei ihm gewesen sein, denn die letzten beiden Tabletten, die man in seinem Magen fand, hat er nicht mehr nehmen können, weil er längst bewusstlos war. Also muss jemand da gewesen sein, jemand vom Personal, ein Besucher des Hotels, jemand von den Gästen, Paolo vielleicht. Wenn er etwas Wichtiges gesehen hat oder eine wichtige Person, dann …«

»Dann hat man ihn getötet«, sagte ich. »Aber wieso fand man seine Leiche nicht? Ist überhaupt danach gesucht worden?«

»Die Polizei gab Suchmeldungen heraus, jeder Polizist in der Schweiz kannte Paolos Gesicht.«

»Paolo war nicht sein Name, auch der Familienname Maggia stimmte nicht.«

»Nein. Aber ich weiß, dass Paolo vorbestraft war. Das hat er mir selbst erzählt. Er ist in München in eine Drogengeschichte geschliddert. Er saß acht Monate.«

»In München?«

»Ja. Ich habe ihn oft gefragt, wie er wirklich heißt, aber er lachte dann nur und sagte, das sei doch nicht wichtig.«

»Hat er irgendwann einmal erklärt, weshalb er unter einem falschen Namen lebt?«

»Ja. Er hat den Pass und alle Papiere gekauft, weil er neu anfangen wollte. Er sagte: Wenn ich als vorbestrafter Italiener irgendwo in Europa Arbeit will, kriege ich keine. Das war alles sehr logisch.«

»Er sprach also italienisch?«

»Ja, perfekt italienisch, ziemlich gut französisch, sehr gut englisch, perfekt deutsch. Er war für das *Beau Rivage* ideal, und alle seine Kollegen mochten ihn. Vor der Polizei konnte ich nicht gut zugeben, dass ich von den falschen Papieren wusste, also habe ich die Vorstrafe in München auch nicht erwähnt.«

»Soweit ich aus den Protokollen weiß, wurde Watermann etwa um zwölf Uhr fünfundvierzig gefunden. Ist zu rekonstruieren, zu welchem Zeitpunkt Paolo verschwand?«

»Genau kann man das nicht nachhalten. Als die Polizei ins Hotel kam, war Paolo entweder noch da oder nicht. Da niemand zunächst nach ihm fragte, ist das nie klar geworden. Aber um achtzehn Uhr muss er noch im Hotel gewesen sein. Ich rief ihn nämlich von hier aus an. Er sagte mir etwas von diesem toten Ministerpräsidenten. Er sagte: Die Bullen reden von Selbstmord, als käme Mord nicht infrage. Er ist also irgendwann nach achtzehn Uhr an diesem Sonntag verschwunden …«

»Das kann doch auch heißen, dass …«

»O ja«, sagte sie hastig, »das kann heißen, dass der Reporter, der Watermann fand und fotografierte, gar nicht der erste war. Der erste war vielleicht Paolo.«

»Der Computer. Sie schulden mir immer noch eine Antwort. Warum haben Sie gedacht, dass Paolo den Hotelcomputer manipulierte? Warum?«

»Haben Sie Zeit, eine etwas längere Erklärung durchzustehen? Ich meine, draußen ist es schon hell.«

»Raus damit, Sie sind eine erfreuliche Informantin.«

»Paolo und ich kabbelten uns immer spaßeshalber wegen der Finanzen. Ich warf ihm vor, er sei scharf auf mein Geld. Er sagte: Na klar! Und wie! Er sagte: Eines Tages kriege ich meine Chance, dann kehre ich zurück und ruiniere dich. Ich kaufe deine ganzen gottverdammten Hotels, ich kaufe dich! Ich glaube, er meinte das ernst. Ich glaube, er bekam seine Chance. Irgendetwas war mit dem Computer …«

»Ach, du lieber Gott!«

»Glauben Sie mir nicht?«

»Doch, doch. Aber wenn er den Computer manipulierte, heißt das doch, dass er vermutlich tot ist.«

»Ich glaube eher, dass das seine Chance war.«

»Wie bitte?«

»Überlegen Sie doch mal: Jemand sagt zu Paolo, er soll den Computer verändern, Namen austauschen, die Leute irreführen. Nehmen wir weiter an: Er hat einen Gast namens Watermann, und er weiß genau, dass dieser Watermann wichtig ist, vielleicht begreift er auch, dass dieser Watermann getötet werden soll. Er geht auf den Vorschlag ein, er bekommt dafür viel Geld. Ich nehme einmal an, ich wäre an Paolos Stelle. Wissen Sie, was ich tun würde?«

»Nein, was?«

»Ganz einfach: Ich würde mir vom Computer alles, was Watermann betrifft, seine Personalien, seine Bestellungen ins Zimmer, seine genaue Ankunft ausdrucken lassen. Ich würde mir eine komplette Gästeliste ausdrucken lassen. Dann würde ich die Datei ändern. Ich würde verschwinden und meinem Auftraggeber ganz einfach erklären: Ich habe deinen Befehl ausgeführt, aber ich habe gleichzeitig die richtigen Unterlagen bei mir. Ich bin der einzige Mensch auf der Welt, der im Besitz dieser bedeutenden Kleinigkeiten ist!«

»War Paolo jemand, der auf so etwas gekommen wäre?«

»Ja, unbedingt: Da ist noch etwas: Am Tag vor Watermanns Tod war Paolo in meinem Hotel, im *Le Richemond*. Er wurde im zweiten Stock von einem Kellner gesehen, der Stein und Bein schwört, es sei hundertprozentig Paolo gewesen. Am Todestag Watermanns war Paolo erneut in meinem Hotel, wieder im zweiten Stock. Kommt Ihnen das wie eine Anhäufung von Zufällen vor?«

»Mit anderen Worten glauben Sie: Paolo sollte als Werkzeug benutzt werden, hat seine Möglichkeit begriffen, den Spieß umgedreht? Er kann den Computer aber nur manipuliert haben, wenn er vom Supervisor der Anlage den Benutzernamen kannte und somit den Code zum Löschen.«

»Ja, ja«, murmelte sie. Sie war weit weg, sie war erschöpft. Es wurde deutlich, dass sie sich schon oft in endlosen Grübeleien über diesen Paolo verloren hatte. Sie hatte wahrscheinlich doch mehr an ihm gehangen, als sie zugeben wollte. »Wissen Sie, ich hatte Jahre Zeit herauszufinden, was ganz bestimmte Personen zum Zeitpunkt des Todes von Herrn Watermann taten. Wenn Paolo den Auftrag hatte, den Computer zu manipulieren, dann hatte er dazu auch die Möglichkeit. Den Code kannte nur der Supervisor der Anlage, und das war damals der Bürochef des Hotels, ein Mann, der inzwischen gegangen ist, nach Fernost, glaube ich. Auch er ist damals im *Le Richemond* gesehen worden. Mit dem deutschen Agenten Gerber.« Sie lächelte verloren. »Ich will sagen: Paolo hatte die Möglichkeit, und er hatte garantiert jede nur mögliche Hilfe.«

»Das klingt alles einleuchtend, aber jeder Beweis fehlt. Gerber und der Bürochef werden nicht aussagen. Wird Paolo etwas sagen?«

»Mir schon«, sagte sie wütend, »mir schon.«

»Wie war das, als Watermann tot war? Gingen da unter den Hotelbediensteten Gerüchte um?«

»Es gab jede Menge Gerüchte, und es gab jede Menge Merkwürdiges. Zum Beispiel wurde Watermann am Tage vor seinem Tod, ziemlich genau um siebzehn Uhr dreißig, in der Halle des *Beau Rivage* gesehen. Und zwar in Begleitung von zwei Männern, einer von ihnen ein Araber. Die, die sie sah, ist eine sogenannte ›Hotelprostituierte‹. Ich kenne die Frau, sie ist eine ehrliche Haut.

Aber die Polizei behauptete später, sie könne diese Dame nicht finden. Ein Journalist fand sie dann innerhalb von wenigen Stunden. Sie wiederholte die Aussage, aber niemand nahm sie ernst.«

»An dem Oktoberwochenende, als Watermann krepierte, waren wichtige Leute in der Stadt, fast alles Waffenhändler aus Südafrika, dem Iran, Israel, USA. Wie werden diese Leute in den Hotels behandelt? Laufen deren Gespräche alle über die Hotelcomputer?«

Sie lachte. »Ich habe mit großem Interesse deutsche Zeitungen und Magazine nach Watermanns Tod gelesen. Da steht viel über Telefonate, die vom Hotelcomputer registriert wurden. Das gilt doch nur für den Normalsterblichen. Wenn Gerber eine Suite bezieht, ist ganz klar, dass vorher ein Telefonapparat installiert wird, der nicht über den Computer läuft. Der hat nur eine Gebührenuhr. Niemand kann wirklich kontrollieren, mit wem diese Leute sprechen und wer sie anruft. Alle diese Suiten haben Telefonstecker und eine Extraleitung. Davon leben die Hotels doch. Und Watermann ...«

»Hatte er ein Extratelefon?«

»Nein, hatte er nicht. Aber die Frage ist doch, ob er so ein Telefon überhaupt brauchte. Ein Teil seiner Gespräche ist auf dem Hotelcomputer verzeichnet worden. Sagen wir mal: die harmlosen Gespräche. Er muss Leute im Hotel gehabt haben, die auf ihn warteten und mit ihm sprachen, denn sonst wäre doch nicht für ihn gebucht worden, oder? Diese Leute, die wir noch nicht kennen, haben allesamt ein Telefon, das nicht über den Computer läuft. Das ist das erste, was der technische Dienst ihnen bringt, wenn sie das Zimmer beziehen.

Wenn Watermann ein unkontrolliertes Telefon brauchte, hatte er garantiert eines.«

»Direkt gefragt: Kann bei Ihnen an der Bar ein Killer ungefährdet auf Aufträge warten?«

»Na locker. Anschließend könnte niemand etwas beweisen, weil unsere Telefone nicht über Computer laufen. Ich führe meine Bar auf Provisionsbasis, ich könnte mir ein Telefon, das über Computer läuft und alle Nummern registriert, gar nicht erlauben, das wäre mein wirtschaftlicher Ruin.«

»Zurück zu Paolo. Er ist Italiener …«

»Nehmen wir das einmal an«, sagte sie mit einem Lächeln.

»Na gut, nehmen wir das an. Nehmen wir weiter an, er hat begriffen, dass da so etwas lief wie ein bestellter, sorgsam bedachter Mord. Nehmen wir weiter an, er hatte eine Verbindung zu Gerber im *Richemond*, was technisch gesehen sehr simpel war. Nehmen wir weiter an, er hatte Zugang zum Computer, er veränderte bestimmte Eintragungen und löschte bestimmte andere. Das ist sehr einfach und konnte in zehn Minuten über die Bühne gehen. Nehmen wir weiter an, er war gerissen genug, sich vorher einen kompletten Ausdruck des Computers zu besorgen. Er besitzt also Dokumente, die ohne Übertreibung für bestimmte Menschen Millionen wert sind – nämlich ihre Existenz. Was macht Paolo damit?«

»Auf diese Frage warte ich seit einigen Minuten«, sagte sie bissig. »Ich weiß, dass er vom Hotel aus zu einer bestimmten Adresse fuhr. Mit dem Taxi. Von dort ist er im gleichen Taxi abgefahren. Der Taxifahrer behauptet, ihn zum Bahnhof gebracht zu haben. Paolo erwähnte, er müsse den Nachtschnellzug nach Deutschland erreichen. Der fuhr damals zwischen Mitternacht und ein Uhr. Der Zug geht über Bern nach Basel. In Basel ist er nicht vom Zoll registriert worden. Aber das heißt nichts.«

»Wohin ist er vom Hotel aus gefahren?«

»Es ist eine Adresse in Versoix. Natürlich ist es ein Italiener, ein höchst ehrenwerter Mann, der im Ruf steht, irgendetwas mit der Mafia zu tun zu haben. Er ist ein Padrone mit einem Herz für Landsleute in Not. Soweit ich weiß, besitzt er Kalksteinbrüche im Süden Italiens, etwa ein Dutzend Speditionen und sechs Dutzend Cafeterias und Pizzerias. Er ist so etwas wie der Onkel aller Italiener hier. Er ist ein Mann, der Frauen wie mich nicht mag. Er hat sich geweigert, mich zu empfangen.«

»Was speziell hat er denn gegen Frauen?«

»Er ist mit einer wirklich schrecklichen verheiratet«, sagte sie. »Sie dürfen Ihr Geld wieder mitnehmen, falls Sie mir sagen, ob Paolo ihm etwas gegeben hat oder nicht. Er heißt Emilio Vascetto, aber nennen Sie ihn nur Padrone. Das mag er. Und lassen Sie sich nicht umbringen.«

»Ich werde meine Lebensversicherung erhöhen. Ich danke Ihnen.«

Sie kam nicht mit an die Tür, ich ging allein die Treppe hinunter auf die Straße. Der Tag war gekommen, es war nach vier Uhr. Schräg gegenüber in einer Toreinfahrt versuchte jemand, rückwärts mit dem Lkw auf die Straße zu setzen. Ich winkte ihn heraus, er setzte zurück und bedankte sich mit einem fröhlichen Bonjour. Dann ging ich zu meinem Wagen, den ich auf einem kleinen Parkplatz ganz in der Nähe abgestellt hatte. Mein Wagen war der einzige weit und breit.

Sie lehnten an meinem Auto, und sie wirkten cool, wenigstens auf mich. Sie waren um die dreißig Jahre alt, und sie trugen unansehnliche graue Trainingsanzüge zu einfachen Sportschuhen. Außerdem Lederhandschuhe. Sie waren beide blond und sahen aus wie erfolgreiche Karrieristen, die morgens vor dem ersten Zusammenstoß mit der Sekretärin joggten.

Zuweilen weiß man Sekunden vorher, dass man verprügelt wird. In diesem Fall war es eindeutig. Ich versuche dann immer, irgendetwas zu sagen, um mich abzulenken von meiner Furcht.

»Sie irren sich, meine Herren«, stellte ich also fest, so fröhlich ich konnte.

Sie waren nicht beeindruckt. Sie lächelten nicht, sie verzogen nicht das Gesicht, sie schienen nicht einmal zuzuhören.

»Na gut, was wollen Sie?«

Sie antworteten immer noch nicht.

Ich hatte den Geldschein, den ich auf Lilos Tisch gelegt hatte, in die Brusttasche der Lederweste gesteckt. Ich holte ihn heraus und hielt ihn hin. »Tausend Mäuse, wenn Sie mir sagen, warum Sie mich verprügeln sollen.«

Der Rechte zeigte Wirkung. Er grinste kurz und matt wie eine verhinderte Stalllaterne.

Gleichzeitig schien das ein Signal zu sein. Sie setzten sich in Bewegung.

Der rechts machte einen Ausfall gegen mich, ich taumelte programmgemäß etwas nach links und lief dem Linken in beide Fäuste. Der schlug eine verzögerte Dublette. Das heißt, er traf zunächst mein linkes Ohr, dann eine hundertstel Sekunde später mein rechtes. Dann sprang er hoch und traf mit dem rechten Schuh meine linke Hüfte. Ich wurde nach rechts transportiert und dort bereits erwartet. Der zweite Mann schlug schnell und traf meinen Oberkörper zweimal frontal. Ich kann mich an meine maßlose Verblüffung erinnern, aber auch an meine maßlose Wut: Ich reagierte wie eine Aufziehpuppe. Ich fiel nach vorn und konnte mich gerade noch mit beiden Händen abstützen. Ich sah nichts mehr, es rauschte in meinem Kopf. Jemand traf hart meinen Nacken, und ich knallte endgültig nach vorn auf den Asphalt.

Jemand sagte befriedigt: »Gut, erledigt.«

Ich wollte auch etwas sagen, aber ich spürte selbst, dass es nur ein Brabbeln wurde.

»Er ist immer noch wach«, sagte jemand. Diesmal war die Stimme hoch vor Verwunderung.

»Warte mal«, sagte eine andere Stimme.

Dann wurde ich ruckweise herumgedreht.

»Pass auf, Baumeister«, sagte ein Mund dicht vor meinem Gesicht. »Du musst dich aus der Sache raushalten. Wir sollen dir sagen, dass es nicht angeht, wenn du immer wieder in der Watermann-Sache rumstocherst. Watermann war ein Schwein. Du bist der einzige, der das noch nicht kapiert hat. Weil du es nicht kapiert hast, sind wir hier. Jetzt verpasse ich dir eine Erinnerung, die du nicht vergisst!«

Seine Stimme troff vor Befriedigung. Er nahm meine Hand, meine rechte. Er bog sie flach, nahm den kleinen Finger und brach ihn mittendurch. Ich wurde sofort bewusstlos, weil der Schmerz wie der Schnitt eines Messers kam, dass er den kleinen Finger brach, begriff ich nicht.

Ich habe keine Ahnung, wie lange ich so bewusstlos neben meinem Auto lag.

Als ich wach wurde, starrte ich in Minnas Gesicht, und sie weinte. »Du bist ein Arsch«, sagte sie schluchzend.

»Wieso? Wo kommst du her?«

»Ich habe ein Taxi genommen, ich habe gerochen, dass so etwas passieren würde. Ich bin für hundert Franken durch die Gegend gefahren, ehe ich deinen Jeep fand. Wir sind gerade noch rechtzeitig gekommen. Wie fühlst du dich?«

»Fantastisch«, murmelte ich. »Gibt es hier irgendwo ein Krankenhaus?«

»Ja«, sagte der Taxifahrer im Hintergrund. »Gleich kommt ein Wagen.«

»Was waren das für Kerle?«, fragte Minna.

»Ich weiß es nicht. Deutsche jedenfalls.«

»Wissen wir denn genug, dass sie dich verprügeln?«

»Eigentlich nicht. Kannst du mir irgendetwas unter den Kopf legen, und oohhh … Pass auf, sie haben mir den Finger gebrochen. Nein, nicht den, den kleinen rechts.«

»O Scheiße! Lass uns aufhören damit, Baumeister. Lass uns einfach in Urlaub fahren.«

»Jetzt fange ich erst an«, murmelte ich. Dann nahm mich eine neue Schmerzwelle auf ihren Kamm und trug mich fort. Nebelhaft begriff ich, dass weiß gekleidete Leute mich hochhoben, auf eine Bahre legten und dann in ein Auto schoben. Minna hockte neben mir und heulte und sagte mehrere Male: »Du bist ein dummer Held, Baumeister.«

»Aber Klasse, nicht wahr?«, murmelte ich. Da lachte sie.

Ich kann verstehen, dass Mediziner aller Sparten begierig darauf sind, ihr jeweiliges Opfer genau kennenzulernen, bevor sie sich daran begeben, eine geeignete Therapie festzulegen. Die Ärzte im Genfer Krankenhaus, in das ich transportiert wurde, waren besonders neugierig. Sie gaben mir nicht etwa eine schmerzstillende Spritze, bevor sie mich auf den Röntgentisch legten, sondern überantworteten mich einem weiblichen Dragoner, den sie scherzhaft Fifi nannten. Die Frau hatte ein Lebendgewicht von etwa zweieinhalb Zentnern. Sie bog mich, sie faltete mich zusammen, sie spreizte meine Gliedmaßen, dass ich aus dem Jammern nicht herauskam. Dazu nannte sie mich immer »mon petit«, und mehrere Male erwischte sie sozusagen mitten im Ringkampf meinen gebrochenen kleinen Finger, und mit hoher Präzision fiel ich jedes Mal in Ohnmacht. Dann wurde Fifi richtig milde, verdrehte mir aber zum Abschluss der Prozedur erheblich das Rückgrat. Als ich zum letzten Mal ohnmächtig werden wollte, um so etwas wie Schlaf zu tanken, kam zuerst Minna herein und in ihrem Schlepptau ein rotbärtiger Wikinger im weißen Mantel, der erklärte, er müsse mich jetzt gründlich untersuchen.

»Das kommt nicht infrage«, brüllte ich.

»Nicht so erregt, Monsieur«, mahnte er. »Sehen Sie, ich will Ihnen doch nur helfen. Sie haben erhebliche Blutergüsse am Kopf, Sie haben einen erheblichen Muskelriss an der rechten Hüfte, und Sie haben einen gebrochenen Finger. Ich bin der, der sich um Ihre Interna kümmert, ich bin der Internist.«

»Ich war schon bei Fifi«, sagte ich zaghaft.

Da lachte er schallend, er fand das wunderbar.

»Wie lange werde ich hierbleiben müssen?«

»Nicht unter einer Woche«, sagte er ernst. »Stimmt das, dass man Sie systematisch zusammengeschlagen hat?«

»Man kann es so nennen«, murmelte ich.

»Ich gebe Ihnen eine Spritze, Sie müssen jetzt schlafen.«

»Einen Moment noch ... ich muss meiner Freundin etwas sagen, ja?«

Er nickte und ging hinaus.

»Hör zu. Du fährst unter keinen Umständen in das Hotel in Ferney-Voltaire zurück. Du suchst dir jetzt eine andere Bleibe. Geh am besten in irgendein Nest außerhalb. Benutze meinen Jeep nicht, keinen Meter. Lass ihn stehen, wo er steht. Nimm Taxis, wechsel die Taxis, steig überraschend aus und laufe zu Fuß weiter ...«

»Ich will dich aber besuchen.«

»Kannst du ja.«

»Erzählst du mir alles?«

»Ja. Aber geh jetzt. Und wechsel das Taxi.«

Sie ging, der Arzt kam herein, spritzte sein Zeug intravenös, nickte und verschwand ebenfalls. Ich bekam nicht einmal mehr mit, wie er die Tür hinter sich schloss.

Irgendwann wurde ich wach, eine Krankenschwester kam herein, sagte irgendetwas auf französisch, das ich nicht verstand, und eilte davon, um sofort danach mit einem Essen aufzutauchen. Ich aß, musste mich aber erbrechen. Irgendwann bekam ich heraus, dass ich seit mehr als vierundzwanzig Stunden geschlafen hatte, dass eine gewisse Minna da gewesen, dann aber wieder gegangen sei. Ich versuchte erneut zu essen, und diesmal glückte es. Ich fühlte mich etwas besser. Der Arzt kam, untersuchte mich und befand, dass ich erhebliche Fortschritte machte.

»Kann ich ein Telefon haben?«

Er sah mich sehr aufmerksam über den Rand seiner Brille an und nickte dann langsam wie ein Gelehrter.

»Ich lasse Ihnen das Telefon bringen.«

»Ich brauche eine bestimmte Nummer in Versoix. Können Sie mir die besorgen? Der Mann wird nur Padrone genannt, heißt Emilio Vascetto.«

»Der Vascetto?«, fragte er erstaunt.

»Wahrscheinlich der. Irgendein Mafia-Heini.«

Er starrte mich an und lächelte dann. »Wenn Sie Vascetto als Mafia-Heini bezeichnen, werden Sie so viel Prügel beziehen, dass ich Ihnen nicht mehr helfen kann.« Er schüttelte den Kopf und ging.

Eine Krankenschwester brachte mir das Telefon und eine Nummer auf einem Zettel. Es war sechs Uhr am frühen Abend, ich rief sofort an.

»Hier ist Baumeister, Siggi Baumeister. Kann ich den Padrone sprechen? Es ist dringend.« Ich machte es ganz lässig, keine Hast.

»Allo? Allo?«

Ich wiederholte und setzte hinzu: »Ich soll schöne Grüße von Paolo Maggia bestellen.«

»Von wem, bitte?«

Es war eine Frau. Ich wiederholte: »Grüße von Paolo Maggia.«

»Den Padrone, wirklich?«

»Wirklich«, seufzte ich. »Wenn er von Paolo Maggia hört, wird er mich sprechen wollen.«

»Na ja«, sagte sie vage. Dann klickte es, und jemand fragte in blütenreinem Deutsch: »Ich höre immer nur Paolo Maggia. Hallo?«

»Ja, Padrone. Vielen Dank, dass Sie mich anhören. Ich liege hier in einem Genfer Krankenhaus. Ich soll Ihnen schöne Grüße von Paolo Maggia bestellen.«

»Wie heißen Sie, bitte?«

»Baumeister, Siggi mit Vornamen.«

»Ich soll einen Paolo Maggia kennen?«

»Na sicher. Es ist zwar eine Weile her, aber Sie müssten ihn kennen. Als im *Beau Rivage* der deutsche Ministerpräsident Watermann in seiner Badewanne starb, kam Paolo zu Ihnen und brachte Ihnen etwas zum Aufbewahren. Sagen Sie jetzt nicht ja, sagen Sie nicht nein, ich weiß es genau. Das war 1987 im Oktober. Erinnern Sie sich jetzt?«

»Ja, ich erinnere mich. Ich tue manchmal Landsleuten zuliebe etwas. Ist Paolo tot? Hat er Sie geschickt?«

»Noch ist er nicht tot, aber es kann nicht mehr lange dauern. Wie schnell können Sie hier sein?«

»Im Krankenhaus etwa?«

»Ja, natürlich.«

»In welchem Krankenhaus?«

»Saint Denis. Können Sie das, was Paolo Ihnen gab, mitbringen?«

»Das kann ich nicht, weil es bei meinem Anwalt liegt.«

»Sind Sie sicher?«

»Falls wir dasselbe meinen, ja.«

Damit hängte er ein. Ich hatte keinerlei Vorstellung davon, wie er reagieren würde. Eine Stunde später klopfte es, und er kam herein. Er war nicht allein. Zwei junge Männer waren bei ihm, die er sofort wieder hinausschickte, als er sah, dass ich nicht mit dem Maschinengewehr im Bett lag.

Er war ein schlanker Graumelierter vom Typ gütiger Opa, dem jeder bedenkenlos die Brieftasche anvertrauen würde. Er zog sich den Stuhl an mein Bett, wischte mit einem seidenen Tuch über die Sitzfläche und setzte sich. »Was ist mit Paolo, mein Freund?«

»Ich bin stinksauer«, sagte ich seufzend. »Ich bin stinkwütend. Ich werde in eine Scheißgeschichte verwickelt, von der ich nicht die geringste Ahnung habe. Ich werde verprügelt von irgendwelchen dummen Jungens, ich erfahre, dass Paolo etwas bei Ihnen deponiert hat. Kein Mensch verrät mir, was es ist. Verraten Sie es? Nein, Sie sind der freundliche, aber knallharte Typ, Sie verraten nichts. Können Sie wenigstens nicken, wenn ich etwas frage?«

Er starrte mich verwundert an, dann lächelte er und nickte.

»Gut. Paolo kam also zu Ihnen und bat Sie, etwas für ihn zu deponieren. Hilfe für einen in Not befindlichen Landsmann. Er sagte Ihnen wahrscheinlich genau, worum es sich handelt. Computerausdrucke, langweilige

Computerlisten. Sie machten nur Sinn, wenn man sie mit Watermann im Hotel *Beau Rivage* in Verbindung brachte. Sie nahmen freundlicherweise die Listen an sich und deponierten sie bei Ihrem Anwalt. Natürlich sahen Sie sich die Listen genau an, nicht wahr? Und was fanden Sie? Nun, ich denke, Sie fanden Namen von Gästen aus dem Hotel *Beau Rivage*. Jetzt meine Frage: Wie viel Prozent zahlte Ihnen Paolo für die Deponierung dieser kostbaren Schriftstücke?«

»Keinen müden Franken«, sagte er. »Ich nehme kein Geld von Landsleuten. Wenn ich es täte, mein Freund, würde ich nicht mehr leben. Ich würde an Ihrer Stelle nicht darüber sprechen. Mit keinem Menschen auf der Welt. Und bestellen Sie Paolo schöne Grüße, wenn Sie ihn sehen.«

»Wo ist er denn? In Deutschland, nicht wahr?«

»Er ist in Oberammergau bei seinen Eltern«, sagte er sanft. »Das hätten Sie eher wissen können. Sie müssen nur den Padrone fragen.« Er lachte leise.

»Warum verraten Sie mir das so einfach?«

»Nun, Paolo weiß etwas, was sonst niemand weiß, nicht wahr? Angenommen, Paolo stirbt, nur angenommen: Ist es nicht hübsch, zu wissen, wer auf dieser Welt erfahren will, was Paolo wusste?«

»Ich denke, Sie sind ein ehrenwerter Mann.«

»Das bin ich auch«, lächelte er. »Ich müsste versuchen, diesen Neugierigen davon zu überzeugen, dass es keinen Sinn macht, den Padrone zu bedrohen, nicht wahr? Ich könnte sagen: Mein Wissen gegen ein wenig Einfluss bei einem großen Geschäft, nicht wahr? Wie wäre es mit einem Waffengeschäft?« Er lachte und ging hinaus.

Ich ließ den Arzt rufen, ich fragte: »War meine Freundin schon hier?«

»Nein, heute noch nicht. Aber sie wird gleich kommen.«

»Schicken Sie sie vorbei? Ich muss ihr etwas sagen.«

»Gut, gut«, sagte er.

Minna kam erst gegen acht Uhr. Sie platzte herein, war blass um die Nase und trug eine Sonnenbrille. »Der Express ist erschienen und diese Genfer Zeitung. Wenn man das liest, muss man auf die Idee kommen, dass wir den Mörder kennen. Ein Foto ist auch dabei. O Scheiße, Baumeister, ich weiß nicht, ob das gut war. Ich habe Angst.«

»Ich muss hier heraus«, sagte ich. »Gib mir die Klamotten aus dem Schrank.«

»Bist du verrückt?«

»Verrückt vor Furcht«, antwortete ich.

SECHSTES KAPITEL

Ich schrieb dem Arzt einen Zettel, um ihn zu entlasten. Ich schrieb: »Ich betone, dass ich gegen ärztlichen Rat das Krankenhaus verlasse.«

Ich bedankte mich bei ihm und versprach, ihn anzurufen. Dann schlenderten wir auf den Korridor hinaus, und die Krankenschwester, die uns begegnete, strahlte mich an, schüttelte seufzend den Kopf und hauchte: »Mon Dieu!«

»Wo hast du dich einquartiert?«

»In einer Pension in St. Julien. Wie geht es dir? Schmerzen?«

»Nicht sonderlich. Hast du die Zeitungen?«

»Natürlich. Hier.«

Der »Kölner Express« hatte hervorragend formuliert. Da stand gegen Ende des Beitrages über den »hartnäckigen und nie aufgebenden Rechercheur Baumeister« folgende Bemerkung: »Baumeister mag nicht darüber reden, gibt auch zu, dass fünf Jahre nach dem wahrscheinlich spektakulärsten Todesfall eines politischen Skandalträgers ein Erfolg unwahrscheinlich ist, aber: Baumeister hat Helfer. Helfer in mächtigen Positionen.

Da helfen Staatsanwälte und Kriminalpolizei und, wie Baumeister nicht abstreitet, sogar Angehörige von Geheimdiensten. Good luck!«

Der Genfer Kollege Gremm ging die Sache wesentlich gelassener, sozusagen konservativ an, beschrieb aber im Grunde dasselbe: »Hat Baumeister Helfer? Hat er gar Helfer aus deutschen Behördenspitzen? Gar von Geheimdiensten? Baumeister sagt darauf kein Wort, er wäre auch dumm. Aber so gelassen ist nur einer, der sehr genau weiß, wen er nach was zu fragen hat.«

Wir nahmen ein Taxi, wir pirschten uns an mein Auto heran. Es stand ziemlich harmlos im Abendlicht zwischen all den anderen, zu sehen war niemand. Wir zahlten und stiegen aus.

»Geh um den Platz herum«, sagte ich. »Steig ein und komm die schmale Gasse hoch. Dann biegst du rechts ab und nimmst mich auf.« Sie machte es schnell und geschickt.

»Da ist ein Band mit Eric Burdon und der Band von Brian Auger«, sagte ich und fummelte in dem Pappkarton herum. Ich legte es ein, und der scharfe, swingende Beat kam wie eine Siegesfanfare. Ich stopfte mir eine Pfeife, ich machte es sehr genüsslich, es war die Straight Grain von Jeantet.

»Was ist, wenn du Schmerzen bekommst?«, fragte sie.

»Ich habe Tabletten mitgenommen. Aber sie haben den Nachteil, mich benommen zu machen, und ich hasse dieses Gefühl. Ich möchte baden. Dann gehen wir auf die Pirsch.«

»Wohin denn?«, fragte sie. In ihren Augen stand Angst.

»In die Halle vom *Beau Rivage*. Wenn man einen Köder auslegt, muss man erreichbar sein. Sonst ist alles umsonst.«

»Was wird passieren?«

»Ich weiß es nicht, wir werden sehen. Würdest du die Leute, die mich verprügelten, wiedererkennen?«

»Aber ja«, sagte sie fröhlich. »Ich habe sie schließlich sogar fotografiert.«

»Jemand folgt uns.«

»Wer?«

»Der blaue Käfer, dunkelblau, sieht neu aus.«

»Ich fahre eine Schleife«, sagte sie.

Wir kamen an einem Schild vorbei, auf dem Annecy stand. Dann ging es nach links nach Annemasse. Sie bog links ein, sie fragte: »Wie schnell ist er denn?«

»Mehr als hundertsiebzig auf der Geraden. Aber wirklich gut ist er auf schmalen Landstraßen.«

Der Käfer folgte uns nicht mehr, sie wendete. Die Pension, die sie ausgesucht hatte, lag in einer stillen Seitenstraße und hieß Annemarie.

»Ich musste ein Doppelzimmer nehmen«, sagte sie.

»Macht nichts«, sagte ich.

Ich legte mich auf das Bett, nahm eine der Schmerztabletten und erzählte ihr, was Lilo gesagt hatte, was der Padrone gesagt hatte. Dann duschte ich, wir machten uns stadtfein und fuhren nach Genf zurück. Es war jetzt zweiundzwanzig Uhr. Soweit wir feststellen konnten, folgte uns niemand. Die wortlose Begrüßung der Hotelleute im *Beau Rivage* war diesmal durchaus vertraut. Sie lächelten uns zu, als wollten sie sagen: »Wir kennen euch! Weiter so!« Wir hockten uns wieder auf dieselben Ledersessel, und derselbe Tangotänzer fragte aufgeräumt: »Champagner für Madame, Kaffee für Monsieur?«

»So mag ich es«, sagte ich.

»Wirst du etwa nichts anderes tun, als warten?«, fragte sie erstaunt.

»Ja«, sagte ich. Dann winkte ich dem Tangotänzer und bat um ein Telefon. Sie brachten mir ein schnurloses, und ich sagte: »Ich möchte unkontrolliert sprechen.«

»Kein Problem, Monsieur«, sagte er, drehte sich ruckartig auf der Stelle, sauste mit seltsam gestochenen Bewegungen davon und brachte ein anderes, diesmal rotes schnurloses Telefon.

»Merke dir diese kleine Szene«, dozierte ich heiter. »Es ist erheiternd, meine journalistischen Landsleute wichtigtuerisch schreiben zu sehen: Der Computer aber sagte: Watermann hat telefoniert! Ha!«

Ich rief Ascheburg vom »Express« in Köln an und hatte Glück, dass er noch in der Redaktion war. Er sagte gedehnt: »Das ist verdammt gut, dass Sie sich melden. Ich habe Zoff wegen dem Beitrag über Sie.«

»Welcher Art?«

»Ich bekomme merkwürdige Anrufe. Sie beziehen sich alle auf den von uns abgesprochenen Punkt: Dass Sie Hilfe vonseiten ungenannter Behörden und möglicherweise sogar von Geheimdienstleuten haben. Ich kassierte inzwischen zwei Vorladungen bei einem Bundesermittlungsrichter. Ich muss morgen früh um acht Uhr antanzen. Er ist ein netter, höflicher Mann, aber er will, aufgescheucht vom Verfassungsschutz und vom BND, wissen, wer die Behörden sind, die Sie unterstützen. Was soll ich machen?«

»Nichts«, sagte ich. »Ich bin verprügelt worden, ich soll mich raushalten. Sie brachen mir einen Finger ...«

»Moment mal, wie bitte? Kann ich das noch einschieben in die jetzige Ausgabe?«

»Unzweckmäßig. An uns hängen dauernd irgendwelche Verfolger, wir hocken jetzt im *Beau Rivage* in der Halle. Rufen Sie mich um ... nein, halt, stop. Ich rufe Sie an. In der Redaktion. Morgen gegen Mittag.«

»Okay«, er lachte unvermittelt etwas hilflos, und ich drückte die Aus-Taste.

Der Tangotänzer brachte die Getränke und kassierte das Telefon. Wir hockten da in Erwartung großer Dinge und waren überrascht, als es passierte.

Jemand, der sehr groß und schlank, fast dürr war, kam mit einem Aktenköfferchen durch das Hauptportal direkt an die Rezeption, sah mich an, entdeckte uns und wisperte dann vertraulich mit dem Empfangschef. Dem gab er eine kleine weiße Karte. Der Empfangschef legte diese Karte auf ein Silbertablett und machte sich auf den Weg zu uns. Er verbeugte sich artig und sagte: »Wenn Madame und Monsieur gestatten. Der Herr dort«, er warf einen Blick auf die Visitenkarte, »Monsieur Ronald Greggson, möchte Sie sprechen.«

Ich nahm die Karte. »Ronald Greggson« stand da, »Medienberater«.

»Gut«, nickte ich.

Greggson bekam diskret ein Zeichen und eilte auf uns zu wie ein nervöser Versicherungsvertreter, der unbedingt einen Abschluss braucht.

»Sie gestatten?«, fragte er in tadellosem Deutsch.

Minna nickte ihm huldvoll zu, und er nahm den Sessel zwischen uns.

»Ich bin beauftragt, mit Ihnen Kontakt aufzunehmen«, begann er. Er trug im Gesicht einen dieser Drei-Tage-Bärte, die gewisse Männer angeblich so männlich machen. Bei ihm wirkte es nur ungepflegt.

»Wer will den Kontakt?«, fragte ich.

»Meine Firma«, sagte er. »Wir haben Niederlassungen in Zürich und München, wir arbeiten in dieser Sache für den amerikanischen Nachrichtensender CNN.«

»Das wird nicht gehen«, sagte ich ruhig. »Ich habe exklusive Rechte vergeben. Jemand bezahlt die Recherchenarbeit.«

»Da würde man sich sicher einigen können. Wie hoch ist die Vorfinanzierung?«

»Zwanzigtausend«, log ich tapfer.

Er nickte sehr langsam. »Kein Problem. Das würden wir sofort zurückzahlen. Wir bieten hunderttausend Dollar. Selbstverständlich für Film- und Fernsehrechte inklusive. Nach dem Schlüssel sechzig für Sie, vierzig für uns.«

»Hunderttausend insgesamt?«, fragte ich. »Wir sind zu zweit.«

»Das sehe ich«, scherzte er. »Wir würden auch für Frau Tenhövel eine angemessene Regelung vorschlagen. Sagen wir vierzigtausend Dollar.«

»Das ist sehr viel«, sagte ich lässig.

»Ein gutes Angebot«, bestätigte er. »Ich habe die Verträge mitgebracht. Wenn Sie sich die einmal ansehen wollen, bitte sehr. Ich würde Ihnen hier auf der Stelle fünfundsiebzig Prozent bezahlen, also per Scheck fünfundsiebzigtausend Dollar.«

»Und Sie bestimmen, was mit dem Material geschieht?«

»Selbstverständlich, wir kaufen es ja«, lächelte er.

»Oha«, sagte Minna.

»Das mache ich nicht«, sagte ich. »Sagen Sie dem Interessenten, das sei mir zu schwammig.«

»Aber wieso?«, fragte er und wurde aufgeregt.

»Weil dieses Material wesentlich mehr bietet, wenn man es nicht veröffentlicht«, gab ich zur Antwort. »Deshalb wollen Sie doch kaufen, oder?«

Er war verwirrt, er sah von einem zum andern. »Ich verstehe nicht«, murmelte er.

»Es ist ganz einfach«, belehrte ihn Minna. »Sie kaufen es, der Käufer nimmt es und verschließt es in einer Schublade.«

»Das kann nicht Ihr Ernst sein«, protestierte er. »CNN?«

»Woher wissen Sie, dass es CNN ist?«, fragte ich.

Er starrte vor sich hin auf den Teppich und fragte dann: »Also endgültig? Kein Verkauf?«

»Kein Verkauf«, sagte ich. »Ohne Mitsprache ist mir das Risiko zu hoch.«

»Vielleicht kann ich das ändern«, sagte er nach kurzem Überlegen. »Kann ich meine Firma anrufen?«

»Rufen Sie, rufen Sie«, sagte ich.

Er stand auf und verschwand nach draußen.

»Will er es kaufen, um es zu haben?«, fragte Minna.

»Er selbst kann durchaus der Meinung sein, es sei ein Handel wie jeder andere auch. Aber tatsächlich sind hunderttausend Dollar zu diesem Zeitpunkt verdächtig viel. Das weiß er auch. Er steckt in der Klemme.

Vor allem wette ich, dass er den Auftraggeber gar nicht kennt.«

Der Mann namens Greggson kam nicht wieder, blieb irgendwo in der Nacht verschwunden.

»Es war ein mieser Versuch«, sagte ich. »Wir gehen in die Bar vom *Le Richemond*«, sagte ich. »Vielleicht bietet dort jemand mehr.

Wir hockten uns im *Le Richemond* an einen Tisch, und ich winkte Lilo zu. Sie kam und setzte sich zu uns. »Was ist, hat Paolo dem Padrone etwas gegeben?«

»Ja«, sagte ich.

»Er hat einmal gesagt, dass seine Eltern irgendeine Pizzeria betreiben, dass er aber …«

»In Oberammergau«, sagte ich. »Wir werden ihn suchen, aber wir wissen nicht, wie er aussieht.«

»Das kann ich ändern«, sagte Lilo. »Ich habe ein Foto.« Sie verschwand und kam nach einer Weile zurück. »Das sind wir beide bei einer Fete hier an der Bar.«

Wir bedankten uns und gingen. Wir fuhren direkt nach St. Julien zurück, und wir entdeckten niemanden, der uns folgte. Paolo sah auf dem Foto wie ein Bilderbuch-Italiener aus, schwarzhaarig, schlank, frech und jung. Lilo hatte ihn einen Filou genannt, wahrscheinlich war er einer. »Ich frage mich nur, ob er sich ausgerechnet dort verstecken wird, wo seine Eltern leben.«

Minna lag auf dem Rücken auf dem Bett. »Warum nicht? Italiener sind im Gegensatz zu uns echte Familienmenschen. Selbst wenn es für ihn gefährlich ist: Bei Mama und Papa fühlt er sich sicher. Wie viel wichtige Männer waren damals in Genf?«

»Mindestens zehn. Das sind die, die wir kennen, von allen anderen ganz zu schweigen. Diese zehn haben alle eine eigene Leibwache und somit genügend verschwiegene Freunde, um eine ganze Armee heimlich notzuschlachten. Das ist alles ekelhaft, irgendwie lästig. Das ist die Seite der Geschichte, die ich hasse.«

»Das kann ich nachfühlen«, sagte sie schnell. »Als du im Krankenhaus gelegen hast, habe ich mich gefragt, wen wir mit dieser Geschichte vom Hocker reißen können. In Somalia ist jedes zweite Kind am Verhungern, die Serben morden die Moslems im ehemaligen Jugoslawien, in Rostock stecken Skins Asylbewerbern die Häuser überm Kopf an, und die Polizei schaut weg. Wen reißt da Watermann vom Hocker? Ach, Baumeister, lass uns die zehn wichtigsten Männer systematisch durchgehen.«

Ich musste lachen. »Du wirst niemals herausfinden, was sie dachten oder wollten. Vor allem wirst du niemals herausfinden, wie wichtig dieser Pinscher Watermann für sie war. Vielleicht gilt das nicht für Manfred Gerber, aber auch da können wir nicht sicher sein. Also gut, hast du Papier?«

»Briefpapier und ein paar Stecknadeln, um unsere Ergebnisse an die Wand zu pinnen. Reicht das?«

»Das reicht. Schreib auf das erste Blatt Manfred Gerber. Nach eigenem Einlassen ist er dauernd in Genf, und er war auch hier, als Watermann starb. Er wohnte knapp zwanzig Meter entfernt in einer Suite des *Le Richemond*. Er war einen Tag vor Watermann mit einer gemieteten Mitsubishi von Frankfurt nach Genf geflogen. Dann von Genf nach Zürich, dann von Zürich am gleichen Tag zurück nach Genf. Er war in Begleitung eines unbekannten Mannes und seiner Frau. Es steht außer Zweifel, dass Gerber nicht nach Genf kam, um Watermann zu ermorden ...«

»Wieso steht das außer Zweifel?«

»Ganz einfach. So dämlich ist er nicht. Für so etwas hat er Leute. Eindeutig ist nur, dass er in Genf war, weil es um eine deutsche Geisel im Libanon ging, den Hoechst-Manager Rudolf Cordes. Es ist eindeutig, dass Gerber als privater Agent für Deutschland arbeitete, zusätzlich aber mit Sicherheit für die Firma Hoechst. Gerber hatte vorher erfolgreich mit den Libanesen gedealt, um eine andere deutsche Geisel freizubekommen, den Siemens-Techniker Alfred Schmidt. Wenn nun gewissermaßen als Abfallprodukt Watermann dabei über die Klinge sprang, dann lag das sicher im Interesse von Gerber, aber dass er ausschließlich deshalb hierherkam, ist höchst unwahrscheinlich.«

»Was ist, wenn er den Mörder mitbrachte? Wenn der Mörder dieser Unbekannte war, mit dem er von Frankfurt aus hierherflog?«

»Möglich ist das, aber selbst diese verminderte Form von Dämlichkeit will ich Gerber nicht unterstellen. Nun schreib mal auf ein nächstes Blatt den Namen Adnan Kashoggi, saudischer Waffenhändler. Der residierte zum Zeitpunkt des Todes Watermann im *Hôtel du Rhône*. Dann den Namen Alex Illich. Das ist ein Amerikaner, ehemals Agent des CIA, jetzt Waffeneinkäufer und Verkäufer. Er wohnte im *Noga Hilton*. Dann auf ein nächstes Blatt den Namen Mansur Bilbassy. Das ist ein jordanischer Waffenhändler, der im Hotel *Intercontinental* wohnte. Dann war da noch Ahmed Khomeini, der

Sohn des iranischen Revolutionsführers Khomeini. Zu ihm gehört Rafi Dust, ein höchst blutiger Mann. Er ist Führer der Revolutionsgarden des Iran und Chefeinkäufer für Waffen. Auf das nächste Blatt schreibst du den Namen John de la Roque, ehemals CIA-Agent, jetzt Waffenhändler an der Côte d'Azur. Dann Dirk Stoffberg. Er ist südafrikanischer Geheimdienstagent und Waffeneinkäufer. Bei ihm dürfen wir nicht vergessen, dass er möglicherweise massives Interesse an Watermann hatte. Watermann kannte mit Sicherheit den gesamten Hintergrund des U-Boot-Deals der HDW-Werft in Kiel mit dem südafrikanischen Staat. Dann wollen wir den Reiner Jacobi nicht vergessen. Er ist ein Mann für jeden dirty job, er ist Spezialist in Terrorismus und Drogenfahndung, er ist Contract-Agent der CIA in Australien, und er behauptet nicht ohne Unrecht, die weltberühmten Marcos-Millionen auf Schweizer Konten entdeckt zu haben. Jetzt hefte diese Versammlung an die Wand, und falls dir nicht schlecht wird, solltest du bedenken, dass jeder von ihnen ungleich mächtiger war als dieser kleine Furz Watermann.«

Sie heftete die Zettel an die Wand zwischen den beiden Fenstern. Dann hockte sie sich auf das Bett und murmelte: »Beim Anblick von so viel Blut gerinnt mir jede Hoffnung. Keiner von denen wird uns ein Wort sagen.«

»Es sind noch nicht alle«, wandte ich ein. »Einen dürfen wir nicht vergessen, den Bayern Josef Messerer.«

»Wer ist das?«

»Echte deutsche Eiche, nur etwas fettiger. Er ist ein Käufer und Verkäufer von altem Kriegsgerät, er macht

Millionen vor allem mit solchen Ländern, denen es nicht darauf ankommt, mit modernstem Gerät zu töten. Dieser Messerer bekam eines Tages ein Foto zugeschickt. Von der Polizeiverwaltung der Stadt München. Sein Auto soll am neunten Oktober, also am Freitag vor Watermanns Tod, in München eine Ampel bei Rot überfahren haben. Ob Messerer naiv oder dämlich ist, weiß ich nicht. Er reagierte wie der Biedermann, der zu Unrecht verdächtigt wird. Er schrieb wütend zurück: Das kann nicht sein, an dem Tag war ich in Genf! Das Verrückte ist, er konnte es sogar beweisen. Er legte seinen Vormerkkalender vor. In dem stand für den neunten, zehnten und elften Oktober folgendes: Zürich, Genf, Professor Chung Li, Rafi Dust, Mojahedi, Ahmed Khomeini, Watermann. Hinter dem Namen Watermann stand ein Pfeil, der auf den Sonnabend wies. Und unter dem Pfeil stand das Wort Schluss. Findest du das auch so hübsch?«

Sie bewegte sich unruhig. »Das heißt, dass er etwas wusste? Moment mal, der Pfeil zeigte auf Sonnabend? Aber Sonnabend lebte Watermann doch noch.«

»Messerer erklärte im Polizeipräsidium in München folgendes: Er habe alle notierten Leute getroffen mit Ausnahme von Watermann. Er habe den Namen nur notiert, weil Watermann an diesem Wochenende starb und das doch so viel internationales Aufsehen erregte. Er sagte, er habe Watermann als Eselsbrücke benutzt, um nicht zu vergessen, was an diesem Wochenende passierte.«

»Die Polizei glaubt ihm das?«

»Was soll sie denn sonst tun? Die deutsche Polizei hat in Sachen Watermann nie irgendeinen besonderen Eifer an den Tag gelegt.«

»Watermann ist also in Genf. Alle diese Männer auch. Vor allem Gerber. Was sagt er selbst dazu?«

»Man hat ihn befragt. Er hat gesagt, er könne mit Rücksicht auf die Geiseln im Libanon nichts sagen.«

»Das wurde akzeptiert?«

»Ja.«

»Wieso habe ich dann diese verdammten Namen überhaupt an die Wand gepinnt? Es bringt doch eh nichts.«

»Doch, doch. Es macht uns klar, dass hier ein Königstreffen der Waffenschieber stattfand. Ob unser kleiner Watermann für diese Kameraden von Wichtigkeit war, wissen wir nicht. Wahrscheinlich nicht. Wenn er für Gerber wichtig war, dann nur, weil Gerber ganz nebenbei in Genf überwachen konnte, ob Watermann ordnungsgemäß das Zeitliche segnet. Watermann war etwas, das man zwischen Tür und Angel erledigen konnte. Wenn Watermann wirklich in Waffenhändel verstrickt war, müssen wir den Spieß herumdrehen. Dann war es einfach, ihn nach Genf zu locken. Der, der ihn lockte, brauchte bloß zu sagen: Komm her, hier gibt es eine Menge Leute, die dich retten können, weil du ihnen einmal behilflich warst! Das ist logisch, das ist wahrscheinlich, und noch viel wahrscheinlicher ist, dass er auf diese Zusicherung hin blind nach Genf flog. Logisch?«

»Das ist irre, das kann sehr gut sein.«

»In Genf hatte er Freunde. Das dachte er zumindest. Denn wer hat Watermanns Zimmer im *Beau Rivage* bestellt? Nicht Watermann selbst, nicht seine Frau, nicht seine Familie. Irgendjemand hat aber sein Zimmer gebucht. Wahrscheinlich der, der ihn nach Genf lockte.«

»Aber das kann jeder von denen sein, die da an der Wand hängen. Praktisch kann jeder der in Genf Versammelten gebeten worden sein, zum Beispiel Gerber den Gefallen zu tun, mal eben für Watermanns Ableben zu sorgen.«

»Ja, wenn man versteht, wie wichtig Gerber als Verhandlungspartner für jeden dieser einzelnen ist. Gerber will nicht nur die Geisel im Libanon herausholen, er will außerdem seine Wichtigkeit betonen. Er will klar zu erkennen geben, dass er zwar für ein deutsches Großunternehmen verhandelt, dass aber praktisch der Staat mit seinen Geheimdiensten hinter ihm steht. Er weiß, dass er Leuten gegenübersitzt, die nur am Rande ein wirkliches Interesse an dieser deutschen Geisel haben. In Wirklichkeit wollen sie alle Waffen, und in Deutschland gibt es prima Waffen. Es ging also auch um Zaster, um viel Zaster.«

»Du lieber Gott, das wird ja immer wilder. Und trotzdem willst du weitermachen?«

»Wir haben schon Paolo. Kein Mensch wusste bisher, dass es einen Paolo überhaupt gab. Wir stochern noch ein bisschen herum und schauen, was passiert.«

»Baumeister, sei ehrlich, du hast doch einen Verdacht.« Sie lächelte mir aufmunternd zu.

»Ich habe wirklich keinen. Wir wissen, dass dieser Tod einer Menge Leute sehr gelegen kam. Wer letztlich dafür verantwortlich war, weiß ich nicht. Im Übrigen …«

Das Telefon läutete, und Minna zuckte zusammen. »Es ist drei Uhr morgens«, sagte sie aufgeregt.

Ich nahm den Hörer ab. »Ja bitte?«

»Spreche ich mit Herrn Baumeister?« Der Mann hatte eine etwas hohe Stimme, machte aber einen gelassenen Eindruck.

»Baumeister ist dran«, sagte ich.

»Ich möchte Sie treffen«, sagte der Mann.

»Wer sind Sie denn?«

»Das spielt jetzt wirklich keine Rolle«, sagte er freundlich. »Ich möchte Sie treffen. Jetzt gleich.«

»Wo?«

»Bestimmen Sie das. Kommen Sie allein. Ich meine, ohne Ihre Freundin.«

»Gut. Also in einer halben Stunde auf dem Parkplatz hinter dieser Pension. Kommen Sie ebenfalls allein?«

»Ich komme ebenfalls allein«, lachte er freundlich.

Minna war weiß im Gesicht. »Sie wissen also, dass wir hier sind.«

»Ja. Sie haben es wahrscheinlich von Beginn an gewusst.«

»Wer war das?«

»Ich weiß es nicht. Er will mich treffen. Wir haben nicht mehr viel Zeit. Ich gebe dir eine Optik mit Restlichtverstärker, dann suchen wir dir eine geeignete Position.«

»Und wenn er dich erschießt?«

»Warum sollte er das? Ich werde mich genau in die Mitte des Parkplatzes stellen, also zwischen die beiden Reihen Autos. Du wirst dich unter eines der Autos legen und fotografieren. Sonst rührst du dich nicht vom Fleck.«

»Was ist, wenn er nicht allein ist?«

»Er wird allein sein. Er wird wissen, dass ich abhauen werde, wenn er nicht allein ist. Schlimmer sind die Leute, die er schon hier hat.«

»Wie meinst du das?«

»Wenn er hier mitten in der Nacht anruft, dann muss er hier Leute haben, die ihm von uns erzählt haben.«

»Dann mach doch das Licht aus«, zischte sie.

»Bitte, keine Hysterie. Du musst versuchen, unbemerkt aus dem Haus zu schleichen, während ich draußen rummarschiere. Wo immer sie hocken, sie werden mich beobachten. Das ist deine Deckung. Zieh etwas Dunkles an. Und atme langsam durch und komm zur Ruhe. Ich schalte im Treppenhaus das Licht ein und gehe hinaus. Wenn das Licht ausgeht, suchst du dir einen Weg.«

»Aber doch nicht sofort, es ist doch viel zu früh.«

»Beruhige dich.«

»Nimmst du ein Tonband mit? Du musst ein Tonband mitnehmen, das musst du. Wie ist das eigentlich mit dem Finger? Hast du wieder Schmerzen?«

»Leg dich einen Moment auf den Rücken, achte auf deinen Atem und auf nichts sonst.«

Schließlich beruhigte sie sich wieder und fragte: »Hast du auch Angst?«

»Na sicher habe ich Angst. Ich habe meistens Angst. Darum bin ich ja auch so gut.«

Ich zog ein weißes Hemd an, damit sie mich besser sehen konnten, setzte ihr den Grünfilter auf den Apparat, legte einen hochempfindlichen Film ein und sagte: »Drück uns die Daumen!«

Ich ging die zwei kurzen Treppen hinunter in das Erdgeschoss. In der Haustür steckte kein Schlüssel, die Tür war offen. Ich musste zwei Stufen hinunter, dann etwa vier Meter durch einen kurzen Vorgarten, in dem rechts und links gelbe und rote Rosen wuchsen. Sie rochen sehr intensiv. Es war vollkommen still. Das kleine Gartentor quietschte ein wenig, ich drehte mich herum, um das Türchen wieder zuzuziehen. Dabei konnte ich sehen, dass das Licht im Treppenhaus bereits wieder ausging, das Licht in unserem Zimmer anblieb. Ich hoffte, sie würde clever genug sein, die Lampe im Zimmer nicht zu löschen, wenn sie hinausging.

Dann wandte ich mich nach rechts. Zwischen der Pension und dem nächsten Haus führte ein Trampelpfad hindurch. Ich musste fünfzig Meter am Grundstück der Pension entlanggehen, um erneut wieder nach rechts abzubiegen. Ich war jetzt hinter der Pension, die vollkommen im Dunkeln lag.

Ich blieb stehen, um mir die Situation genau einzuprägen. Rechts war ein kleiner Zaun zum Garten der Pension hin, links eine schmale Stichstraße. Diese führte zum Parkplatz mit seinen etwa zwanzig Stellplätzen. Der Jeep stand in der rechten Reihe. Auf dem kleinen Platz standen zwei alte Gaslaternen, zwei Meter hoch mit mattgelben Kuppeln. Wenn es Minna gelang, hinter die linke Autoreihe zu kommen, sich unter ein Auto zu legen, würde es möglicherweise klappen. Ich starrte wieder auf die Hausfront. Es war nichts zu sehen und absolut nichts zu hören.

Ich holte die gestopfte Spitfire von Lorenzo aus der Hosentasche und zündete sie an. Ich glaube nicht, dass ich rauchen wollte, ich glaube, ich wollte herausfinden, ob meine Hände zitterten. Sie taten es nicht. Dann drehte ich mich herum und ging den Weg wieder zurück, langsam, nicht im Geringsten beunruhigt, nicht einmal gespannt. Ich ging wie jemand, der einen Nachtspaziergang macht, weil er hofft, müde zu werden.

Ich kann mich genau daran erinnern: Ich summte das berühmte Hornsolo »No More Lovesong«. Ich wollte, dass mich die Männer, die mich im Visier hatten, mit ihren Blicken verfolgten, ich wollte sie binden. Aber zunächst sah ich nichts.

Auf meinem Weg zurück auf die Straße vor dem Haus glaubte ich, rechts auf dem Nachbargrundstück eine Bewegung zu sehen, aber es konnte Einbildung sein. Dann kam das Geräusch eines schweren Motors hoch. In der Ferne, hoch über den Häusern der Nachbarschaft, blitzten Scheinwerfer auf. Ein schwerer Truck kam eine Bergschleife hinunter, bog etwa dreihundert Meter vor mir auf die Straße ein und näherte sich mit hoher Geschwindigkeit. Dann sah ich es: Als ich aus dem Vorgarten auf die Straße gekommen war, hatten dort keine Autos gestanden. Jetzt standen dort zwei. In beiden saßen Menschen, aber ich konnte nicht erkennen, wie viele es waren.

Ich blieb stehen, ich war ungefähr zehn bis zwölf Meter von ihnen entfernt. Ich klappte das Corona-Feuerzeug auf und drehte die Flamme hoch. Ich wollte, dass sie alle auf mich starrten, dass niemand auf die Idee kam, sich in andere Richtungen umzuschauen. Das Feuerzeug war ein kleiner Flammenwerfer. Ich dachte flüchtig daran, dass ich mir Tabak kaufen müsste, und wahrscheinlich würde wieder kein Geschäft *Charatan 45* haben.

Dann drehte ich mich erneut um und schlenderte den Weg zurück.

Ich zündete noch einmal die Pfeife an und ging geradewegs zu dem kleinen Parkplatz. Ich hockte mich auf den hinteren Tritt meines Jeeps und schmauchte vor mich hin. Entweder lag Minna längst unter einem der Autos, oder sie hatte es nicht geschafft. Fast wäre mir lieber gewesen, die Angst hätte sie im Bett festgebunden.

Er kam pünktlich, seit seinem Anruf waren achtundzwanzig Minuten vergangen. Er kam denselben Weg, den ich gekommen war. Er war mittelgroß, ein wenig kleiner als ich, gedrungen gebaut, in einem hellen, leichten Sommeranzug. Er hatte volles, dichtes, dunkel wirkendes Haar, ein sehr rundes Gesicht mit einem dunkelfarbenen Schnäuzer. In seiner rechten Hand schlenkerte er einen Aktenkoffer.

Er kam dicht an mich heran, stellte die Tasche auf den Asphalt, reichte mir die Hand und sagte sehr förmlich: »Guten Morgen, Herr Baumeister.«

»Sie sind Manfred Gerber, nicht wahr?«

»Ist das wichtig? Sehe ich aus wie Gerber?« Er sprach ganz zurückhaltend, und er lächelte dabei schmal.

»Es gibt von Gerber in letzter Zeit keine brauchbaren Fotos. Einen Schnurrbart kann man ankleben, die Haare färben ...«

»O Gott, Baumeister, das ist doch jetzt nicht wichtig ...«

»Sie haben recht, vielleicht ist das nicht wichtig. Haben Sie Watermanns Tod arrangiert?«

»Die Frage ist jetzt nicht angebracht, nicht wahr? Ich will mit Ihnen sprechen, um Sie davon abzubringen, die Watermann-Recherchen erneut aufzunehmen.«

»Gibt es dafür eine Begründung?«

»Ja.« Er hockte sich neben mich.

Wenn Minna unter einem der Autos lag, musste das ein grandioses Doppelporträt geben.

»Die Begründung sieht so aus, dass niemand, vor allem die Öffentlichkeit nicht, daran interessiert sein wird, olle Kamellen auszugraben. Watermann ist tot, und das ist verdammt gut so, ganz gleich, ob jemand ihn ermordet hat, wie Sie das nennen, oder nicht.«

»Sie wollen mir mit anderen Worten deutlich machen, dass Watermanns Tod im Sinne des Staates eine gute Sache war, nicht wahr?«

»Ich weiß nicht, Baumeister, ob der Staat das denkt. Ich weiß nur, dass ich so denke. Watermann war damals vollkommen ausgeflippt. Sein Geschwätz hätte nicht nur die Bundesrepublik, sondern Europa und die Welt aufgescheucht. Der Mann war außer Kontrolle, der Mann hätte niemals die ganze Wahrheit gesagt. Sie wissen so gut wie ich, Baumeister, dass eine bestimmte Sorte Politik nur über Diplomatie und Geheimdienste läuft. Watermann wollte das alles brutal zerstören. Sie wissen das genau, Baumeister, Sie haben Erfahrung.«

»Wer tötete Watermann?«

»Ich weiß es nicht, ich weiß es wirklich nicht.«

»Aber Sie waren im Hotel nebenan, Gerber ...«

»Ich bin nicht Gerber ...«

»Erzählen Sie das Ihrer Großmutter. Watermanns Tod war eine Schweinerei, ob er reden wollte oder nicht. Es war Mord, Gerber.«

»Also gut. Ich sage Ihnen mal, was passiert, wenn Sie so weitermachen wie bisher: Sie werden den Mörder nicht kriegen, weil Sie nicht den Schimmer einer Ahnung haben, in welche Richtung Sie überhaupt suchen müssen. Also bitte ich Sie: Hören Sie auf damit, lassen Sie die Geschichte ruhen. Wir ersetzen Ihnen sämtliche Kosten.«

»Aha. Und wer ist wir?«

»Die Gruppe, die ich vertrete.«

»Welche Gruppe vertreten Sie denn, Gerber?«

»Ich bin nicht Gerber.« Er wurde heftig.

»Wie soll ich Sie nennen? Sie haben gefälschte Schweizer Papiere auf den Namen Lang. Soll ich Lang sagen? Soll ich Rohloff sagen? Also, welche Gruppe?«

»Es ist eine gemischte Gruppe. Politiker, Wirtschaftler …«

»Sie meinen Waffenhändler«, lachte ich.

»Nein, ich meine Industrielle. Wir ersetzen Ihnen alle Ihre Kosten.«

»Können Sie das von der Steuer absetzen?«

»Warum sind Sie so giftig? Es ist ein Handel wie jeder andere auch.« Er bewegte sich nicht, er bewegte nicht einmal die Arme oder die Hände, er war ein Profi.

»Nehmen wir an, ich gehe auf den Handel ein. Was bringt mir das?«

»Zweihunderttausend Dollar. In bar. Keine nummerierten Scheine. Wie viel Sie davon Ihrer Partnerin abgeben, ist Ihre Sache. Keine Quittung, kein gar nichts.«

»Per Scheck?«

»O nein. Ich sagte bar.« Er bückte sich nach vorn, nahm den Aktenkoffer vom Asphalt und klappte ihn auf. Er war voll Geld. Ich kam mir vor wie in einem billigen amerikanischen Film.

»Aber Sie persönlich wollen eine Quittung?«

»Nein, ich will keine Quittung. Nichts. Sie sagen einfach okay, nehmen das Geld, und wir haben uns nie gesehen.«

»Vor was haben Sie eigentlich Angst?«

»Ich habe keine Angst«, sagte er gelassen. »Ich habe nicht die Spur von Angst. Nehmen Sie es.«

»Diesen Aktenkoffer habe ich heute schon einmal gesehen. Da kam ein Medienvertreter und bot mir für die Exklusivrechte einen Vertrag an. Es war derselbe Koffer, mit einer zerstoßenen Ecke und einer Schließe, die krumm ist und nicht einhakt. Sagen Sie jetzt nichts, es ist einfach ein Zeichen beschissener Logistik.«

Er klappte den Koffer zu und stellte ihn neben sich.

»Also, Sie gehen nicht darauf ein?«

»Nein.«

»Ich kann Ihnen vierundzwanzig Stunden Zeit geben, sich die Sache in Ruhe zu überlegen.«

»Nein.«

»Es ist Ihnen zu wenig, nicht wahr? Sie stecken in Schwierigkeiten. Sie haben nicht gut für die Rente vorgesorgt. Sie haben Schulden. Ein bisschen mehr, als Ihnen guttut. Wollen Sie das Doppelte? Oder sagen wir: fünfhunderttausend?«

»Wenn ich Sie eine Stunde weitermachen lasse, sind wir bei einer Million und haben beide eine Erkältung. Es ist kühl geworden. Machen Sie es gut, was immer Sie vorhaben, Gerber.«

»Ich bin nicht Gerber«, sagte er matt, nahm seinen Koffer und ging langsam aus der Szene.

Ich blieb auf meinem Jeep hocken und fragte mich, ob ich einen Fehler gemacht hatte. Irgendwo auf der Straße jenseits des Hauses starteten Autos und fuhren ohne sonderliche Hast davon.

»Bleib liegen«, zischte ich.

Sie bewegte sich nicht.

Ich ging langsam von dem kleinen Parkplatz weg, dann auf den Trampelpfad bis zur Straße. Die Wagen waren verschwunden. Da kehrte ich um und sah sie, wie sie mit verzerrtem Gesicht unter der vorderen Stoßstange eines Golf auftauchte. Sie war vollkommen schwarz im Gesicht.

»Hast du fotografiert?«

Sie hockte da wie ein Häufchen Elend, sah zu mir hoch und fragte: »Hast du schon einmal eine Ewigkeit auf Asphalt gelegen und konntest nicht einmal tief durchatmen?«

»Woher hast du denn so ein schwarzes Gesicht?«

»Na ja, ich lag unter der Karre und dachte plötzlich mit Schrecken: Mein Gesicht ist ganz hell! Die sehen mich! Da habe ich den Motor umarmt und mit dem Öl … ach, Baumeister, du bist ein Ekel!«

SIEBTES KAPITEL

Wir gingen ins Haus zurück. Sie humpelte ein wenig und murmelte: »Es tut mir, verdammt noch mal, alles weh. Aber ich habe ihn. Wer war das? Gerber?«

»Ich weiß es nicht genau. Wir lassen die Fotos entwickeln und können ihn vielleicht identifizieren. Ich vermute, dass er es war. Du hast es ja gehört: Da muss jemand schon sehr sicher und sehr stark sein, wenn er so unverfroren zweihunderttausend Dollar bietet und auch noch unverhohlen erklärt, dass Watermann vor seinem Tod eine Wahnsinnsgefahr für die Politik war. Ja, ich glaube, es war Gerber.«

»Was meinte er eigentlich damit, Watermann hätte niemals die ganze Wahrheit gesagt?«

»Da hat er recht. Watermann hätte nur seine Sicht der Dinge an die Öffentlichkeit gebracht, und zwangsläufig wäre das immer nur die halbe Wahrheit gewesen. Mit anderen Worten hat Gerber, oder wer immer dieser Mann auch war, bestätigt, dass Watermann sterben musste, weil er auspacken wollte.«

»Das ist unheimlich brutal«, murmelte sie.

»So ist die Welt«, sagte ich. »Das Verrückte dabei ist, dass sehr viele Menschen genauso denken wie dieser Mann mit den vielen Dollars. Ich müsste dringend schlafen, ich habe Schmerzen.«

»Wir sollten aber abhauen«, sagte sie scharf und voller Angst.

»Ich kann nicht«, sagte ich nörgelnd. »Der Finger schmerzt wie verrückt. Ich muss zumindest Schmerzmittel nehmen. Wieso müssen wir eigentlich sofort verschwinden?«

»Das kann keine ernsthafte Frage sein«, fauchte sie. »Der Mann bietet dir zweihunderttausend Dollar. Du sagst nein. Glaubst du im Ernst, er lässt uns in Ruhe?«

»Nein«, sagte ich. »Tut mir leid, aber manchmal bin ich naiv. Also pumpe ich mich voll, und du fährst. Okay?«

Wir packten also unsere Sachen, ich nahm zwei Schmerztabletten mit sehr heißem Wasser. »Das wirkt schneller, alter Krankenschwesterntrick.« Aber es wirkte nicht. Dann sah ich, dass der Gipsverband, mit dem der kleine Finger mit dem Ringfinger verbunden war, einen Bruch hatte.

»Ich hole den Wagen«, sagte sie und ging.

Draußen ging gerade die Sonne auf. Sie sagte energisch: »Du klappst den Sitz runter und legst dich lang!«

»Wieso das?«

»Weil ich keinen schlappen Macker gebrauchen kann.«

Ich folgte ihrem Befehl, und sehr bald wurde mein Körper wunderbar weich und schläfrig.

»Oberammergau?«, fragte sie.

»Oberammergau«, sagte ich. Dann schlief ich ein.

Irgendwann rüttelte sie mich energisch wach. Sie fuhr auf einer glatten, breiten Straße, die von himmelstürmenden Bergen eingerahmt wurde. »Da ist ein verdammt schnelles Wohnmobil hinter mir. Und zwar die ganze Zeit.«

»Wo sind wir jetzt?«

»Zwischen Bergen und Zürich. Es hat eine Hamburger Nummer. Zwei Männer sitzen vorn. Es ist ein Wohnmobil auf Mercedes-Chassis, der Mann fährt wirklich gut.«

»Hast du eine Pause gemacht?«

»Nein, bisher nicht, aber wir müssen tanken.«

»Dann nimm bitte eine Tankstelle in einer dicht besiedelten Gegend. Ich denke mir etwas aus.«

Nach ungefähr dreißig Kilometern sah ich eine Möglichkeit. »Gewöhnlich liegen die Tankstellen am Ortsausgang oder -eingang. Wenn du in den nächsten Ort reinrollst, dann sieh zu, dass du die erste Kurve ausnutzt. Nicht ganz anhalten, ich springe raus.«

Der Ort hieß Frauenfeld. Sie erhöhte konstant, aber nicht hektisch die Geschwindigkeit, als eine Esso-Tankstelle in Sicht kam. Ich sprang hinaus und schlüpfte in eine Gasse. Das Wohnmobil fuhr vorbei. Karl-Heinz aus Kiel saß darin mit einem Kumpel hinter dem Steuer, der genauso aussah wie er selbst. Ihre Gesichter waren weiß und sehr gespannt.

Die Tankstelle war nicht weiter als dreihundert Meter entfernt. Mein Jeep stand an der Tankstelle, die Jungs hatten ihr Wohnmobil an den Stand mit dem Staubsauger und der Luft gefahren.

»Es ist Karl-Heinz«, sagte ich. »Dein Beschützer.«

»Das ist nicht wahr«, sagte sie erschreckt.

»Er hat einen Kumpel bei sich. Wer weiß, vielleicht hocken weitere hintendrin.«

»Wie kommt der Kerl an das Auto?«

»Frag mich etwas Leichteres. Zum Beispiel: Wie werden wir sie wieder los? Es ist jetzt sinnlos, danach zu fragen, wer sie finanziert, vielleicht wissen sie es selbst nicht einmal.«

»Sollen die uns nur beobachten?«

»Gut möglich. Wir gehen über Bregenz, Lindau, Oberstaufen, Immenstadt, Sonthofen, dann über Reutte nach Garmisch. Falls wir getrennt werden – wo auch immer und durch was auch immer – treffen wir uns in Garmisch am Bahnhof.«

»Du machst mir Angst. Das sind doch nur dumme Jungs.«

»Glaub das nicht. Irgendeiner hat ihnen das Auto gegeben, irgendeiner hat sie auf unsere Spur gesetzt. Zunächst werden sie wissen wollen, was wir eigentlich vorhaben.«

»Dann können wir nicht nach Oberammergau.«

»Du hast es erfasst«, sagte ich.

Ich startete, und Karl-Heinz fuhr mit seinem rollenden Luxusschlitten brav hinter uns her. Immer, wenn ich hoffte, er habe aus unerfindlichen Gründen aufgegeben, erschien sein Auto wie ein fröhlicher weißer Punkt in meinem Rückspiegel.

»Wie ist es mit einem Trick?«, fragte Minna. »Wir fahren irgendwo vor, gehen hinein, hinten wieder hinaus und hauen dann ab.«

»Das erledigt nicht das Problem, und möglicherweise kommen wir dann nie dahinter, was sie vorhaben.

Nicht nur sie müssen herausfinden, wohin wir fahren, sondern wir müssen auch rauskriegen, mit welcher Order sie uns verfolgen. Es wird nichts passieren, solange sie nicht wissen, wohin wir wollen.«

Es war sehr heiß, wir bewegten uns träge und gleichmäßig im Strom der Touristen, deren Gesichter hinter den Autoscheiben durchaus nicht fröhlich waren, eher verklemmt und hektisch.

»Okay, wir brechen bald ab. Es ist jetzt gleich drei Uhr. Wir gehen in Bregenz über die Grenze bis Lindau, dann auf die Alpenquerstraße. Ich will Rösti mit Spiegeleiern.«

»Und ich eine Dusche. Was hat das eigentlich alles noch mit Watermann zu tun?«

»Mit Watermann persönlich hat es nichts zu tun, aber viel mit seinem Geist. Leg dich etwas lang, schlaf.«

Aber sie schlief nicht, sie hockte neben mir und legte die nackten Füße auf das Armaturenbrett. Das sah hübsch aus, das mochte ich.

Ich fuhr bis Oberstaufen. Karl-Heinz war mit seiner Konservendose irgendwo dicht hinter mir. Es gab ein »Gasthaus zum Grünen Baum«, das so aussah, als verstünde sein Besitzer etwas von Rösti und Spiegeleiern. »Das versuchen wir. Fragst du nach Zimmern?«

»Na sicher«, sagte sie und sprang hinaus.

Karl-Heinz trug eine ziemlich große Sonnenbrille, als er langsam vorbeizog.

Minna kam wieder. »Sie haben zwei Einzelzimmer mit Dusche. Ist das okay so?«

»Das passt zu uns Katholiken«, sagte ich. »Ich möchte erst einmal telefonieren, mich abwaschen, die Seele reinigen ...«

Das Gasthaus war alt, dunkel und angenehm kühl. Irgendjemand hatte mir zur Begrüßung eine Flasche Mineralwasser auf das Zimmer gestellt. Watermann war in diesem Moment sehr weit entfernt, und nichts wäre mir lieber gewesen, als gemütlich und tagelang in die Eifel zurückzutrödeln und die alten Wege zu gehen.

Ich rief Alfred an, ich sagte: »Kannst du mal meine Post durchsehen, es wird etwas länger dauern, ehe ich hier wegkomme.«

»Wo bist du denn?«

»Irgendwo in Süddeutschland. Ich recherchiere immer noch hinter Watermann her.«

»Der ist doch tot.«

»Ja, eben. Haben wir Regen gehabt?«

»Nein, aber dein Garten braucht noch nicht gegossen zu werden.«

»Was spricht das Dorf?«

Er lachte. »Nichts. Es ist zu heiß. Ich hole Korn rein, ich muss weg.«

»Wie geht es Schmitzens Günther?«

Er lachte wieder. »Vier Krebsoperationen in weniger als einem Jahr. Zweimal Lunge, einmal Darm, einmal Leber. Steht nach sieben Tagen wieder auf und geht nach Hause. Er war heute morgen schon wieder auf dem Markt in Hillesheim.«

»Das ist toll, bestell ihm Grüße und halt mir den Daumen.«

Schmitzens Günther hatte es also gepackt, dieser stille, gemütliche, hart ackernde Mensch, dem vor einem Jahr gesagt worden war, er sei voll Krebs. Jetzt kämpfte er, und es war plötzlich vorstellbar, dass er Sieger blieb auf seine stille, lächelnde Art. Das Salz der Eifel.

Dann meldete ich mich bei Werner Ascheburg, dem Chefreporter des Kölner Express: »Danke für die Veröffentlichung. Was haben Sie für Reaktionen?«

»Komische Sache. Wir haben klargemacht, dass Sie Hilfe vonseiten ungenannter Behörden haben. Jetzt hängen sich Bundestagsabgeordnete und Landtagsabgeordnete aus Kiel in den Fall. Geradezu panisch. Ich hatte bisher siebzehn Anrufe dieser Art. Alle mit dem gleichen Tenor: Es sei unmöglich, dass irgendjemand Ihnen helfen würde. Sowohl die Untersuchungsergebnisse der Staatsanwaltschaft in Kiel wie auch die internen Akten des Landtagsuntersuchungsausschusses in Kiel sind für niemanden zugänglich. Es gibt nur nummerierte Kopien! Wenn dieser Reporter namens Siggi Baumeister behauptet, er hätte Hilfe von ungenannten Behörden, dann lügt er oder er blufft. Niemand kommt an die Unterlagen. Was sagen Sie dazu?«

»Mittlerweile hat man zum zweiten Mal versucht, mich zu bestechen. Diesmal waren es zweihunderttausend Dollar in bar, ohne Quittung ...«

»Moment«, unterbrach er überrascht, »ich weiß ja noch nicht einmal Genaues von der ersten Bestechung.«

»Außerdem werden wir schon wieder verfolgt. Jemand, der schon in Kiel an mir dran war, ist uns jetzt mit einem Wohnmobil auf den Fersen. Ich weiß inzwischen auch, dass am Tattag im Hotel *Beau Rivage* Buchungen aus dem Computer verschwunden sind, und ich weiß auch, wer die Liste wahrscheinlich hat.«

»Ist das so?« Er dehnte die Frage.

»Das ist so. Falls Ihre Informanten behaupten, ich könnte keine Hilfe von ungenannten Behörden haben, kontern Sie ganz einfach: Es gibt bei Schweizer Behörden eine Menge Leute, die stinksauer auf die deutschen Strafverfolgungsbehörden sind – weil sich die seit Jahren im Nichtstun üben. Diese Leute wollen reden. Was haben Sie mir sonst noch zu sagen?«

Er lachte, plötzlich lachte er schallend, unterbrach sich dann und sagte: »Sonst habe ich Ihnen noch die Hilfe Ihrer Kollegen zu bieten. Die haben sich nämlich auf diese angeblich nicht existenten Akten gestürzt. Normalerweise dürfte tatsächlich niemand die staatsanwaltschaftlichen Akten des Falles Watermann haben. Niemand dürfte die Untersuchungsakten des Kieler Landtages kennen. Aber es gibt Gruppen, die sie trotzdem besitzen, und zwar vollständig. Haben Sie was zu schreiben? Gut. Kennen Sie einen Verein namens *Preußens Geschichte e. V.*? Kennen Sie eine Firma namens *All-Expo-Trans*?«

»Nein, ich kenne beide nicht. Wer soll das sein?«

»Ich recherchiere noch. Genaues ist nicht bekannt. Der Verein *Preußens Geschichte* ist ein rechtsextremer Club mit Sitz in Windlingen. Das ist irgendwo in Baden-Württemberg. Die Firma *All-Expo-Trans* ist nichts anderes als eine Waffenhandelsfirma, auch in Windlingen. Mit dieser Firma hat Watermann nachweislich Verbindung gehabt.«

»Was sagt die Firma dazu?«

»Die Firma sagt, sie habe gelegentlich bei kleinen, von der deutschen Aufsicht genehmigten Geschäften der Kieler HDW-Werft die gesamte Logistik erledigt.«

»Hat diese Firma auch Verbindung zur ehemaligen DDR gehabt, und wie …«

»Hat sie. Im Untersuchungsausschuss Schalck-Golodkowski ist diese Firma ein paarmal aufgetaucht. Aber nur am Rande. Wenn Schalck-Golodkowski bei irgendwelchen Westgeschäften Hilfe bei Verfrachtungen und logistischen Problemen brauchte, war diese Firma sein Ansprechpartner. Auf die Frage nach Watermann sagt die Firma, er sei etwa zwei-, dreimal als Berater zugezogen worden, wenn es um irgendwelche Dinge ging, die Schleswig-Holstein und die HDW-Werft in Kiel betrafen. Seine Verbindung zur Firma sei freundschaftlicher Natur und habe mit Geschäften nicht das Geringste zu tun.« Er machte eine Pause und setzte hinzu: »Aber das ist noch nicht alles. Der Chef dieser Firma ist gleichzeitig der Geschäftsführer des Vereins *Preußens Geschichte*. Er heißt Westphal. Und Watermann war Vereinsmitglied. Soweit wir wissen, sind Mitglieder der Familie von Watermanns Frau ebenfalls Mitglieder, Watermanns Frau selbst nicht.«

»Also ganz dicker Filz. Jetzt fehlt nur noch die Verbindung von *Preußens Geschichte* zu Manfred Gerber, dem Superagenten.«

»Die ist auch schon klar. Gerber ist zwar kein Mitglied, aber er hat im Auftrag des Vereins bereits gearbeitet. Wir wissen aber nicht, was das war.«

»Könnten Sie ein Foto von Gerber auftreiben?«

»Weiß ich nicht, werde mich bemühen. Was ist denn jetzt bei Ihnen der Stand der Dinge?«

Ich berichtete ihm so genau wie möglich, erwähnte aber den Ort Oberammergau nicht, weil mir das zu riskant erschien. Wir verabredeten uns zu erneuten Telefonaten, er murmelte: »Mensch, seien Sie vorsichtig. Das sieht alles spannend aus, aber auch gefährlich.«

Dann duschte ich und schrieb Minna auf einen Zettel: »Ich gehe spazieren.«

Ich ging in den frühen Abend und schlenderte die Hauptstraße entlang. Ich fragte einen alten, mühsam daherschlurfenden Mann nach dem nächsten Campingplatz. Er gab mir eine fünf Minuten dauernde Auskunft, die darauf hinauslief, dass der Campingplatz vierhundert Meter weiter am Ortsausgang lag.

Wahrscheinlich hatte Watermann von Karl-Heinz nichts gewusst, wahrscheinlich hatte Watermann nur geahnt, dass es Leute wie Karl-Heinz gab, aber er hatte nie mit ihnen zu tun haben wollen, zumindest nicht öffentlich. Ich kam am Eingang des Campingplatzes an einem großen Badehaus und Kiosk vorbei. Dahinter standen die Wohnmobile. Karl-Heinz und sein Kumpel hatten den Wagen so weit wie möglich abseits an den Rand der Wiese gestellt. Sie hockten draußen vor einem kleinen weißen Tisch und tranken Rotwein. Die Seitentür des Wohnmobils stand offen.

Ich ging direkt zu ihnen und sagte: »Grüß dich, Karl-Heinz. So klein ist die Welt.«

Er zuckte zusammen und wandte mir dann seinen Paradeschädel zu.

»Eh, wo kommst du denn her?«

»Na ja, aus dem kleinen Hotel. Du weißt schon, wo wir Zimmer haben.«

»Eh«, sagte der andere gedehnt, »ist das ein Kumpel aus Hamburg?«

»Nein«, sagte ich, »ein Kumpel aus Kiel bin ich. Und ihr folgt uns seit Genf. Ihr müsst nicht dämlich tun.«

»Seit Genf, eh?«, fragte Karl-Heinz. »Ich verstehe nur Bahnhof. Wieso bist du hier?«

»Ich habe euch heute Morgen entdeckt, und dann habe ich mich gefragt, was du hier unten tust. Wer hat dir denn das Wohnmobil geschenkt?«

»Keiner«, sagte er dumpf. »Mein Kumpel hier hat Eltern mit viel Kies. Die haben uns das gegeben.«

»Kann ich mal die Papiere sehen?«, fragte ich.

»Du bist ganz schön motzig, Alter«, sagte der Kumpel. »Was gehen dich die Papiere an?«

»Ich kann mit den Bullen telefonieren und euch überprüfen lassen«, sagte ich.

»Willste 'nen Schluck Wein?«, fragte Karl-Heinz.

»Nein. Kein Alkohol. Wer hat dich auf die Piste geschickt?«

»Niemand, ehrlich. Wir fahren rum, wir machen Ferien.«

»Und das alles vom Urlaubsgeld bei der Müllabfuhr«, höhnte ich.

»Nein«, sagte Karl-Heinz sehr ernsthaft, »seine Eltern haben was dazugetan.«

»Also kriege ich die Papiere, oder nicht?«

»Und wenn nicht, die Bullen?«, fragte der Kumpel.

»So ist es«, sagte ich.

Der Kumpel stand auf, ging in den Wohnwagen und kramte herum.

»Hör zu«, sagte Karl-Heinz, »ich nehme dir das mit Minna nicht übel, aber ich will, dass sie das Lokalverbot, also, dass das Lokalverbot nicht mehr gilt. Und der

Wagen hier ist von einer Vermietung. Die Eltern von meinem Kumpel …«

»… haben das alles finanziert«, sagte ich. »Wer hat dich wirklich geschickt? Die Freunde vom Kieler Verfassungsschutz?«

»Nicht die«, sagte Karl-Heinz mürrisch. »Das sind diesmal Leute aus Hamburg, andere Leute. Also, ich weiß nicht genau. Wir sollten nach Genf, und in Genf sagten sie, du wohnst in St. Julien. Da haben wir auf dich gewartet.«

»Was sollst du denn tun?«

»Na ja, nachsehen, was du so treibst.«

Der Kumpel kam zurück und gab mir ein Plastikmäppchen. Der Wagen war tatsächlich gemietet, der Besitzer war ein »Autostudio Altona«, ich notierte die Anschrift.

»Also, Karl-Heinz, du sollst uns folgen und rufst am Tag zwei- oder dreimal an, wo wir sind und was wir tun. Stimmt's?«

»Sag dem Macker doch nicht alles«, murmelte der Kumpel. Er drehte sich schnell zu mir herum. »Also, nicht was du denkst. Die haben uns hinter dir hergeschickt, weil sie wissen, dass du in Gefahr bist. Wenn du angegriffen wirst, sollen wir … wir sollen einschreiten und alles plattmachen.«

»Das isses«, nickte Karl-Heinz erfreut. »Zu deinem Schutz.«

»Dann kann ich ja beruhigt schlafen gehen«, sagte ich. Ich erhob mich, zündete die Pfeife erneut an und schlenderte hin und her. »Wie kommt ihr euch bei dieser Verarsche eigentlich vor? Wer soll die Frau und mich in Gefahr bringen?«

»Das haben sie uns nicht gesagt. Sie haben gesagt: Nehmt die Karre, hier ist Geld, und das war es dann.«

»Wie ist die Telefonnummer, die ihr anruft?«

»Das dürfen wir nicht sagen, das ist geheim«, sagte Karl-Heinz. Er sah mich an und war aus irgendeinem Grund bedrückt. »Das geht wirklich nicht. Sie sagen, das ist ein Betriebsgeheimnis.«

»Dass deine Auftraggeber uns schützen wollen, glaubst du doch selbst nicht. Sie wollen, dass wir uns aus Watermanns Angelegenheit heraushalten. Sie verarschen euch.«

»Ich werde bezahlt«, sagte Karl-Heinz mürrisch.

»Also Verfassungsschutz«, sagte ich.

Er schüttelte den Kopf.

»Na, dann eben der Bundesnachrichtendienst«, fuhr ich fort. Er schüttelte nicht den Kopf.

»Ich soll dich von Minna grüßen«, sagte ich. »Ich wünsche euch einen schönen Abend. Übrigens: Wir starten nicht vor acht Uhr morgen früh, und unser Ziel ist München.« Ich sah sie ganz ernsthaft und freundlich an.

»So was haben wir uns schon gedacht«, murmelte der Kumpel.

»Na ja, ich will euch den Auftrag nicht vermasseln«, sagte ich. »Bis morgen dann.« Ich hob die Hand und ging fort.

Minna saß im Restaurant vor einem großen Eisbecher und sah frisch und munter aus. Ich berichtete ihr, was vorgefallen war, und sie kommentierte: »Es kann sein, dass sie sich einbilden, zu unserem Schutz da zu sein. Was machen wir jetzt?«

»Du holst sie nachts raus, und wir legen sie ein bisschen lahm«, sagte ich. »Wenn sie uns in Oberammergau erwischen und das ihren Auftraggebern erzählen, werden die ganz schnell wissen, wen wir dort suchen.«

»Wie machen wir das?«

»Du wirst schon sehen.« Ich bestellte auch eine Portion Eis und bezahlte beide Zimmer mit dem Hinweis, dass wir das Haus sehr früh verlassen würden. Nach dem Eis verdrückten wir beide Rösti mit Spiegeleiern auf Speck und entschlossen uns dann, sehr müde zu sein.

»Um drei ist die Nacht zu Ende.«

»Das ist aufregend mit dir«, sagte sie. »Aber eines macht mir Sorgen. Wir kennen ziemlich viele Kreuz- und Querverbindungen, aber ob sie irgendetwas mit Watermanns Tod zu tun haben, werden wir nie beweisen können.«

»Das ist das Problem«, gab ich zu.

»Na ja, dann schlaf gut.«

»Du auch«, sagte ich. Ich hätte ihr gern etwas mehr Hoffnungen gemacht, aber das passte nicht. Hoffnung und Watermann reimten sich nicht.

Ich setzte hinzu: »Die beiden sind perfekt ausgerüstet. Ich konnte in das Wohnmobil hineinschauen. Hintendrin stehen zwei schwere Hondas. Was immer auch passiert wäre, wir wären ihnen nicht entkommen.«

»Aber du willst nichts tun, was … was ihr Leben gefährdet?«

»Auf keinen Fall«, versprach ich.

Um drei Uhr piepte mein elektronischer Wecker, und wie immer kam es mir unerträglich laut vor. Als ich zwanzig Minuten später auf den Flur ging, hockte sie schon in einem Sessel und sah mir entgegen.

»Ich habe kein Auge zumachen können«, seufzte sie.

Wir fuhren den Jeep in eine Seitenstraße unmittelbar vor dem Campingplatz.

»Pass auf, du klopfst an ihr Wohnmobil und sagst aufgeregt, ich sei in Gefahr, du brauchst Hilfe, sie sollen in das Hotel kommen. Dann läufst du weg. Der Wagen bleibt hier. Du steigst ein und wartest auf mich.«

Sie überlegte einen Moment und nickte dann. »Das klingt ungefährlich, das geht.«

Ich lief zwischen den Campingwagen hindurch und legte mich unter das Wohnmobil aus Hamburg. Dann kam Minna, klopfte sehr hart und wütend gegen die Tür und sagte laut: »Verdammt noch mal, Karl-Heinz, wir brauchen eure Hilfe! Verdammt, wacht auf!«

»Was ist denn?«, fragte Karl-Heinz.

»Ich brauche Hilfe«, sagte Minna drängend. »Baumeister im Hotel ist in Gefahr!«

»O Scheiße!«, schrie der Kumpel. »Los, komm hoch, Mann! Da ist irgendwas faul.«

Das Wohnmobil geriet ins Schwanken, ich spürte schmerzhaft, wie sie herumtrampelten, wie Karl-Heinz die Tür aufdrückte und hinaussprang. Minna war schon oben an der Straße, drehte sich herum und winkte verzweifelt.

Karl-Heinz rannte los, sein Kumpel folgte. Sie entwickelten eine hohe Geschwindigkeit, sie waren wirklich gut.

Ich kroch unter dem Wagen hervor und stach zuerst die hinteren vier Zwillingsreifen ab, dann die beiden vorderen. Dann wollte ich in das Wohnmobil hinein, um an die Maschinen zu kommen, aber die Tür hatte eine automatische Sicherung, die ließ sich von außen nur mit einem Schlüssel öffnen.

Ich trat gegen die Tür und hatte sofort Glück, was im Plastik-Zeitalter nicht weiter verwunderlich ist. Ich durchstach alle vier Reifen der Motorräder. Nichts davon tat mir leid.

Ich sprang hinaus und rannte quer über den Platz hoch zur Straße. Ich sah, wie Karl-Heinz und sein Kumpel ungefähr dreihundert Meter weiter zu unserem Hotel liefen.

Minna saß hinter dem Steuer und fuhr sofort los. »Was ist, wenn Paolo in Oberammergau irgendwie überwacht wird? Dann entdecken sie uns sofort, und wir haben die gleiche Schweinerei am Hals.«

»Das glaube ich nicht«, sagte ich. »Ich denke, wir haben einen knappen Vorsprung. Vielleicht einen Tag, vielleicht zwei, vielleicht sogar drei. Gas, Mädchen, gib Gas!«

Sie fuhr sehr konzentriert und sehr schnell. »Ich verstehe bei dieser Sache eines nicht. Wenn Paolo Kellner im *Beau Rivage* war, wenn er begriff, dass Watermann erledigt werden sollte, wenn er am gleichen Tag türmte, wieso hat ihn die Schweizer Polizei nicht längst ausfindig gemacht? Auch wenn er falsche Papier hat, kann das doch nicht so schwer sein.«

»Darüber habe ich nachgedacht, das Rätsel ist kein Rätsel. Die Polizei in Genf hat schleppend ermittelt, weil sie annehmen konnte, dass die deutschen Behörden ihnen behilflich sind. Zweitens weiß die Genfer Polizei gar nicht, dass Paolos Verschwinden irgendwie mit Watermann zusammenhängt, warum sollte sie also ermitteln? Sie haben nach ihm gesucht, sie haben ihn nicht gefunden, Schluss und aus.«

»Und nach Oberammergau? Was machen wir dann?«

»Dann untersuchen wir den Verein *Preußens Geschichte* und einen Waffenhändler namens Westphal.«

»Wenn wir unterwegs irgendwie verletzt werden?«

»Dann kaufen wir uns Heftpflaster.«

»Du bist irre.«

»Stimmt.«

Wir kamen sehr schnell und glatt durch, wir kamen schon in Garmisch-Partenkirchen an, als noch kein Hotel uns ein Frühstück verkaufen wollte. Wir hockten uns auf eine Bank an der Loisach und starrten in das schnell fließende eisgrüne Wasser.

»Ich will dir nicht auf die Nerven gehen, aber bitte erzähl mir noch einmal von den Mitteln, die Watermann im Körper hatte.«

»Man konnte acht Arzneimittel nachweisen. Zwei davon in sehr geringer Menge, nämlich Diazepam und Nordiazepam. Beide hatte er Tage vorher gegen Flugangst genommen. Dann Cyclobarbital, ein sehr starkes Schlafmittel, Pyrithyldion, ein hypnotisches Beruhigungsmittel, Diphenhydramin, ein Mittel, das das Erbrechen verhindert, und Perazin, ein ruhigstellendes Neuroleptikum. Dies Perazin ist in der Psychiatrie als chemische Zwangsjacke bekannt.«

»Nehmen wir an, er wusste genau, dass er am Ende war, dass nur noch … na ja, dass eben nur noch Schimpf und Schande auf ihn warteten. Kann er das Zeug nicht zusammengekauft und dann schlicht geschluckt haben?«

»Denke daran, dass du selbst gesagt hast, dass er kein Selbstmordtyp war. Tatsächlich kann er alles zusammen geschluckt haben. Aber dann bleibt die Frage: Wo hat er das alles gekauft? In Kiel nicht, das ist sicher. Auf Gran Canaria auch nicht, das ist bewiesen. Er hätte diese Stoffe dort gar nicht bekommen, sie sind nicht im Handel. Das Pyrithyldion ist seit 1982 in Deutschland verboten. Nehmen wir aber an, dass er die Tabletten trotzdem bei sich hatte, dann fehlen immer noch die Behälter und die Pappverpackungen ebenfalls. Es gibt noch eine unerklärbare Merkwürdigkeit: Das absolut tödliche Cyclobarbital befand sich noch in seinem Magen, nicht schon im Urin. Alle anderen Stoffe waren bereits im Urin, hatten den Magen also schon passiert. Mit anderen Worten: Als er das Cyclobarbital nahm, war er mit fast hundertprozentiger Sicherheit nicht mehr in der Lage, selbst eine Tablette zu nehmen. Er war vermutlich nicht einmal mehr in der Lage, sich überhaupt zu bewegen. Denn das Neuroleptikum namens Perazin trägt deshalb den Namen chemische Zwangsjacke, weil du dich nach seiner Einnahme überhaupt nicht mehr kontrolliert bewegen kannst. Mit anderen Worten: Du kannst kein Cyclobarbital mehr nehmen, die Badewanne voll Wasser laufen lassen und dich hineinlegen.«

»Wie kann die Justiz dann auf Selbstmord bestehen?«

»Das weißt du doch. Watermann war ein nationales Ärgernis. Solche Ärgernisse begräbt man, die vergisst man schleunigst.«

»Was passierte eigentlich genau in der Todesnacht?«

»Etwas ganz Verrücktes. Etwas, dem man nicht nachgehen wollte! Im *Beau Rivage* arbeitete bekanntlich ein

Nachtportier namens di Natale. Dieser Mann und sein Kollege hörten morgens gegen vier Uhr ein heftiges Geräusch, dumpf, laut. Das dauerte immerhin zwanzig Sekunden. Nach dem Klang zu urteilen, passierte da irgendetwas auf dem Flur, nicht in irgendeinem Zimmer. Die beiden rasten auf Socken durch die Flure und entdeckten nichts. Di Natale gab das bei der Polizei zu Protokoll. Dann wird das Protokoll unterbrochen, und er wird in einem anderen Stockwerk des Polizeipräsidiums in einen kleinen Raum eingesperrt. Dort lässt man ihn eine Stunde warten und fragt ihn dann, ob er seiner Erinnerung ganz sicher sei. Das heißt, man behandelt ihn betont einschüchternd, bis er froh ist, dass er das Präsidium verlassen darf, ohne das Protokoll unterschrieben zu haben. Dabei hat di Natale etwas ganz Merkwürdiges am Abend vorher erlebt. Es kam ein Gast, den er nicht kannte. Er wies ihm ein Zimmer im zweiten Stock zu. Als in der Nacht vor Watermanns Tod di Natale erneut zum Dienst erschien, war dieser Mann in den dritten Stock umgezogen, in unmittelbare Nachbarschaft von Watermann. Und: Niemand hat diesen Gast je identifiziert, er ist spurlos verschwunden.« Nachdenklich schaute sie mich an.

»Nur einer hat blitzschnell begriffen, worum es ging: Paolo!« sagte sie dann leise.

»Falls er noch lebt«, murmelte ich. »Komm jetzt, wir fahren nach Oberammergau.«

In Farchant musste ich anhalten, weil sie eine offene Bäckerei entdeckt hatte. Sie kaufte acht Rosinenbrötchen, und wir mümmelten tapfer vor uns hin. In Oberau gingen wir auf die Bundesstraße nach Oberammergau und quälten uns die Serpentinen zum Kloster

Ettal hoch, dem tiefgläubigen Zentrum emsiger Benediktinermönche, die alles verkaufen, was Geld bringt: von der heiligen Maria aus Plastik bis zum Klosterlikör.

Hier waren schon viele Touristen unterwegs, vornehmlich in knallbunten weit geschnittenen kurzen Hosen, die man heute für schick hält und die den deutschen Bauchspeck so trefflich ins Licht rücken.

Wir kamen am Tal nach Graswang und Linderhof vorbei und rollten nach Oberammergau hinein.

»Wir trennen uns. Da wir Paolos richtigen Namen nicht kennen, werde ich die Pizzeria der Eltern suchen. Du konzentrierst dich bitte auf die Banken. Dabei musst du von folgenden Voraussetzungen ausgehen: Angenommen, Paolo hat sein Wissen und die Unterlagen zu Geld gemacht, wird er das Geld bar kassiert haben. Er ist also mit dem Baren hier angekommen. Das muss Ende Oktober 1987 gewesen sein.«

»Fragt bei einer solchen Summe denn keiner nach?«

Ich grinste. »Ein Bankier kassiert und bedankt sich. Er wäre dämlich, wenn er nach der Herkunft fragt. Er will den Kunden und dessen Geld, also schweigt er höflich. Wir treffen uns auf dem Parkplatz hinter der Kirche wieder. Wenn einer von uns beiden unverhältnismäßig lange warten muss, dann dort in dieser Kneipe da, okay? Sei brav und setz dein schönstes Lächeln auf.«

Sie wand sich, sie war unsicher. »Ich habe so etwas noch nie gemacht, Baumeister. Wie soll ich denn einen Bankmenschen fragen, ob irgendein Italiener vor fünf Jahren einen Haufen Geld bei ihm einzahlte?«

»Bankmenschen sind kühle Rechner. Nehmen wir an, ich bin ein Bankmensch, ich habe im Wesentlichen

Zahlen im Kopf, und ausschließlich dafür werde ich bezahlt. Jetzt kommt eine junge, hübsche Frau zu mir und bittet um meinen Beistand. Sie sucht einen Mann. Er hat sie sitzen lassen. Vor etwa fünf Jahren. Er verschwand ganz einfach und nahm eine Menge Geld mit. Jetzt sucht sie den Schweinehund, und …«

»Du bist ein Schweinehund, Baumeister, aber das könnte wirklich klappen.« Sie tänzelte voller Zuversicht davon. Der Bankangestellte konnte einem schon jetzt leid tun.

Das Erstaunliche an diesem oberfrommen Oberammergau ist wohl die Tatsache, dass am Kirchturm noch kein Preisschild hängt. Ein Tourist kann hier eine Maria mit Kind aus dem 16. Jahrhundert für zweihundertachtundsiebzig Mark kaufen, wobei ein Schildchen »handgemacht« besagt. Die Madonna ist aus Plastik. Dieselbe Madonna aus Holz, handgeschnitzt, kostet einen guten Gebrauchtwagen. Aber Glaube versetzt ja bekanntlich Berge.

Nach Telefonbuch gab es vier Pizzerias, ich klapperte sie sorgsam und zu Fuß ab, wobei ich erst bei der dritten Glück hatte.

Als Eigentümer war ein Peppo Clementi angegeben. Das Haus war alt und hatte sicherlich schon schlechtere Tage gesehen. Mit viel Geschick war die etwas windschiefe Fassade erhalten worden, und in weiser Voraussicht hatte man das Gebäude nicht auf modern getrimmt. Es wirkte wie ein gemütliches Wohnhaus aus der Jahrhundertwende.

Es war zu früh, auf Kunden war man noch nicht eingerichtet, aber als ich in den halbdunklen, niederen Raum kam und höflich fragte, ob ich denn schon einen echt italienischen Kaffee haben könnte, antwortete ein sehr dicker, freundlicher Mann hinter der Theke: »Selbstverständlich, mein Herr.« Er war vielleicht sechzig Jahre alt.

»Wie kommt ein Italiener nach Oberammergau?«

Er lachte, wobei sein Bauch zitterte. »Ich bin vor zwanzig Jahren gekommen. Zuerst war ich Arbeiter beim Straßenbau, dann Kellner in diesem Geschäft hier. Eigentlich normal, oder?«

»Gehen die Einheimischen denn Pizza essen?«

»O ja, gerade die. Immer Knödel geht nicht.« Er lachte wieder.

»Wie ist das hier mit Arbeitsplätzen? Haben Sie Personal? Wahrscheinlich nur Italiener, wie?« Ich fragte das alles so, wie man das um diese Tageszeit fragen muss: freundlich, aber nicht allzu interessiert.

»Sie wissen doch«, grinste er, »wir müssen zusammenhalten. Ich habe meine Leute um mich herum, und …«

»Und eine große Familie.«

»Na ja, meine Frau, meine Tochter, deren Kinder. Mein Sohn ist vor ein paar Jahren auch eingestiegen. Er macht Feinkost und einen Party-Service. Hat jahrelang gut verdient und sich dann hier selbstständig gemacht.«

»Der stolze Vater«, sagte ich.

»O ja, da ist man stolz. Erst hat der Junge nichts getaugt. Hat nicht gewusst, wo er zu Hause ist, hat sich rumgetrieben. Dann wurde er Kellner. Zuerst nur so, um Geld zu verdienen, aber dann richtig in großen Häusern. *Vier Jahreszeiten* in München, *Hilton* in Berlin, dann Genf und so weiter. Er hat es irgendwie begriffen und jetzt das Geschäft hier. Er ist mein Geschäftsführer.« Er zuckte die Achseln. »Ich denke so: Wenn ich der Steuer nicht alles hinterherschmeißen will, kann ich auch einen Geschäftsführer einstellen. Ist doch so. Ich versichere ihn, dann ist seine Familie auch versichert, seine Frau, seine Kinder …«

»Ach, er hat auch Familie?«

»Ja, ja, hat vor drei Jahren geheiratet. Die Tochter von einem alten Kollegen aus Palermo. Richtig gutes Weib, richtig hübsch, gute Mutter. Ich sage ihm immer wieder: Arbeite und du wirst sehen, dass man dich achtet.«

»Und? Achtet man ihn?«

»O ja. Er ist Mitglied im Wirteverband hier, sogar im Vorstand. Ist richtig gut, mein Gaetano. Und Sie? Im Urlaub hier?«

»Nein, nein, ich arbeite. Ich bin sozusagen als Berater tätig, muss viel rumfahren.«

»Techniker?«

»Ja, ja, Techniker.« Es wurde mir peinlich, die kleinen, berechnenden verlogenen Andeutungen hasse ich wie die Pest. Zuweilen sind sie nicht zu umgehen, aber am liebsten würde ich jedes Mal im Erdboden versinken.

»Hat Gaetano sein Geschäft hier?«

»Ja, am Ortsausgang Richtung Unterammergau. Schönes Geschäft, guter Betrieb.«

»Sind Sie schon Deutscher?«

»O nein, die Zeiten sind vorbei. Ich kann als Italiener hier gut arbeiten und Italiener bleiben, oder?«

»Das finde ich auch«, sagte ich. »Wir Europäer müssen zusammenhalten.« Ich hatte plötzlich eine verrückte Idee, und sie ließ mich nicht los. Warum, zum Teufel, sollte ich verdeckt recherchieren, warum sollte ich den quälenden Umweg über Lügen gehen? Ich zog also Paolos Foto aus der Tasche, legte es vor ihn auf die Theke und fragte: »Ist er das?«

Der Mann war augenblicklich so weiß wie sein Pizzateig. Seine Zunge kam nach vorn und befeuchtete die Lippen. »Also Polizei.«

»Keine Polizei«, sagte ich. »Ich will mit Ihnen sprechen, in Ruhe.«

»Also Grüße aus der Heimat.«

»Keine Grüße aus der Heimat«, sagte ich. »Vor allem keine Aufregung, bitte. Lassen Sie uns reden. Aber nicht hier.«

»In der Küche«, sagte er hastig, »da ist niemand.« Er bekreuzigte sich hastig. »Was hat er getan?«

»Das weiß ich nicht genau. Ist er hier oder ist er in Urlaub?«

»Er ist hier. Um was geht es?« Er hatte nasse Hände, er wischte sie sich an dem Küchentuch ab, das er vorn in den Gürtel gesteckt hatte.

Die Küche war erstaunlich groß, licht und peinlich sauber. Der Mann hockte sich auf einen Schemel. »Wenn es um Geld geht, kann ich vielleicht helfen ...«

»Es geht nicht um Geld«, sagte ich. »Ich erzähle Ihnen jetzt eine Geschichte, Sie hören zu. Und dann überlegen wir, was wir tun können. Ist er glücklich hier?«

»Ja. Gute Frau, gute Kinder. Mamma mia, seine Kinder! Und er soll später diesen Laden hier übernehmen. Was hat er ...?«

»Er ist vorbestraft, nicht wahr?«

Er nickte. »Ja, irgendeine Drogengeschichte. Er ist nicht süchtig, er nimmt keine Drogen. Er ist in diese Sache in München einfach reingeschlittert. Er hat dafür gesessen. Nicht lange, aber lange genug. Ich hatte damals einen Betrieb in Schwabing, ich ging dann hierher, wo die Leute nichts wussten.«

»Wer verkaufte ihm die Papiere auf den Namen Paolo Maggia?«

»Woher wissen Sie … Es waren Freunde aus München.«

»Die Mafia?«

»Nein, nein, Freunde. Sie sagten, er könnte sie haben, sie seien in Ordnung. Ich dachte, es wäre besser so, ich sagte: Hau ab, du brauchst ein paar Jahre Ruhe irgendwo. Was hat er angestellt?«

»Peppo, ich muss verdammt noch mal wissen, ob die Papiere von der Mafia waren. Wenn ich das nicht weiß, kann mich das verdammt teuer kommen.«

»Was hat er gemacht? Drogen? Wieso Drogen, er hat genug Geld. Keine Drogen? Was dann? Ich wusste immer, glauben Sie mir, ich wusste immer, dass bei Gaetano etwas schiefgeht. Er lacht so gern, er ist so verdammt leichtsinnig, ein guter Kerl, aber so verdammt leichtsinnig. Ich wusste es immer, glauben Sie mir, ich …« Dann fing er an zu weinen.

»Nicht weinen, bitte, das hilft ihm nicht. Als er im Spätherbst 1987 hierherkam, wie viel Geld hatte er bei sich?«

Er hockte vor mir auf dem hölzernen Schemel und hielt die Handflächen vor sein Gesicht. »Er hatte das Geld vom Lotto. Er hatte mit einem Kumpel viel Geld gewonnen, und er dachte: Wenn ich das Geld jetzt Papa bringe, ist alles wieder paletti.«

»Wie viel war es?«

»Anderthalb Millionen, irgend so etwas. Ich weiß noch, ich dachte: So was gibt es nur in schlechten Romanen.«

»Anderthalb Millionen Mark oder anderthalb Millionen Dollar?«

Einen Augenblick lang war es ganz still. Dann hob er sein Gesicht und starrte mich an. »Na ja, Mark natürlich. Wieso Dollar?«

»Peppo, was zahlst du an Schutzgebühr?«

Es war wieder still.

»Also du kommst doch von den Freunden.«

»Nein, verdammt noch mal. Wie viel zahlst du?«

»Für die Papiere von Gaetano damals viertausend. Dann monatlich fünfhundert. Sie sagen, sie mögen mich, sie sagen, ich kriege einen Sondertarif. Sie wollen jetzt mehr, nicht wahr?«

»Nein, ich wollte es nur wissen. Auf welcher Bank hat er es eingezahlt?«

»Auf der Hypobank. Die meisten Leute hier sind bei der Hypo, ich auch. Was für eine Geschichte wolltest du mir erzählen?«

»Als dein Sohn sich Paolo Maggia nannte, war er Kellner im Hotel *Beau Rivage* in Genf. Dort starb Watermann, du weißt schon, dieser Ministerpräsident aus Schleswig-Holstein. Seine Leiche war noch nicht kalt, da kam dein Sohn Gaetano mit einem Haufen Geld hier an. Das ist doch so, oder?«

»Also hat er damit zu tun? Er hat mir mal erzählt, das wäre passiert, als er Nachtdienst hatte. Aber weiter hat er nichts gesagt. Wieso hat er damit zu tun?«

»Eigentlich hatte er mit dem Tod des Mannes nichts zu tun, aber zufällig weiß er etwas, und wahrscheinlich besitzt er auch Unterlagen, die beweisen, dass Watermann getötet wurde. Er machte das Wissen und die Unterlagen zu Geld.«

»Nein. Das ist nicht wahr. Nicht Gaetano. Woher weißt du das? Und wer bist du?« Er weinte.

»Ich bin ein Journalist. Ich versuche zu beweisen, dass Watermann ermordet wurde ...«

»Ja, ja, viele Leute sagen, es war Mord, aber es lässt sich nicht beweisen. Wieso Gaetano? Was ist da abgelaufen? Und jetzt? Jetzt sind sie hinter ihm her? Nicht wahr, sie sind hinter ihm her.«

»Was hat er jetzt für Papiere?«

»Na ja, Gaetano Clementi natürlich. Gute, neue Papiere. Führerschein auch. Versicherungen auch. Gaetano Clementi, ganz normal. Was sind das für Leute, die hinter ihm her sind?«

»Vielleicht sind sie noch nicht hinter ihm her, aber lange kann das nicht mehr dauern. Ich will seine Geschichte hören.«

Er hockte ganz still und in sich versunken auf dem Schemel. »Da kriegst du Kinder, da ackerst du wie ein Esel, und dann so etwas.« Er schüttelte den Kopf, er war betrübt. »Wenn Gaetano das erfährt, dann ist er, schwupp, verschwunden. Ha, ich kenne doch meinen Sohn, das hält der nicht aus, er haut ab, er haut so schnell ab, wie sein Auto fährt. Und seine Kinder, Madonna, seine Kinder.«

»Langsam, Peppo, langsam, wo ist er jetzt?«

»Jetzt? Ich denke, in Garmisch. Er kauft ein. Kann auch sein, dass er in Weilheim ist. Ich weiß es nicht. Morgens ist er immer unterwegs. Ich sage dir, wenn du zu ihm hingehst, wird er sich umdrehen und verschwinden.«

»Ich rede mit dir, damit wir gemeinsam überlegen können«, sagte ich ganz ruhig.

»Wieso sind die Leute jetzt hinter ihm her? Wieso nach so langer Zeit?«

»Gaetano hatte in Genf eine Freundin. Die hat angefangen zu reden.«

»O ja, mein Gaetano und diese gottverdammten Weiber. Immer dasselbe! Ich sage immer: Er hat seinen Verstand im Schwanz, und dort ist kein Platz dafür!« Er überlegte, was er gesagt hatte, und grinste plötzlich bis über beide Ohren. Seine italienische Leichtigkeit brach sich Bahn. »Du musst zugeben, dass Gaetano helle ist. Er ist nicht schlecht. Manchmal kapiert er schnell.«

»Wahrscheinlich ist das so«, bestätigte ich. »Ich komme gleich wieder. Tu dir einen Gefallen: Sprich mit keinem darüber. Nicht mit deiner Frau und erst recht nicht mit Gaetano.«

»Ich schweige«, sagte er. »Ist Watermann wirklich ermordet worden?«

»Ich glaube ja.«

»Also kennt Gaetano den Mörder?«

»Muss er gar nicht. Es reicht, wenn er beweisen kann, dass der Mord geplant war.«

Ich ging hinaus in die Sonne und schnurstracks zurück zu meinem Jeep. Die Straßen waren voller geworden, Autos waren in langen Schlangen aufgefahren, Touristen schoben sich schwitzend an Schaufenstern vorbei, in denen im Wesentlichen nichts anderes angeboten wurde, als bei ihnen zu Hause.

Minna hockte auf der vorderen Stoßstange. »Ich habe ihn«, sagte sie.

»Ich auch. Wie viel Geld in welcher Währung brachte er mit?«

»Du glaubst es nicht. Es waren zwei Koffer voll. Einskommasechs Millionen US-Dollar in bar. Er hat gesagt, es sei das Geld einer Gruppe von Landsleuten. Damit gaben sie sich zufrieden.«

»Wie ist es gelaufen?«

»Nun, zuerst habe ich die Nummer der ehemaligen Geliebten abgezogen, die er um ihr Gespartes gebracht hat.« Sie kicherte. »Du kannst dir nicht vorstellen, wie dieser Bankmensch reagierte. Er hat mir sogar angeboten, ein Hotelzimmer für mich zu buchen. Natürlich zum Sonderpreis. Falls mir abends langweilig ist, brauche ich ihn nur anzurufen. Wir gehen dann essen.«

»Was hat er dir geraten? Wie sollst du an dein Geld kommen?«

»Ich soll versuchen, friedlich mit Paolo zu sprechen. Er heißt übrigens Gaetano, Gaetano Clementi.«

»Ich weiß.«

»Erzähl, wie es bei dir war.«

Ich berichtete ihr schnell und umfassend.

»Wieso jagst du dem alten Mann Angst ein?«, fragte sie vorwurfsvoll. »Wahrscheinlich ist doch gar niemand hinter Gaetano her.«

»So naiv kannst du nicht sein«, erwiderte ich wütend. »Erinnerst du dich an mein Gespräch mit Emilio Vascetti, dem Padrone in Genf? Unter dessen Schutz konnte Gaetano das ganze Ding überhaupt durchziehen. Dann komme ich und fragte nach Gaetano.

Glaubst du im Ernst, der Padrone wird schweigen wie ein Grab? Natürlich wird er nicht herausposaunen, dass sein Schützling Paolo alias Gaetano entdeckt wurde. Aber er wird etwas unternehmen. Er wird unter allen Umständen ...«

»... Gaetano anrufen«, sagte sie tonlos.

»Na sicher«, nickte ich. »Gaetano weiß seit mindestens zwei Tagen, dass wir auf dem Weg zu ihm sind.«

ACHTES KAPITEL

Wir schlenderten zu Peppo essen. Das Lokal war voll. Als er uns sah, winkte er sehr aufgeregt und kam uns entgegen. Er war einen Augenblick lang irritiert, dass ich eine Frau bei mir hatte, aber ich sagte schnell: »Eine Kollegin.« Er sah sie an und nickte und reichte ihr die Hand. Er sagte: »Gaetano ist in seinem Laden. Ich habe ihm noch nichts gesagt. Ich denke aber, dass es richtig ist, wenn er eine Weile untertaucht.«

»Das könnte sein«, nickte ich. »Hat er eine Möglichkeit dazu?«

»Wir haben einen kleinen italienischen Club hier, mit einer Hütte oben in den Bergen auf dem Weg zum Hennenkopf. Das ist bei Schloss Linderhof. Da könnte er untertauchen.«

»Das wird nicht reichen«, sagte ich schnell.

»Ich denke, wir buchen einen Flug«, sagte er augenzwinkernd. »Wir buchen einen Flug nach Sizilien, und ich bringe ihn hoch zur Hütte und tue so, als hätte ich ihn nach München zum Flughafen gebracht.«

»Wer wird davon wissen?«, fragte Minna schnell.

»Niemand«, beteuerte er. »Wirklich niemand, nicht einmal meine Frau oder seine.«

»Das könnte gehen«, murmelte ich. »Aber nur eine begrenzte Zeit. Versteh mich nicht falsch, Peppo, aber der Fall Watermann wird wahrscheinlich wieder heiß. Da sind Regierungsstellen beteiligt. Jede Menge Behörden von der Art, die am liebsten nie genannt wird. Wenn sie wissen, dass dein Sohn frei herumläuft, werden sie versuchen, ihn abzuschießen.«

»Ist das dein Ernst?«, fragte er.

»Na sicher. Überlege einmal, was mit Watermann passierte. Und wenn sie Paolo erledigen, gibt es keinen mehr, der beweisen kann, dass es Mord war.«

»Aber die Unterlagen«, sagte Minna drängend.

»Die Unterlagen? Die Unterlagen hat der Padrone in Genf. Er wird sie bestenfalls dazu benutzen, um irgendein gewinnbringendes Geschäft durchzuziehen.«

»Du meinst, wenn sie Gaetano töten, sind die Unterlagen nichts mehr wert?«, fragte sie ungläubig.

»Zumindest taugen sie nur noch die Hälfte.«

Minna sah Peppo an und nickte. »Er hat recht«, murmelte sie.

Peppo blickte hilflos von einem zum anderen. »Ihr könnt in unserem Wohnzimmer essen. Ihr seid eingeladen, ihr seid meine Gäste.«

»Geht nicht«, entschied ich. »Du wirst jetzt sofort Gaetano anrufen. Du wirst ihm sagen, er soll zur Hütte fahren. Kann man dorthin fahren? Gut. Er soll oben bleiben, bis wir kommen. Keine Widerworte, keine Diskussion.«

»Ich versuche es«, sagte er. »Nicht wenigstens einen Kaffee?«

»Also einen Kaffee«, sagte ich.

Peppo ging telefonieren, eine junge Frau stellte zwei Kaffee für uns auf die Theke.

»Was ist, wenn Gaetano Angst kriegt und abhaut?«

»Dann werden wir ihm folgen müssen«, sagte ich.

Peppo kam zurück. »Er fährt jetzt. Du fährst ins Graswangtal hinein bis Schloss Linderhof. Dann rechts rein. Es ist ausgezeichnet, da steht überall ›Hennenkopf‹. Du folgst dem Weg, es ist nicht besonders hoch, rund achtzehnhundert Meter. Wenn du auf dem Weg bleibst, kommst du nach zwanzig Minuten aus einem Tannenwald auf eine große Lichtung. Der Weg geht geradeaus weiter, aber du hältst dich links auf einem überwachsenen Weg. Dann zweihundert Meter. Und fahr langsam.«

»Ich habe einen Jeep.«

»Das ist gut. Sag ihm bitte, dass er mit mir rechnen kann.«

»Was für einen Wagen fährt er?«

»Er wird den kleinen Suzuki nehmen. Dunkelgrün mit einer Plane. Und wenn du zurückkommst, komm rein und berichte mir. Tust du das?«

»Na sicher. Du kannst dich darauf verlassen.«

»Und du bist nicht jemand, der ihn irgendwie reinlegt?«

»Ich lege ihn nicht rein.«

»Gut«, sagte er. »Ich will dir nur sagen: Wenn du ihn reinlegst, muss ich den Freunden Bescheid geben.«

Minna wurde ein wenig blass und begann hastig zu atmen.

»Schon in Ordnung, ich kann dich verstehen. Ich lege Gaetano nicht rein.«

Er nickte und sah mich sehr ernsthaft an. Irgendjemand brüllte: »Wann wird man denn hier endlich bedient?«, und sein Gesicht verzog sich augenblicklich zu einem breiten Lachen.

»Du lieber Himmel«, sagte Minna im Wagen, »ist das eine Scheiß-Männerwelt. Versteckte Anspielungen, Drohungen, keiner traut dem anderen, jeder versucht, sein Süppchen zu kochen.«

»Es ist deine Welt«, sagte ich. »Du lebst darin.«

»Das will ich aber nicht«, sagte sie heftig.

Der Weg nach Linderhof war einfach, der Verkehr gering, auch die Abbiegung zum Hennenkopf fanden wir sofort. Ich hielt nur kurz, um die Hinterfenster aufzuklappen und das Dachteil rauszunehmen. Dann legte ich den Allradantrieb ein, und wir begannen in den elend tiefen Truckspuren der Waldarbeiter den Berg hinaufzuklettern.

»Was glaubst du: Wird er auspacken?«

»Ich weiß es nicht. Wenn er klug ist, hält er den Mund, rast nach Genf, geht zum Padrone, vervielfältigt sein Material und verteilt es auf Notare. Vermutlich wird er die Hosen voll haben und es nicht tun. Ich möchte jetzt in der Eifel sein. Ich möchte im Steinbruch hocken, in den Tümpel starren und die Kaulquappen der Glockenunken schwimmen sehen. Ich will alles Mögliche, nur das hier will ich eigentlich nicht.«

»Aber bist du nicht stolz? Deine Theorie bestätigt sich doch.«

»Ich bin nicht stolz, ich bin nur müde und will nach Hause. Ich will mit Anke reden, wie es dem Kind in ihrem Bauch geht, und ich will bei Markus einen Apfelsaft trinken und mit Alfred darüber sprechen, ob ich ein neues Dach auf mein Haus kriege.«

»Aber ist es nicht wichtig, solche Dinge herauszufinden und öffentlich zu machen?«

»Früher dachte ich das auch, jetzt bin ich nicht mehr so sicher. Die Leute haben nicht von Politik die Schnauze voll, sondern von Politikern. Sie werden es lesen und sagen: Na, wusste ich doch! Außerdem haben wir noch keinen Mörder.«

»Vielleicht hat Gaetano einen für uns.«

»Vielleicht.«

Gaetano hatte den kleinen Suzuki sehr ordentlich vor dem Haus geparkt und hockte vor einer Bank neben der Eingangstür. Er blickte uns ruhig entgegen. Er lächelte ein wenig unsicher und sagte: »Hallo.« Ich stellte uns vor, und er sagte: »Da hinten an dem Tisch können wir uns setzen. Wollen Sie etwas trinken? Einen Wein, ein Wasser?«

»Einen Wein«, sagte Minna. »Sie haben es aber hübsch hier.«

»Wir sind nur zu Gast«, sagte er. Er war ein schlanker, dunkelhaariger, höflicher Mann. »Die Gläser stellen wir auf das Tablett. Und Sie? Wasser?«

»Wasser«, sagte ich dankend.

Der Tisch stand im Schatten, umgeben von schweren, aus einfachem Holz zusammengefügten Stühlen. Eine Gruppe Kiefern überragte ihn.

»Ich habe mit Lilo gesprochen«, sagte ich zur Eröffnung. »Glauben Sie bitte nicht, dass wir irgendwie in die Sache verwickelt sind. Wir sind Journalisten, wir haben uns den Fall Watermann vorgenommen. Wir sind nicht käuflich, wir sind aber bereit, jedem Informanten das gesamte Manuskript zum Lesen zu geben, bevor es gedruckt wird.«

»Wie sind Sie auf mich gestoßen?«, fragte er ganz sachlich.

»Das war einfach für Baumeister«, schaltete sich Minna ein. »Wenn man liest, wie sich der Selbstmord abgespielt haben soll, muss man misstrauisch werden. Baumeister geht davon aus, dass Watermann nicht allein war, als er starb. Ferner hat er eine lebenslange Erfahrung mit Hotels, schließlich ist er beruflich dauernd unterwegs. Also weiß er, dass so ein Hotel ein verdammt reges Innenleben hat. Sehe ich das richtig?«

»Du machst es sehr gut«, grinste ich.

»Baumeister geht davon aus, dass Watermann gezielt nach Genf gelockt wurde. Er wurde natürlich auch in dieses Hotel gelockt. Wer hat eigentlich für ihn gebucht?«

»Das weiß ich nicht genau. Es passierte telefonisch«, sagte er.

»Wann?«, fragte ich.

»Zwei Tage vorher. Er kam am Samstag, also wurde am Donnerstag gebucht.«

»Normalerweise«, sagte Minna und zog die Worte etwas, um sich zu konzentrieren, »hat der Gast in einem Hotel sofort Kontakt zu einer ganz bestimmten Gruppe: dem Zimmerservice. Da war offiziell dieser Kellner Vergori …«

»O ja, mein Kollege Vergori. Ein netter Kerl, aber so harmlos wie ein Pfund Puffmais. Ja, ja, Vergori.«

»Vergori«, griff ich ein, »brachte nach eigenen Angaben eine Flasche Rotwein mit zwei Gläsern. Das war seiner Aussage nach der erste und einzige Kontakt, den er mit Watermann hatte.«

»Das stimmt sogar«, sagte er lebhaft. »Das kann so stimmen. Vergori wurde dann in den zweiten Stock gerufen. Da waren zwei Gesellschaften, da mussten wir hart arbeiten. Deshalb schickte ich Vergori in den zweiten Stock zu meiner Kollegin. Ich selbst war im dritten und vierten Stock.«

»Würden Sie uns erzählen, wie die Nacht von Freitag auf Samstag und die Nacht von Samstag auf Sonntag verlief? Was war mit dem Krach, den die beiden Nachtportiers gehört haben? War das Einbildung oder ein Betrunkener?«

»Nein, nein, das war keine Einbildung, das war auch kein Betrunkener. Das war Watermann. Er war schon tot, er wurde getragen. Der, der ihn trug, ließ ihn fallen.«

In den Kiefern über uns wehte der Wind, sonst war nichts zu hören. Dann kam das jähe Gekreische von zwei Eichelhähern, die sich jagten.

»Woher wissen Sie das? Sie waren doch längst in Lilos Wohnung.«

»Das war ich nicht«, sagte er ernsthaft. »Lilo hat angenommen, dass ich wie üblich gegen Mitternacht von dem Nachtkellner abgelöst wurde. Aber sowohl von Freitag auf Samstag wie von Samstag auf Sonntag war ich bis etwa drei Uhr im Hotel …«

»… und zwar mit Absicht, nicht wahr?«

»Genau. Aber wie kann ich wissen, was Sie mit meiner Geschichte machen?«

»Ich weiß, dass der Padrone Sie anrief, dass er sagte, da würden ein paar Pressefritzen nach Oberammergau kommen, dass Sie sich darauf einstellen müssen. Also, haben Sie sich darauf eingestellt?«

»Wenn ich den Mund halte, kommen Sie nicht weiter.«

»Falsch«, sagte ich ruhig. »Sie sollten nicht glauben, dass Sie unser einziger Informant sind.«

»Wen gibt es da denn noch?«, fragte er ironisch.

»Es gibt da den Verein *Preußens Geschichte*«, sagte ich gelassen. »Dann gibt es noch den Geschäftsführer des Vereins, der gleichzeitig eine Firma hat. Die Firma treibt Waffenhandel. Mit Waffenhändlern konnte Watermann es prima. Damit nicht genug, gibt es noch einen Mann namens Manfred Gerber. Das ist derselbe, den Sie als Dr. Lang kennen, der Ihnen im *Le Richemond* genau erklärt hat, wie man mit dem Computer umgehen muss, wenn man der Nachwelt ein paar entscheidende Fakten vorenthalten will.«

Ich stopfte mir eine Pfeife. Es war die Prato von Lorenzo, eine Pfeife für den gemütlichen Nachmittag. »Es kann natürlich sein, dass Sie zum Beispiel keine Ahnung haben, wer denn der Verein *Preußens Geschichte* ist, aber so ganz glaube ich das nicht. Denn die Leute waren hin und wieder bei Ihnen im Hotel zu Gast, nicht wahr? Mit anderen Worten: Wir haben noch einen Haufen Asse im Ärmel. Sie sind nur eines unserer Asse. Wir bieten Ihnen kein Geld, und Sie sollten uns kein Geld bieten. Wir nehmen es nicht, wir lösen den Fall.«

»Aber was soll ich Ihnen erzählen?«

»Alles, schlichtweg alles. Ich weiß, Sie haben Angst um Ihr Geld.«

Er wedelte sehr heftig mit den Armen. »O nein, um das Geld sorge ich mich nicht. Erstens ist es notariell zu gleichen Teilen meinen Eltern und meiner Frau übertragen. Es gehört mir nicht mehr. Zweitens gab es nie eine Quittung, drittens waren es gebrauchte Scheine. Nein, nein, das Geld ist es nicht, es ist …«

»Ihr Leben«, sagte Minna scharf. »Sie haben recht! Es geht um Ihr Leben.«

Er sah sie an, nickte dann heftig, stand auf und ging ein paar Schritte abseits an einen steil abfallenden Hang. Dort stand das Gras sehr hoch und sehr dicht. Er hockte sich hin und starrte in das Tal.

Ich wollte zu ihm gehen, aber Minna sagte schnell: »Lass ihn. Er muss eine Entscheidung treffen. Er hat es schwer, Baumeister. Er hat die Kinder, die Frau, die Eltern … «

»… und das Geld.«

Es dauerte fünf Minuten, zehn, fünfzehn Minuten, er hockte da, vollkommen bewegungslos. Dann fragte er über die Schulter: »Was ist, wenn ich es Ihnen erzähle? Dann kann ich einpacken. Das kann keiner hinnehmen. Den Mörder kenne ich nicht.«

»Wie viel kommen denn infrage?«, fragte ich.

»Na ja, außer Gerber mindestens zwei.«

»Dann müssen Sie erst recht reden«, sagte ich.

»Weshalb?«, fragte er. »Watermanns wegen?«

»Es geht doch eigentlich nicht um Watermann, es geht um die, die es inszenierten.«

»Aber die kenne ich nicht. Ich kenne nur einen winzigen Teil des Geschehens.« Er brüllte fast, er war wütend.

»Ich mache Ihnen einen Vorschlag. Sie erzählen uns, was ablief, und wir entscheiden nach Schluss der Recherche, was wir daraus machen. In Ordnung?«

Er antwortete nicht, er zuckte nicht einmal mit dem Kopf, er hockte nur da in der Sonne und starrte in die Wälder.

»Hören Sie, Gaetano, wir müssen weiter«, drängte ich. »Wir haben keine Zeit.«

»Na schön. Habe ich Ihr Wort?«

»Sie haben es. Keine Veröffentlichung, bevor nicht die gesamte Recherche steht, und auch nicht, bevor Sie alles gelesen haben.«

»Vermutlich fing alles am neunten Oktober an, oder?«, fragte Minna ganz harmlos.

»Was war der neunte denn für ein Tag?«

»Der neunte war ein Freitag, und Watermann war auf Gran Canaria«, sagte Minna. Sie hatte ihre Lektion gut gelernt.

»Es fing schon am Donnerstag an«, sagte er. »Also am achten Oktober. Die ganze Geschichte hat eine Menge damit zu tun, dass ich kein Schweizer bin, sondern mehr ein Deutscher. Das ist meine Heimat.«

»Ihr seid viel zu schnell«, griff ich ein. »Es fing nicht am achten Oktober an. Es fängt damit an, dass die Mafia Ihnen falsche Papiere besorgte, nicht wahr?«

»Gut, wenn Sie so wollen. Ich ging also nach Genf und lebte bei Lilo. Gute Frau, die Frau, und mir ging es nicht schlecht. Ich wartete auf meine Chance, auf irgendeine Chance. Aber nichts kam. Der Job war gut, die Bezahlung auch. Also, es fing damit an, dass ich mich für den Fall Watermann interessierte, weil ich aus Deutschland bin. Dann hörte ich am achten Oktober, das muss also der Donnerstag gewesen sein, dass jemand für den Watermann buchte …«

»Moment, ich dachte, Sie hatten Nachtdienst?«, fragte ich nach.

»Nein«, sagte er. »Wir machten Wechselschicht, aber ein paar von uns arbeiteten als Springer. Das heißt, sie arbeiteten nach Bedarf, wie der Betrieb es jeweils brauchte. Das waren immer die, die nicht verheiratet waren, also ich zum Beispiel. Es konnte sein, dass ich den Nachtdienst machte, das Frühstück. Dann ging ich heim, schlief ein paar Stunden und trat abends wieder an. Ich wusste also: Dieser Watermann sollte am zehnten, dem Sonnabend, kommen. Ich weiß noch, dass ich richtig neugierig auf den war. Die Zeitungen waren voll davon, das Fernsehen zeigte ihn dauernd. Ich wusste also am Donnerstag, dass Watermann kommen würde. Ich sagte mir: Den guckst du dir mal an! Am Donnerstagabend lief folgendes: Ich war in der Teeküche oben im Dritten. Da kam über interne Hausleitung ein Anruf. Da war ein Mann dran. Er sagte mir, er wüsste, dass ich nicht Paolo Maggia bin, sondern Gaetano. Er sagte, er würde den Mund halten, wenn ich ihm einen Gefallen tue. Er käme am Freitagabend im *Le Richemond* nebenan an und würde mich sprechen wollen. Ich hätte ihm nur einen kleinen Gefallen zu tun und würde dafür gut bezahlt. Na ja, sagte ich, warum nicht?«

»Nannte er seinen Namen?«

»Nein.«

»Gut, wie ging es weiter?«

»So was kommt von Zeit zu Zeit vor. Irgendein Gast bittet dich um irgendetwas. Das ist normal. Aber bei dem roch ich, dass irgendetwas nicht stimmte. Er rief mich Freitagabend etwa gegen zwanzig nach zehn rüber. Er nannte sich Schmitz, einfach Schmitz ...«

»War das in einem Zimmer im *Le Richemond*?«

»Das war unten im Eingang zum Restaurant.«

»Sein richtiger Name war aber nicht Schmitz?«

»Nein. Es gab keinen Gast namens Schmitz. Wenn mir jemand sagt, er heißt Schmitz, werde ich grundsätzlich misstrauisch. Also fragte ich einen Kollegen im *Le Richemond,* wer dieser Mann sei. Er sagt: Das ist Monsieur Lang. Erst viel später habe ich im Spiegel und im Stern gelesen, dass dieser Agent Gerber sich im *Richemond* Lang nannte. Was er mir sagte, war das: Er wäre im Staatsauftrag unterwegs und habe verschiedene Personen zu überprüfen ...«

»Moment, im Auftrag der schweizerischen Regierung?«

»Nein, der deutschen. Deshalb sei er auch auf mich gekommen. Er wusste, dass ich falsche Papiere hatte, er wusste es hundertprozentig. Weil er es wusste, dachte ich automatisch an Mafia. Er wollte, dass ich mit einem Codewort in den Computer des *Beau Rivage* gehe, bestimmte Eintragungen lösche und neue Eintragungen hinzufüge. Er sagte, das dauere zehn Minuten, und es sei nicht gefährlich.«

»Sie sind darauf eingegangen?«

»Nicht sofort. Ich habe ihm gesagt, ich könne mit dem Computer überhaupt nicht umgehen. Ich muss im Zimmerservice nur Dinge reintippen wie in eine Registrierkasse, damit oben die Rechnung ausgedruckt wird. Er sagte, das macht nichts, das ist ein Kinderspiel. Er sagte, ich bekäme anschließend zehntausend Dollar in bar. Ich dachte, mich trifft der Schlag. Es ging mir nicht gut, ich wollte heim zu meinen Eltern. Da habe ich es getan.«

»Hat er Ihnen die Änderungen, die Sie vornehmen sollten, schriftlich gegeben?«

»Nein, das brauchte er gar nicht, es war ja viel einfacher. Er sagte, im Computer wären ein paar Dinge zu viel: Zwei Gäste und fast alle Samstagsbestellungen aus den Zimmern der zweiten und dritten Etage.«

»Wann sollte das ablaufen?«

»In der Nacht von Samstag auf Sonntag, also in der Nacht, in der Watermann umkam.«

»Haben Sie Watermann eigentlich gesehen?«

»Na sicher, dreimal, viermal, fünfmal, ich weiß es nicht.«

»War er allein?«

»Zweimal nicht, zweimal hatte er zwei Männer bei sich. Das waren aber keine Gäste von uns. Er lachte mit ihnen.«

»Bleiben wir beim Computer. Ist es tatsächlich so gelaufen?«

»Ja, es war ganz einfach. Ich sagte Gerber schon am Freitagabend, dass ja nur der Supervisor des Computers an diese Programme herankommt. Aber er sagte, das sei kein Problem, denn zufällig kenne er das Codewort. Ich musste also nur das Codewort eingeben, dann die Gästeliste abrufen, die entsprechenden Zeilen markieren und löschen. Das war alles.«

»Aber Sie haben viel mehr getan, nicht wahr?«

Er nickte. »Anfangs habe ich das überhaupt nicht mit Watermann in Verbindung gebracht, aber langsam dämmerte es mir. Als ich am Freitagabend Gerber traf, war schon etwas Komisches passiert. Es kamen zwei Gäste, zwei Männer, zwei Deutsche. Später stand im Stern, es sei nur ein Gast gewesen, aber es waren zwei. Sie nannten sich Gert Melle aus Stuttgart und Bruno Daun aus München. Ich weiß das, weil ich sie bediente. Sie kamen und wurden wegen ihrer späten Ankunft nicht mehr in den Computer eingespeist. Ganz logisch nahm ich also zwei Anmeldeformulare und brachte sie ihnen auf das Zimmer, mit der Bitte, sie auszufüllen. Dieser Daun sagte: Brauchen wir nicht! Der sagte das so, dass ich sofort wusste: Das sind schwarze Vögel, also Leute, die sich nie irgendwo eintragen. Offiziell gab es die beiden nicht. Es gab sie nur noch im Computer, weil sie etwas zu essen und zu trinken bestellten. Und sie telefonierten alle beide. Das wird ja auch registriert. Am Samstagabend rief mich Lang, also Gerber, zu sich ins *Richemond* und gab mir das Codewort. Ich hatte diese beiden Männer zu löschen, alle Telefonate, die sie geführt hatten, und alles, was sie auf das Zimmer bestellt hatten. Außerdem löschte ich fast alle Bestellungen, die insgesamt im zweiten und dritten Stock von den Zimmern gekommen waren. Dazu jede Menge Telefonate. Plötzlich dachte ich: Du lieber Gott, dieser Watermann weiß genug, um die Bundesregierung und die eigene Landesregierung auffliegen zu lassen. Ich wusste es einfach: Es ging um Watermann! Als ich später hörte, er liegt tot in der Badewanne, habe ich mich nicht einmal gewundert.«

»Sie löschten also Eintragungen im Computer. Was passierte dann?«

»So gegen Mitternacht ging ich rüber ins *Le Richemond* und traf Gerber. Wir gingen in den Korridor im ersten Stock. Ich sagte: Es hat alles geklappt! Da gab er mir zehntausend Dollar in bar und dann noch die Papiere auf meinen alten Namen. Ganz neue Papiere. Es war wie im Märchen.«

»Wie ging es weiter?«

»Ich hatte die Dollar und die neuen Papiere. Ich hatte außerdem die echten Computerlisten. Es war eigentlich Zeit, nach Hause zu gehen, aber ich ging nicht. Ich war irgendwie gespannt, wie das jetzt weitergehen würde. Es war mir klar, dass irgendetwas passieren musste, aber ich hatte keine Ahnung. Also blieb ich. Gegen Mittag wurde dann Watermann in der Badewanne gefunden, das wunderte mich schon gar nicht mehr. Dann begriff ich, dass irgendwann die Polizei auf mich stoßen würde. Ich meldete mich bei einem früheren Kollegen an, der ein kleines Hotel am Genfer Stadtrand hat. Ich fuhr dorthin. Ich war wie besoffen. Ich hockte auf meinem Bett und hörte im Radio ununterbrochen die Nachrichten von diesem komischen toten Watermann. Ich starrte auf diese blöden Computerlisten und dachte, du hockst hier und hast ein Vermögen in der Hand. Wenn die Bullen nicht beweisen können, wer im Hotel war und wer nicht, dann konnten sie lange suchen.«

»Was taten Sie dann?«

»Ich bin zum Padrone gegangen. Ihm war sofort klar, was die Listen wert waren. Der Padrone sagte: Das manage ich für dich! Er hat es gemanagt. Er bekam zwanzig Prozent, und die Sache war gelaufen.«

»Sieh einer an«, sagte ich heiter. »Sie haben sich nie mehr darum gekümmert?«

»Nein, nie mehr. Immer, wenn ich irgendeinen Schmonzes über Watermann las, dachte ich: Wenn ihr wüsstet! Ich habe nie mehr irgendetwas unternommen. Was glauben Sie, was wird jetzt passieren?«

»Das weiß ich nicht genau. Wenn ich Sie recht verstehe, dann hat der Kellner Vergori die Flasche Rotwein gebracht. Samstagabend. Sonst nichts?«

»Vergori hat nur den Rotwein gebracht, sonst nichts. Dann habe ich übernommen. Das war auch so eine Sache, die dieser Gerber von mir wollte. Ich sollte den zweiten und dritten Stock möglichst allein machen. Das war nicht weiter schwer zu erreichen.«

»Haben Sie irgendeine Bestellung aus Watermanns Zimmer bekommen?«

»Ja. Zweimal. Eine Kanne Kaffee mit je zwei Tassen. Einmal vier Flaschen Mineralwasser. Aber das ist nicht alles. Ungefähr gegen dreiundzwanzig Uhr am Samstagabend brachte ich drei Kannen Kaffee auf ein anderes Zimmer. Drei Kannen, drei Tassen. Da hockte Watermann und lachte über irgendetwas. Komisch, ich habe den nur lachen gesehen.«

»Wer waren die beiden anderen?«

»Na ja, die beiden, die es nie gab und deren Namen falsch sind. Dieser Melle aus Stuttgart und dieser Bruno Daun aus München.«

»Als Sie Watermann die Kaffeekannen und das Wasser brachten: Wer war bei ihm?«

»Niemand. Außer Watermann war niemand da. Er erwähnte, er erwarte jemanden. Aber ich weiß nicht, wer es war. Dann noch etwas: Dieser Gerber war in dieser Nacht im *Beau Rivage*. Ich weiß es sicher, denn ich hörte seine Stimme. Ungefähr um zwanzig Minuten nach Mitternacht.«

»In welchem Stock?«

»Im dritten«, sagte er.

»Sie haben doch in den Listen gelesen. Welche Bestellung fiel Ihnen auf?«

»Da ist wirklich nichts Auffälliges. Sie müssen wissen, dass im *Beau Rivage* dauernd private Konferenzen laufen. Dauernd geht es um irgendwelche Geschäfte. Dauernd sind Geheimdienste im Haus, meistens CIA. Wem erzähle ich das, Sie werden es gelesen haben.« Er lachte. »Es ist völlig normal, dass irgendeiner, der irgendwo auf einem Fahndungsfoto steht, bei uns die Korken springen lässt und sich Nutten bestellt. Bei den Bestellungen fiel wirklich nichts auf. Dann kommt noch dazu, dass die meisten Gäste ziemlich häufig da sind oder dauernd. Manchmal bei uns, manchmal im *Le Richemond*. Sie treffen sich bei uns oder nebenan, und du weißt nach einiger Zeit kaum noch, ob er dein Gast ist oder der Gast von einem Kollegen nebenan. Du weißt es nicht, und es interessiert dich auch nicht.«

»Bei Watermann ist so verblüffend, dass er Samstagnachmittag ankommt und ziemlich genau einen Tag später in seiner Badewanne gefunden wird. Kein Mensch weiß, was er in diesen vierundzwanzig Stunden eigentlich getan hat, wen er traf, bei wem er war.«

»Viel bewegt haben kann er sich aber nicht«, sagte Gaetano. »Darüber habe ich lange nachgedacht. Er hockte in anderen Apartments, gut, er war mit anderen zusammen, auch gut. Aber bewegen konnte er sich nicht sehr viel, denn unten hockten doch die Leute von der Presse.«

»Das ist richtig«, sagte ich. »Andere Frage: Wer hat ihn getragen, und wer hat ihn fallen lassen?«

»Das haben Sie gelesen«, sagte er. »Sie erinnern sich, dass der Nachtportier di Natale gesagt hat, ungefähr um vier Uhr wäre ein Riesenkrach irgendwo auf einem Flur gewesen.«

»Richtig«, sagte ich. »Di Natale und sein Kollege rasten hoch und schauten nach. Aber da war nichts.«

»Da war doch etwas«, sagte er. »Es gibt nämlich eine Geschichte, die ich nicht beweisen kann, oder besser gesagt, ist mein Zeuge futsch. Wir hatten damals einen jungen Belgier, Paul hieß er. Er war ein lustiges Haus und sollte im Service ausgebildet werden. Der war im *Le Richemond,* nicht bei uns. Bei uns war ein Zimmermädchen, das Praktikum machte. Die hatten was miteinander, wie das eben so ist. In der Nacht von Samstag auf Sonntag, ungefähr um vier Uhr, ist Paul aus dem Zimmer unterm Dach von Julie gekommen. Julie hieß die Praktikantin. Paul nahm den Weg über die Angestelltentreppe. An einem Punkt muss er quer über den Flur vom dritten Stock. Und wie er den Gang so entlangschaut, sieht er, wie zwei Männer einen dritten tragen. Da ist eine kleine Treppe eingebaut, drei, vier Stufen. Paul sieht, wie die beiden Männer an der Treppe sind und wie der Mann, den sie tragen, plötzlich runterfällt und diese Stufen runterpoltert. Ganz einfach, nicht wahr? Die blauen Flecken, die Watermann hatte, stammten von diesem Sturz.«

»Woher haben Sie das?«

»Von Paul. Er kam zwei Jahre später hier durch. Ich hatte ihm mal erzählt, dass meine Eltern hier eine Pizzeria haben. Er stand plötzlich in der Tür.«

»Ja und?«, fragte Minna drängend.

»Er ist tot«, sagte er. »Aber nicht, was Sie glauben. Er ist mit seinem Motorrad verunglückt. Der Vater rief mich ein halbes Jahr später an. Das ist in London passiert. Paul wollte da seine Ausbildung weitermachen.«

»Ob Gerber weiß, wo Gaetano ist?«, fragte Minna nachdenklich.

»Selbstverständlich weiß er es«, antwortete ich. »Wenn er in der Lage war, Paolo Maggia als den wirklichen Gaetano im *Beau Rivage* in Genf zu orten und wenn er ihm seine richtigen Papiere schenken konnte, dann weiß er genau, wo Gaetano ist. Gerber ist ein Mann mit vielen Verbindungen. Mit anderen Worten: Gaetano ist wirklich gefährdet. Haben Sie Verwandte in Palermo?«

»Aber sicher«, sagte er. »Einen ganzen Haufen. Aber was nutzt das?«

»Ich überlege, wohin Sie ausweichen können.«

»Ich will mich nicht mehr verstecken, ich habe die Schnauze voll.«

»Was sagt denn der Padrone dazu?«, fragte Minna.

»Er hat mir Papiere und einen Flug in die Staaten für den Notfall angeboten. Aber ich will nicht. Ich habe die Familie hier. Alles, was wichtig ist, ist hier.«

»Sie zahlen Schutzgeld, nicht wahr? Streiten Sie es nicht ab. Ihr Vater zahlt fünfhundert pro Monat an die ehrenwerte Gesellschaft. Wie viel zahlen Sie?«

»Tausend.«

»Was ist, wenn Sie die Herren bitten, Sie wirklich zu beschützen?«

»Wie soll das aussehen?«, fragte er aufgebracht. »Soll ich mit Bodyguards durch Oberammergau rennen? Und ist das ein Schutz? Das ist keiner. Wenn der Staat hinter Watermanns Tod steckt, dann schicken sie Staatsdiener, richtige Profis.«

»Das ist richtig«, gab ich zu. »Ich würde vorschlagen, Sie bleiben zwei, drei Wochen hier oben. Unten in Linderhof beziehen zwei Leute der ehrenwerten Gesellschaft Wache, oder die Leute können hier oben bei Ihnen sein.«

»Was sage ich in Oberammergau?«

»Sagen Sie: Familientreffen, Erbschaftsangelegenheiten in Palermo. Sagen Sie das auch Ihrer Familie. Kein Wort zu irgendwem.«

»Etwa sofort?«, fragte er.

»Sofort«, sagte ich. »Noch heute. Wir sollten kein Risiko eingehen. Sie kriegen von uns noch eine Hausarbeit auf. Sie schreiben pingelig genau auf, wie Ihr Alltag im *Beau Rivage* aussah. Sie schreiben den ganz normalen Alltag auf, alles über Gäste, an die Sie sich erinnern. Menschen im Hotel sozusagen. Machen Sie das?«

Er nickte und schwieg.

»Fahren Sie jetzt nach Hause und packen Sie. Lassen Sie sich offiziell von Ihrem Vater nach München fahren. Sagen Sie ihm, er soll Verbindung zur Bruderschaft aufnehmen. Auch sofort. Komm, wir fahren.«

»Was machen Sie jetzt?«

»Das weiß ich noch nicht genau. Wir müssen ins Baden-Württembergische zu lieben Freunden. Wir kommen so schnell wie möglich wieder. Noch etwas: Sie sollten Ihr Auto nicht hier parken. Es ist zu gefährlich.«

Er nickte, antwortete nicht, hockte da und starrte vor sich hin.

Wir fuhren schweigend zu Tal, hockten uns im Lindergries an die Ammer. Ich schlief ein, ich hörte noch, wie sie murmelte: »Was glaubst du, ist es auch für uns gefährlich?«

Ich erinnere mich, dass ich etwas abseits der Norm antwortete. Ich sagte todmüde: »Weißt du, er muss leben bleiben, er kennt alle Gesichter.«

Als ich aufwachte, war es neun, die Sonne war verschwunden, es war lauwarm. Minna saß am Ufer und warf kleine Steine in das Wasser. »Ich habe dich nicht wecken wollen, weil du geschlafen hast wie ein Baby. Sollten wir uns nicht ein Hotelzimmer besorgen? Wir müssen schlafen, lange schlafen.«

»In Ordnung. Ein Hotelzimmer. Scheiße, mein Finger schmerzt.«

»Du hast ja auch vergessen, dass er gebrochen wurde«, sagte sie. »Ich fahre dich in ein Hotel.«

»Nein, wir versuchen in Garmisch einen Arzt zu kriegen. Ich brauche vermutlich einen neuen Gips. Derweil kannst du Zimmer besorgen.«

Sie fuhr mich in das Kreiskrankenhaus Garmisch, und ein junger Ambulanzarzt, der einen so sachlichen Eindruck machte wie ein Kfz-Mechaniker, befand: »Det

Ding is jebrochen, ick meene, der Jips. Also machen wir einen neuen. Versichert?«

»Ja. Privat.«

»Sehr schön. Dann vadient mein Chef.«

Nach einer halben Stunde marschierte ich mit einem neuen Fingergips und einem großen Glas Schmerztabletten aus dem Haus. Minna stand im Eingang und sagte: »Ich habe ein großes Doppelzimmer für uns. Du kannst ein Bett haben oder zwei Betten oder ein Sofa oder eine Liege. Bezahlt ist es auch schon. Ich gebe eine Runde Schlaf aus.«

Es war ein Zimmer in einer Pension jenseits der Loisach. Es war still wie in der Eifel, und ich war ihr dankbar. Das Zimmer, auf das uns eine junge Frau führte, war ganz in roher, lasierter Fichte gehalten, und das bayrisch breite Doppelbett hatte tatsächlich die Andeutung eines Himmels aus schneeweißem Tüll.

»Ist das nicht hübsch?«, fragte Minna.

»Sehr«, sagte ich. »Ich nehme die Liege, dann sehe ich es nicht.«

»Du bist roh.«

»Nein, müde.«

»Aber wir sind doch viel weiter als noch vor vierundzwanzig Stunden. Wir wissen, dass Watermann viele Leute traf. Wir wissen, dass in dem Hotel nichts so war, wie es dargestellt worden ist. Wir wissen … ach verdammt, freu dich doch ein bisschen. Du kannst müde sein, aber nicht so kaputt.«

»Ich habe es einfach satt, hinter den Leichen anderer Leute herzurennen. Wieso spiele ich den Helden und will etwas klären, an dessen Klärung kaum jemand sonderlich interessiert ist? Ach verdammt, ich nehme jetzt noch so ein Schmerzding und ab in den Schlaf.«

»Willst du das Bett?«

»Das ist mir egal. Ich möchte mich morgen in mein Auto setzen können, um in Ruhe heimzufahren. Ich möchte meine Katze Krümel auf den Arm nehmen und sie fragen, was in der Zwischenzeit passiert ist. Ich möchte in der Sonne an meiner Mauer hocken und zuschauen, wie die Kohlweißlinge die Brennnesseln anfliegen. Statt dessen …«

»Ich heule gleich«, kicherte sie. »Baumeister, der Tragische.«

»Tut mir leid, ich bin einfach down. Kannst du mich etwas abduschen? Mit einer Hand geht das so schlecht. Ich stinke schon.«

»Na sicher«, sagte sie in demselben Ton, in dem das meine Mutter vor dreißig Jahren gesagt hatte.

Ich zog mich also aus, hockte mich in die Badewanne, und sie duschte mich lauwarm ab. Dann legte ich mich auf das Bett. Wenig später kam sie aus dem Bad und legte sich neben mich. Sie war nackt, sie sah sehr hübsch aus, aber sie erregte mich nicht.

»Lass uns Frieden schließen«, sagte ich. »Ich will erst wissen, wer Watermann erledigte.«

»Oh«, sagte sie. »Ich hatte gar nicht vor, mich mit dir zu streiten.«

Dann grinsten wir uns friedlich an, und irgendwann schlief ich ein.

NEUNTES KAPITEL

Am Morgen wachte ich auf, hatte zehn Stunden geschlafen und war allein. Ich hörte sie im Bad singen, ausgerechnet »Dirty Old Town«. Ich rief erneut den Express in Köln an, vielleicht hatte ich Glück. Ich hatte.

Ascheburg sagte: »Es gibt kein brauchbares Foto von Gerber. Er hat gerichtlich durchgesetzt, dass alle Fotos, die wir von ihm veröffentlichen, geschwärzt werden müssen. Angeblich, weil er im hochsicherheitspolitischen Bereich arbeitet. Es lebe die Demokratie. Was ist bei Ihnen passiert?«

»Eine Menge.«

Ich berichtete kurz und sachlich und riet ihm: »Sie sollten vielleicht morgen noch einmal einsteigen. Wenn Sie ausschließlich schildern, was uns bisher widerfahren ist, müsste das ausreichen, sogar vereiste Brontosaurier zum Leben zu erwecken.«

»Ich habe dabei ein schlechtes Gefühl«, erwiderte er. »Die beiden Jungen, die Ihnen mit dem Wohnmobil folgten, mögen noch so etwas wie eine harmlose Eskorte gewesen sein, um herauszufinden, was Sie vorhaben. Aber wenn Gerber begreift, dass Sie über Gaetano, sprich Paolo, auf seiner Spur sind, wird es brenzlig. Im Fall Gaetano stecken sogar die Leute von der Mafia mit drin. Die sind auch nicht zu unterschätzen.«

»Ist inzwischen recherchiert worden, wer außer dem Verein und dieser Firma die Akten des Falles besitzt?«

»Ja, da sind ein paar Adressen hinzugekommen. Diese Akten dürfen nicht kopiert werden, sind Verschlusssache. Es existieren aber mindestens zehn Kopien von jedem gottverdammten Schriftstück, das sich in den Akten befindet. Es ist grotesk, es ist so, als sei Geheimhaltung nur etwas für das niedere Volk. Machen Sie es gut und melden Sie sich.«

Sie kam nackt und hübsch aus dem Bad, sagte nicht sonderlich entsetzt: »Oh. Guten Morgen«, wickelte sich in ein großes Handtuch und setzte sich in einen Sessel. »Was ist, wenn Watermann diesen Rohloff wirklich getroffen hat, wenn der wirklich existiert?«

»Es ist sehr unwahrscheinlich, dass der existiert. Nicht, weil das nicht so sein kann, sondern weil Watermann das in sein Notizbuch eintrug. Watermann schrieb niemals ein Tagebuch – warum machte er das jetzt? Rohloff kann kein entlastendes Material angeboten haben, denn das gab es nicht.«

»Gut, Watermann hat also normalerweise niemals Tagebuch geführt, er hat es in diesem Fall aber getan. Wie willst du denn diese Eintragungen begründen, wenn es Mord war?«

»Das ist sehr einfach. Versetz dich in die Rolle des Mörders oder des Auftraggebers. Der will der Öffentlichkeit vorspielen, es sei ein besonders raffinierter Selbstmord gewesen …«

»… das erklärt aber doch nicht diese Eintragungen, die ja zweifelsfrei von Watermann stammen«, sagte sie ungeduldig.

»Warte es ab. Ich locke ihn also nach Genf und verspreche ihm, ihn samt der Familie aus diesem Schlamassel herauszuholen. Dazu muss ich ihm klarmachen, dass er das Spiel mit dem nicht existierenden Rohloff mitspielt. Ich schreibe ihm also diese Eintragungen vor, ich diktiere sie ihm.«

»Aber, wie kann ich ihm das Heil versprechen und ihn gleichzeitig dazu bringen, acht Medikamente in tödlichen Dosen zu schlucken? Das passt alles vorne und hinten nicht.«

»Das passt alles, das passt sogar prima. Selbstverständlich werden die Mörder ihm nicht geraten haben, acht Medikamente auf einmal zu schlucken. Erinnere dich: Ein Teil der Medikamente war verdaut, als er starb, ein anderer Teil nicht. Wenn wir bedenken, dass seine Mörder längere Zeit, vielleicht sogar zwei- oder dreimal mit ihm zusammengetroffen sind, dann konnten sie ihn langsam schläfrig machen. Sie konnten den wesentlichsten Teil der Medikamente aufgelöst in Kaffee geben, oder? Ganz zum Schluss sagen sie: Nimm diese vier Tabletten, du wirst stundenlang schlafen. Wir besorgen einen Krankenwagen und schaffen dich raus. Anders geht es nicht, unten warten die Pressefritzen. Leuchtet das ein?«

Sie bekam runde Augen, sie erwiderte nichts, sie hauchte nur: »O ja!«

»Die ganze Planung der Affäre läuft erkennbar nur auf eine mögliche Lösung hinaus: Selbstmord. Die, die das arrangierten, wollten nicht, dass es nach Mord aussah. Vier Tage nach Watermanns Tod erschien in der *Basler Zeitung* eine Meldung, die ich auswendig kenne. Da stand: ›Nach sehr zuverlässigen Informationen, welche die BAZ bekam, haben die politischen und die Justizbehörden von gewichtiger deutscher Seite und über mehrere Kanäle den Wunsch übermittelt bekommen, dass es in aller Interesse wäre, wenn man diesen Fall als Selbstmord einstufen könnte.‹ Ende der Meldung. Wenn man weiß, dass die politische Berichterstattung dieses Blattes sehr gut und fundiert ist, kann man ausschließen, dass das leichtfertig gedruckt wurde.«

»Kann man diesen Journalisten nicht befragen?«

»Kann man. Aber ob er antworten wird, ist eine andere Sache. Praktisch müssten wir ihn dazu zwingen, seinen Informanten preiszugeben. Ein guter Journalist tut das nie. Wenn wir etwas bewegen wollen, müssen wir nach Windlingen.«

Unvermittelt fragte sie: »Ist eigentlich jemals überlegt worden, ob Watermanns Frau dabei die Hand im Spiel hatte?«

»Es gibt wohl nichts, was nicht durchdacht worden wäre. Aber sie ist nicht der Typ dazu. Sein Bruder auch nicht. Es ist sogar überlegt worden, ob einer der persönlichen Schützlinge Watermanns, dem er zu Ruhm und Reichtum verhalf, nicht in Verzweiflung seinen Gönner tötete. Aber das war gar nicht nötig, denn andere waren schneller.«

»Gut, überlegen wir einmal, wie lange denn der Mörder Zeit hatte.« Sie biss sich auf die Unterlippe. »Wann kann der Plan gefasst worden sein?«

»Gute Frage. Watermann trat am zweiten Oktober von seinem Amt als Ministerpräsident zurück. Am sechsten Oktober flog er nach Gran Canaria. Am siebten Oktober verbrachte er einen sehr ruhigen Ferientag. Aber an diesem Tag verlangte seine Partei, er solle gefälligst sein Landtagsmandat niederlegen. Er erfuhr davon zwar erst am Morgen des achten Oktober, aber wenn ihn jemand genau kannte und richtig einschätzen konnte, musste er am siebten Oktober auf die Idee kommen, die Notbremse zu ziehen, Watermann also zu töten.«

»Du lieber Himmel, ist es etwa einfach, jemanden voll Tabletten zu pumpen und in eine gefüllte Badewanne zu legen?«

Ich lachte. »Ich weiß, das verwirrt. Aber natürlich macht die volle Badewanne Sinn, wenn man etwas von Selbstmord versteht. Der Spiegel titelte damals über den Tod von Watermann: ›STERBEN NACH METHODE 1‹. Die Deutsche Gesellschaft für Humanes Sterben gab nämlich schriftlich den Rat an Todeswillige, sich ein Hotelzimmer zu nehmen, dort die tödlichen Präparate einzunehmen und sich dann in die gefüllte Badewanne zu legen. Ich habe diese Unterlagen, tatsächlich sind das frappierende Übereinstimmungen. Ich gehe davon aus, dass der Mörder das bewusst eingeplant hat. Aber dabei machte er einen entscheidenden Fehler. Du erinnerst dich daran, dass in Watermanns Körper auch ein Mittel namens Perazin gefunden wurde, ein Neuroleptikum. Dieses Mittel wird von der Gesellschaft für Humanes Sterben ausdrücklich nicht empfohlen. Der Grund ist ganz einfach: Perazin führt nicht zum Tod. Aber es ist fast immer mit qualvollen Krampfanfällen verbunden, mit nicht steuerbaren Muskelverkrampfungen und wahnwitzigen Dystonien. Jetzt denke mal an den Nachtportier namens di Natale, der behauptet hat, etwa gegen vier Uhr morgens sei er durch einen Krach wach geworden, der ziemlich lange dauerte. Zwanzig Sekunden nämlich. Denk bitte an den jungen Auszubildenden, der beobachtete, wie ein Körper, der von zwei Männern getragen wird, auf eine Treppe hinunterfällt und dabei zuckt. Denk dann an Perazin, und du hast die wahrscheinliche Lösung.«

»Sie haben ihm das Zeug eingetrichtert, er bekam Krämpfe, sie trugen ihn in sein Zimmer. Unterwegs fiel er ihnen hin. Sie füllten die Badewanne und legten ihn hinein.« Sie war weiß im Gesicht.

»So war es wohl«, sagte ich. »Wenn du die Zeugenaussagen ernst nimmst – und es gibt keinen Grund, das nicht zu tun –, dann musst du zu diesem Ergebnis kommen. Aber jetzt will ich einen Kaffee.«

Ich stand auf und ging ins Bad und rasierte mich. Als ich zurückkam, stand sie vor mir, umarmte mich und flüsterte: »Kann sein, dass du dich trotzdem irrst. Wenn schon, ich finde deine Art nachzudenken wirklich irre.«

»Du machst mich verlegen.«

»Wirklich? Darf ich dich küssen?.

»Na ja, ich weiß nicht. Wenn es irgendwie schwesterlich sein könnte.«

»Aber ja«, murmelte sie.

Mag sein, dass es anfangs schwesterlich war, aber dann wurde es zunehmend intimer, eindeutiger, drängender. Möglicherweise hatte ich ein wenig Angst. Aber dann vergaß ich das einfach.

Es wurde nichts aus dem Frühstück, weil wir beide verlegen waren und ein bisschen Angst davor hatten, uns beim Frühstück gegenüberzusitzen. Zuweilen sind Menschen so. Wir verfielen in fieberhafte Tätigkeit, packten, besprachen, was wir vielleicht tun könnten und was nicht, und wussten gleichzeitig, dass all dies Gerede dummes Zeug war. Erst als wir längst im Wagen saßen und die Bundesstraße 23 über Schongau und Landsberg nach Augsburg fuhren, sagte sie in die grelle Sonne blinzelnd: »Du brauchst wirklich nicht Vollgas zu geben. Es war sehr schön, Baumeister.«

»Ja, das war es. Und vielen Dank.«

Nach einem Kilometer fragte sie: »Meinst du das so?«

»Ja, das meine ich so.«

Nach einem Kilometer sagte ich: »Ist doch ein Geschenk, oder?«

»Ja«, nickte sie, »das ist es.«

Windlingen liegt zwischen Reutlingen und Gammertingen am Nordrand der Hohenzollernalb. Wir fuhren bis Ulm auf der Autobahn, dann auf der Bundesstraße 28 über Blaubeuren und Bad Urach. Windlingen fällt im Schwäbischen nicht auf, einem Hamburger würde es auffallen. Es ist ungeheuer sauber, kleinstädtisch betriebsam, alles verläuft absolut geregelt, nichts überlässt schwäbische Betriebsamkeit dem Zufall.

Die Firma *All-Expo-Trans* hatte ihren Sitz im Gewerbegebiet Süd, wie ich in einem Telefonbuch feststellte. Wir fuhren hin und waren enttäuscht. Du erwartest die Demonstration geballter Wirtschaftsmacht und stehst vor einem zweistöckigen braunen Kasten, der abgesehen von öder Langeweile nichts ausstrahlt. Das änderte sich, als wir die gläserne Flügeltür durchschritten hatten. Da war ein Empfangstisch mit einer Frau aufgebaut, die direkt der letzten Nummer irgendeiner Frauenzeitschrift entsprungen schien. Ich reichte ihr meine Karte, ich sagte: »Ich möchte gern Herrn Westphal sprechen.«

»Einen Moment bitte«, sagte sie munter und strahlte mich an, drehte sich herum und ging durch eine Milchglastür. Nach einer Weile kam sie zurück. »Der Chef hat aber nicht lange Zeit. Andererseits will er Sie nicht unnötig warten lassen. Bitte kommen Sie mit.«

Ich drückte Minna den Fotoapparat in die Hand, und wir gingen hinter der Modepuppe her in den ersten Stock. Wie üblich mussten wir durch das Sekretariat. Eine Frau fragte mit einer eigenartig schnurrenden Stimme: »Kaffee oder Tee?« Es klang wie ein fröhlicher, unsittlicher Antrag.

»Kaffee, bitte«, sagte Minna. Sie lächelte genauso süß wie alle die Frauen um uns herum.

Westphal war ein kleiner, schmaler Mann mit einem großen, dunklen Schnäuzer unter hellblauen Augen und einer weit fortgeschrittenen Stirnglatze.

»Meine Kollegin Minna Tenhövel«, sagte ich.

Er stand irgendwie stramm, obwohl wir nicht hörten, dass er die Hacken zusammenschlug. »Gnädige Frau!«, sagte er. »Bitte nehmen Sie Platz. Was kann ich für Sie tun?«

»Wir haben ein Problem«, sagte ich und sah ihn eindringlich bittend an. »Wir haben ein Problem mit dem toten Herrn Watermann. Da Sie ihn kannten, da Sie ihn zweimal, dreimal trafen, sind wir hier. War er eigentlich

Mitglied in dem Verein *Preußens Geschichte*, in dem Sie Geschäftsführer sind?«

»Nein, nein, Mitglied war er nicht, er hatte mit dem Verein nicht das Geringste zu tun. Er war, nun, sagen wir ein geschäftlicher Berater in ein, zwei Fällen. Wirklich nichts Besonderes.«

»Können Sie uns sagen, in welchen Fällen?«, fragte Minna, und ihre Stimme klang so freundlich wie zerbrechendes Glas.

»Ja, sicher kann ich das, das bin ich bereits gefragt worden.« Er lächelte plötzlich. »Nein, ich bin nicht von der Presse danach gefragt worden, sondern von Behörden, die sich bedauerlicherweise mit dem plötzlichen Tod von Dr. Watermann beschäftigen mussten. Er war ein Fürsprecher schleswig-holsteinischer Industrie. Das war ja sein Amt, nicht wahr? Wir vermittelten flach gehende Küstenboote, natürlich zivilen Charakters, an die damalige Volksrepublik Polen. Sie wurden in Schleswig-Holstein gebaut …«

»Und wahrscheinlich transportiert von Schalck-Golodkowskis Firma *KoKo*, nicht wahr?«

»So isses«, sagte er offen. »Wir konnten damals nicht wissen, was für ein Schlitzohr dieser Schalck-Golodkowski ist, nicht wahr?«

»War Watermann jemals hier bei Ihnen in der Firma?«

»Oh, wo denken Sie hin? Ein Ministerpräsident? Hier? Nein. Wir fuhren hin, meine Sekretärin und ich. Warten Sie mal, das war, das muss, ja, ich weiß, das war im Februar 1984. Dann noch einmal im August 1985.«

»War er ein Mann, der Ihrer Meinung nach Selbstmord begehen würde?«, fragte Minna lammfromm.

Er bekam schmale Augen. »Damals sicher nicht. Aber was man so gelesen hat, deutet ja wohl darauf hin, dass er in … in seinen letzten Lebenswochen, nun, ich will es einmal vorsichtig ausdrücken, er war wohl nicht ganz bei Troste, nicht wahr? Er hatte zweifellos unrechte Dinge getan, die … die man nicht tut. Lügen, falsche Ehrenworte, ekelhafte Sache, nicht wahr?«

»Es heißt, dass einige Mitglieder der Familie seiner Frau Mitglieder in Ihrem Verein sind. Ist das richtig?«

»Das kann ich Ihnen aus dem Stand wirklich nicht beantworten, dafür müsste ich erst einmal die Mitgliederliste einsehen. Wir haben sechshundertzehn Mitglieder, wir sind ein e. V., ein eingetragener Verein.«

»Könnten wir die Mitgliederliste haben?«, fragte Minna. Sie spielte mit dem Fotoapparat auf ihrem Schoß.

Er sagte schnell: »Keine Fotos bitte. Sind Sie so freundlich und sagen Sie mir, was Sie spezifisch wollen?«

»Sehen Sie, was wir spezifisch wollen, wissen wir so spezifisch eigentlich nicht. Wir können schon jetzt beweisen, dass Watermann, Verzeihung, Dr. Watermann, ah ja, Dr. Dr. Watermann, nicht allein war, als er in der Badewanne ertrank. Da war jemand bei ihm, der dafür sorgte, dass er auch wirklich ertrank. Sagen Sie, was macht eigentlich dieser *Verein Preußens Geschichte*?«

»Nun ja, wir kümmern uns in erster Linie um die Bewahrung von alten preußischen Traditionen, wenn man so will alten preußischen Tugenden. Wir denken, dass es in jener Zeit sehr viel gab, was erhaltenswert ist. Wir fördern massiv Geschichtsforschung, wir fördern Veröffentlichungen, Doktoranden, die sich mit dieser Epoche befassen oder aber diese Epoche mit der unseren vergleichen. Und so weiter und so fort. Sagen Sie, wieso ist … also, habe ich das richtig gehört: Sie können beweisen, dass Dr. Watermann ermordet wurde? Habe ich da etwas falsch verstanden?«

»Nein, das haben Sie nicht«, sagte ich lächelnd, und ich sah, wie Minna auf den Auslöser drückte. Dann legte sie den Apparat auf den Schreibtisch genau unter seine Augen und murmelte: »Ich fotografiere niemanden, der nicht damit einverstanden ist.«

Westphal war verwirrt, und er bemühte sich gar nicht, es zu verbergen. »O bitte, ich war gar nicht misstrauisch. Für wen arbeiten Sie?«

»Wir sind freie Journalisten«, sagte ich, »wir wissen noch nicht, wem wir unser Material verkaufen. Sagen Sie, Sie sind Geschäftsführer des Vereins. Wer ist der Präsident? Und noch einmal die Frage: Können wir die Liste der Mitglieder haben?«

Er trommelte kurz mit den Fingern auf seiner Schreibtischunterlage. »Ich denke, die Liste können Sie haben. Der Präsident ist Herr von Windlingen, ein hiesiges uraltes Adelsgeschlecht.«

»Könnten Sie uns den Gefallen tun und eine Verbindung zu ihm herstellen? Wir würden ihn gern besuchen. Übrigens, wenn Sie ein e. V. sind, werden Sie irgendwie subventioniert?«

»Wir haben private Gönner, öffentliche Gelder bekommen wir nicht.«

»Wer sind diese privaten Gönner?«, fragte Minna.

»Das kann ich Ihnen nicht verraten«, sagte Westphal. »Die Herrschaften wollen im Hintergrund bleiben.« Er räusperte sich. »Das ist ihr gutes Recht, nicht wahr?«

»Das ist es«, bestätigte ich. »Würden Sie uns bei Herrn von Windlingen anmelden?«

»Oh, es ist schon spät«, sagte er und sah auf die Uhr. »Ich weiß nicht recht, ob ich ihn stören kann.«

»Sie können sicher«, sagte Minna lächelnd.

»Sagen Sie mir nur eines: Wenn Sie überzeugt sind, dass Dr. Watermann ermordet wurde, wo liegen die Beweise?«

»Tja«, sagte ich, »von Ermordung habe ich nicht geredet. Ich sagte nur, er war nicht allein, als er in die Badewanne gelegt wurde. Geht ja auch nicht, wenn man fast bewusstlos ist, nicht wahr?«

»Hm.« Er sah aus dem Fenster. »Was hat das mit mir und dem Verein zu tun?«

»Das wissen wir noch nicht so genau«, sagte ich. »Sicher ist nur, dass damals merkwürdig viele Leute im Genfer Hotel *Beau Rivage* abgestiegen waren, die eigentlich nicht da sein durften. Das macht uns nachdenklich. Also fragen wir alle, die irgendwie mit ihm zu tun hatten.«

»Also gut«, sagte er scharf, »mich als Inhaber dieser Firma können Sie fragen. Ich hatte Verbindung zu ihm, wenn auch nur kurz. Aber was hat das mit dem Verein zu tun?«

»Das wissen wir noch nicht«, sagte ich wahrheitsgemäß. »Rufen Sie Herrn von Windlingen an? Ist er ein Graf oder ein Baron?«

»Ein Baron«, sagte er. »Na gut.« Er wählte schnell und ohne zu zögern und sagte »Westphal. Den Baron bitte. Es ist dringend.« Seinem Ton nach zu urteilen, war der Baron einer seiner Angestellten. »Hallo, Herr von Windlingen. Hier sind zwei Vertreter der Presse. Haben Sie Zeit für die Herrschaften? Es geht um den Verein.« Er nickte und sagte knapp: »Danke«, legte auf und sagte: »Er erwartet Sie.«

»Danke«, sagte ich. »Wie müssen wir fahren?«

Er erklärte es mir, irgendwas ließ ihm keine Ruhe, aber er riss sich zusammen. Als wir ihm die Hand gaben, sagte er vage: »Wir sollten mal zusammen essen.«

»Gerne, sehr gerne«, säuselte Minna.

»Eines hätte ich fast vergessen«, warf ich unschuldig ein. »Manfred Gerber, der Privatdetektiv, hat bereits in Ihrem Auftrag gearbeitet. Was war das für ein Auftrag?«

»Routine. Eine Kundenüberprüfung. Gerber hat enorme Karteien, er kann jemanden schneller überprüfen als alle Auskunfteien.« In dem Moment begriff er, dass er einen Fehler gemacht hatte.

Ich sagte: »Ich hatte eigentlich den Auftrag gemeint, den der Verein an Gerber vergeben hat, nicht Ihre Firma. Aber das macht ja nichts. Also, für Ihre Firma hat er Kunden gefilzt. Was machte er für den Verein? Mitglieder filzen?«

»Jetzt gehen Sie zu weit«, sagte er. Er war zornig, aber wahrscheinlich zornig auf sich selbst.

In einem Anfall unbändiger Heiterkeit dachte ich: Vielleicht macht er noch einen Fehler.

Ich sagte: »Nach der Beschreibung gewisser, jetzt aufgetauchter Zeugen sollen Sie in der Nacht, in der Watermann starb, auch in dem Hotel in Genf gewesen sein. War das so?«

Es war ein Blattschuss, er zuckte zusammen, er ruckte mit den Schultern, er war getroffen und mühte sich, sein Gesicht unter Kontrolle zu bekommen. Er zwang sich ein Lächeln ab, er sagte: »Also, hören Sie, wollen Sie mich verarschen?«

»Oh, durchaus nicht«, versicherte Minna ernsthaft. Dann ging sie vor mir her aus dem Raum, und er blieb hinter seinem Schreibtisch wie angewurzelt stehen.

»Mein Gott, das war gut«, sagte Minna im Wagen.

»Bestimmte Fragen stellt man am besten ganz zuletzt, gewissermaßen nebenbei. Wenn man ihnen vorher genug zum Denken gibt, machen sie meistens einen Fehler. Zu bedeuten hat das nichts. Ich hoffe nur, es macht ihn unruhig.«

Hätte ich an jenem Nachmittag gewusst, wie unruhig es ihn machen würde, hätte ich dieses gottverdammte Windlingen mit Vollgas verlassen.

Westphal hatte uns den Weg gut und einfach beschrieben. Wir fuhren aus Windlingen hinaus und erreichten nach drei Kilometern eine kleine Kreuzung, an der ein Pfeil nach rechts wies, *Burg Stölzle* stand da.

»Das ist unheimlich schön hier«, sagte Minna. »Sieh mal die Sonne in den Lichtungen.«

»Ja, ja. Vergiss nicht zu fotografieren.«

»Aber es ist wirklich schön hier.«

»Ich sehe es. Wir hätten uns ein Zimmer besorgen sollen.«

»Das können wir auch hinterher.«

»Aber wir haben keinen Fluchtpunkt«, sagte ich. »Falls irgendetwas geschieht, treffen wir uns auf der Kreuzung da unten, klar? Das sind von der Burg zweitausend Meter. Okay?«

»Was soll passieren?«, fragte sie unruhig.

»Das weiß ich nicht«, sagte ich.

»Ist dieser Verein für dich verdächtig?«

»Noch nicht. Bis jetzt ist es nichts als ein Verein. Aber sie kennen Gerber.«

Die Burg wirkte gedrungen. Sie wirkte so, als sei sie aus dem Boden gewachsen. Sie war ein Kleinod in dieser Landschaft, nicht im Geringsten verfallen und offensichtlich voll bewohnt. Auf den dunkelgrün gestrichenen Fensterläden gab es sehr viel rotweiße, einander gegenüberstehende Dreiecke. Es gab, ummantelt von rot schimmerndem Stein, von Balken getragene Säulengänge, in denen, wie rote Ketten, Geranien an kleinen Holzkübeln aufgehängt waren.

»Die gute alte Zeit. Hier haben sie gehaust wie Penner. Sie haben sich nie gewaschen, starrten vor Dreck, Läusen und Flöhen und hatten nichts anderes im Sinn, als dem Nachbarn den Morgenstern um die Ohren zu hauen.«

»Du bist aber eklig heute, Baumeister.«

»Es war so. Sie haben die umliegenden Bauern schlimmer behandelt als ihr Vieh und im Namen Gottes von hier bis Jerusalem alles geschändet, was sie entdeckten. Sieh mal, da unten ist ein Zeltlager.«

Rechts ging es steil einen mit langen Gräsern und Steinbuckeln übersäten Abhang hinunter. Unten lag eine satte grüne Wiese an einem Bachlauf. Sie wirkte wie ein Edelstein. Die hellen Rechtecke der Zelte stachen grell hervor.

»Wahrscheinlich ist der Baron sozial und lässt im Sommer da unten die Pfadfinder hausen.«

»Das sind doch keine Pfadfinder«, widersprach Minna. »Die sind älter.«

Ungefähr zwanzig Figuren in Badehosen, braun gebrannt und offensichtlich sportgestählt, machten seltsame Übungen. Sie standen in einer Reihe, vor ihnen ein Oberathlet, und ließen die Fäuste vorschnellen, wobei sie in einem strengen Rhythmus Schreie ausstießen.

»Die üben irgend so was Japanisches oder Koreanisches«, sagte Minna. »Ich glaube, das heißt Wing Sun oder Karate oder was weiß der Himmel. Wenn du das kannst, brauchst du keine Furcht mehr zu haben, heißt es.«

»Statt Volksreden zu halten, solltest du dieses Zeltlager fotografieren. Wenn du genau hinschaust, dann kannst du im zweiten von rechts deinen Verehrer Karl-Heinz erkennen. Und gleich daneben steht sein Kumpel.«

Sie sagte nichts, sie atmete scharf ein und fotografierte. Endlich seufzte sie: »Wenn ich das meiner Oma erzähle, sagt die: Kind, spinne nicht!«

In der Mitte der rot schimmernden Mauer war ein großes, aus Bohlen gefügtes Rundtor eingelassen, in der rechten Hälfte eine normale Tür mit einer Klingel an der Mauer. Ein Name stand nicht darauf. Ich schellte.

Ein Türsummer summte, die Tür sprang auf, wir standen in einem Innenhof mit uraltem Katzenkopfpflaster. Jemand sagte durch einen schnarrenden Lautsprecher: »Wenn die Herrschaften bitte den rechten Aufgang nehmen wollen. Herzlich willkommen!«

Es ging eine breite, aus schweren Eichenbrettern gezimmerte Treppe hinauf auf einen mit Geranien geschmückten Rundgang. Nichts zeigte die Spur von Staub oder gar Schmutz und Spinnweben.

»Wahrscheinlich sind die Turner da unten die Putzfrauen«, sagte Minna leise.

Der Gang war zu Ende an einer dunkelbraun gestrichenen schweren Tür. Sie ging auf, und ein kugelig runder, ungefähr fünfzig Jahre alter Mann mit einem sehr roten Gesicht stand vor uns und blinzelte freundlich. »Von Windlingen«, sagte er mit erstaunlich hoher Stimme. »Seien Sie willkommen.« Er reichte uns beiden die Hand, und daran war etwas durchaus Huldvolles.

»Sie haben es ja zauberhaft hier«, hauchte Minna.

»Wenn ich meinen Büchern glauben darf, seit etwa sechs Jahrhunderten«, sagte er sehr zufrieden.

Er ging voraus in eine kleine Halle, die zwei Geschosse hoch war und mit wundervollen Rotsandsteinplatten ausgelegt. »Was kostet die Erhaltung jährlich?«, fragte ich.

»Ein Vermögen«, sagte er. Er ging voraus in einen etwa sechs mal sechs Meter großen Raum, in dem zwei Tische standen, ein Schreibtisch und ein weiterer, der einen sehr umfangreichen IBM-Computer trug.

»Gehen wir in das Besprechungszimmer«, sagte er. »Darf ich Ihnen etwas bringen lassen? Es ist schon spät. Kaffee vielleicht?«

»Kaffee wäre sehr gut, danke«, sagte ich.

»Setzen wir uns dort in die Sessel.« Er ging an einen kleinen, grauen Kasten in der Wand, nahm einen Hörer ab und sagte: »Kaffee und ein wenig von dem Holzapfellikör.« Dann setzte er sich uns gegenüber und musterte uns mit der Unbefangenheit eines heiteren Gemüts. »Ich hörte, Sie haben Probleme mit dem toten Watermann?«

»So kann man sagen. Wir recherchieren erneut die merkwürdigen Umstände seines Todes und sind sicher, dass er getötet wurde. Wir suchen alle Menschen und Institutionen auf, die irgendwie mit ihm in Verbindung standen …«

»Aber doch wir hier nicht«, sagte er milde.

»Das wissen wir nicht. Sehen Sie, der Verein hat den Detektiv Manfred Gerber angeheuert. Wir wüssten gern, was der für Ihren Verein tat. In der Nacht, als Watermann starb, war Gerber ganz in der Nähe, wusste, dass Watermann dort war. Wir unterstellen Ihnen um Gottes willen nichts, wir denken nur, es ist eine Frage wert. Was hat Gerber für diesen Verein getan?«

»Nun, wie Sie wissen, sind wir der preußischen Tradition verpflichtet, wir forschen, wir lassen forschen, wir machen Ausstellungen, wir fördern Projekte. Der Herr Gerber sollte für uns abklären, ob gewisse Vereinsmitglieder … nun, ob sie ihrem guten Namen gerecht werden. Soweit ich weiß, war das alles.«

»Gerber wurde vermutlich durch Herrn Westphal an den Verein herangebracht.«

»Ja, mein Geschäftsführer Westphal sagte, Gerber sei ein guter, schnell arbeitender, diskreter Mann. Er war wirklich gut, wenngleich unverschämt teuer. Sagen Sie, ist dieser Watermann wirklich umgebracht worden? Das interessiert mich.« Er lächelte. »Es ist mir egal, wie er starb. Zynisch ausgedrückt ist es gut, dass er ging. Wie ist das passiert?«

Ich sah aus den Augenwinkeln, wie Minna ihn fotografierte. »Man hat immer schon gemunkelt, dass mit seinem Tod nicht alles in Ordnung war …«

»Er hatte ja wohl auch Schwierigkeiten mit Medikamenten«, sagte er. »Diese haltlosen Typen haben das ja oft. Will sagen, er war ein Schwein.«

»Das mag so sein«, sagte ich vorsichtig. »Es deutet alles darauf hin, dass er nicht allein war, als er starb. Vermutlich starb er nicht einmal in seinem eigenen Zimmer. Seltsamerweise war in diesem *Beau Rivage,* diesem Hotel in Genf, auch merkwürdig viel Publikum, das sich versteckte. Ich meine also Gäste, die bemüht waren, so zu tun, als seien sie gar nicht da. Watermann hatte dort ein Treffen, und kein Mensch weiß, wen er traf.«

»Ich kenne das *Beau Rivage* gut«, murmelte er. »Es ist ein Treffpunkt meiner Familie gewesen, als ich ein junger Mann war. Damals war es Mode, sich in Genf zu treffen. Sogar unser Verein hat dort schon Diskussionsabende veranstaltet. Westphal, das weiß ich, ist öfter in dem Haus. Das hat bei ihm aber berufliche Gründe.«

»Ich entdeckte ihn in Gästelisten«, log ich.

»Das ist normal«, sagte er. »Bei der diffizilen Ware, mit der er handelt, ist Genf sozusagen der Normalfall, der Nabel der Welt.«

»Was für eine Funktion hat er im Verein?«, fragte Minna.

»Er ist Geschäftsführer«, sagte er freundlich. »Er ist sehr agil, kümmert sich um alles, arrangiert und macht und tut. Wirklich rege. Außerdem ist er selbstverständlich unseren Traditionen verpflichtet, spendet auch einiges übers Jahr, ist wirklich …«

Es klopfte.

»Herein«, rief er.

Der Mann, der hereinkam, war blond und jung. Ich schätzte ihn vielleicht auf achtundzwanzig Jahre. Er war ein Muskelprotz, einer von der Sorte, die ständig freundlich lächelt und gar nicht anders kann.

»Der Kaffee, Herr Baron«, sagte er.

»Mein Sekretär Blum«, sagte von Windlingen. »Unser unschätzbarer Helfer in allen Lebenslagen.«

»Guten Tag«, sagte er förmlich und verbeugte sich samt dem Silbertablett, das er vor sich hertrug. Er arrangierte die Tassen, den Zucker, die Kanne, die Milch, die Karaffe mit dem Likör.

»Die Herrschaften sind von der Presse und recherchieren den Tod des Herrn Watermann«, erklärte der Baron.

»Das ist interessant«, strahlte Blum. »Ich war zu jung, um zu begreifen, was damals passierte. Ich denke, er hat Selbstmord begangen.«

»Hat er wahrscheinlich nicht«, sagte Minna trocken.

»Hat er nicht? Ist er getötet worden?«

»Wahrscheinlich«, sagte ich. »Was sind das für Freizeitsportler da unten in dem Zeltlager?«

»Wir schenken ihnen Sommerferien«, sagte der Baron. »Es sind junge Arbeitslose aus dem neuen deutschen Osten. Da muss man etwas tun, sonst verlieren sie den Mut. Sie sind für zwei Monate hier. Sie spielen, treiben Sport, machen Wanderungen. Blum hat sie unter seine Fittiche genommen.«

Blum trat zwei Schritte zurück und blieb stehen, die Hände vor der Brust verschränkt. »Noch etwas, Herr Baron?«

»Nein, danke Blum. In Ordnung.«

»*Preußens Geschichte* hat also auch Sozialpflichten?«, fragte ich Blum.

»Natürlich«, sagte er. »Na ja, wenn Sie sich um diesen Watermann kümmern, dann wissen Sie, wie schnell man auf die schiefe Bahn geraten kann. Watermann ist ein Beispiel für machtgeile Arroganz, denke ich. Der Mann hat viel zerschlagen.«

»Einige Menschen aus der Familie sind in Ihrem Verein«, lächelte Minna ihn an.

»Die sind aber von ganz anderem Kaliber«, betonte Blum schnell.

»Sie glauben an Eliten?«, fragte ich.

»Selbstverständlich«, sagte er. »Sie etwa nicht?«

»Watermann hat die Elite also verlassen und sich auf schnöde menschliche Eigenschaften wie Habgier und Machtgeilheit eingelassen?«, fragte Minna.

»Genau«, sagte er knapp. »Das trifft es. Um Leute wie Watermann, entschuldigen Sie, ist es wirklich nicht schade. Sie sind wie Krebs am Volkskörper, wie eine Wucherung. Mediziner schneiden Wucherungen aus dem gesunden Gewebe heraus.«

»So kann man es deuten«, nickte ich. »Waren Sie auch schon einmal in dem Hotel *Beau Rivage* in Genf?«

»Noch nie«, sagte er. »Ich bin selten im Ausland, ich konzentriere mich auf meine Heimat.« Dann drehte er sich nach einer knappen Verbeugung herum und ging.

»Ein feuriger junger Mann«, sagte der Baron. »Bienenfleißig. Wird seinen Weg machen. Hat Geschichte studiert, will noch Jura draufsatteln.«

»Lebt er hier bei Ihnen?«

»Ja. Der Verein finanziert sein Studium, dafür arbeitet er hier. Er ist absolut ergeben und intelligent, obwohl er so aussieht, als ernähre er sich ausschließlich von Dopingmitteln. Gibt es noch irgendwelche Fragen, die ich Ihnen beantworten kann?«

»Ja. Was für Geschäfte macht Westphal?«

Er hob die Hände abwehrend, er murmelte: »Das weiß ich wirklich nicht. Ich weiß eigentlich alles nur aus Zeitungen. Er kauft zum Beispiel ganze Kolonnen von alten Lastkraftwagen der DDR-Volksarmee und verkauft sie irgendwohin. Wir sprechen gewöhnlich nie darüber.«

»Können Sie sich an Westphals Reaktion erinnern, als bekannt wurde, dass Watermann sich selbst umgebracht hat?«

Er kniff die Augen zusammen und überlegte einen Augenblick. »Ja, natürlich. Er reagierte so wie wir alle. Mit Abscheu. Watermann war in meinen Augen ein geradezu klassischer Karrierist, machtgeil und verlogen. Sicher war er für seine Partei ein Zugpferd, und sicher war er so etwas wie die jugendliche Inkarnation dieser Partei. Aber einen Gefallen hat er ihr damit nicht getan, wie wir inzwischen wissen. Watermann gehört, offen gestanden, meine ganze Verachtung. Man sagt, de mortuis nihil nisi bene, aber in diesem Fall sage ich wie mein junger Blum: Gut, dass es ihn erwischte! Der Staat wird durch solche Männer verhöhnt, der Bürger verliert den Glauben an die Stärke und Strenge des Staates. Seien wir ehrlich: Watermann verkörpert für das Volk den Typ des Politikers, der nur für sein Portefeuille schafft und sich den Dreck darum schert, was der Gemeinschaft der Bürger nutzt. Nein, ich mag diese Watermanns nicht, sie sind eine Verhöhnung aller Werte, auf die ich Wert lege.«

»Westphal reagierte genauso?«, fragte ich. »Mit Abscheu?«

Er nickte lächelnd. »Natürlich. Noch schärfer als ich. Ich erinnere mich, wir ritten zusammen aus an dem Wochenende danach. Das tun wir zuweilen, wenn wir Vereinsdinge besprechen müssen. Watermann war für Westphal wie ein rotes Tuch. Er sagte damals, wenn der Kerl sich nicht selbst umgebracht hätte, hätte man ihm dabei helfen müssen. Aber ich bin sicher, dass er Ihnen das selbst sagen wird. Fragen Sie ihn.«

»Das werden wir«, versicherte ich. »Etwas anderes interessiert mich. Wenn Sie Watermann so außerordentlich negativ einschätzen, kann es dann nicht sein, dass jemand mit einer noch negativeren Einstellung hinging und ihn erledigte?«

»Zitieren Sie mich nicht«, antwortete er trocken. »Selbstverständlich ist das in Betracht zu ziehen. Sehen Sie: Alle Menschen, die stolz sind auf diese Demokratie, die sich wirklich für sie einsetzen, nun, auf die muss Watermann geradezu abartig zerstörerisch gewirkt haben. Der Gedanke an einen gewaltsamen Tod ist da ein naheliegender. Natürlich.« Er lachte leise. »Aber nach so einem Menschen werden Sie vergeblich suchen, denn dafür kommen viele infrage. Es kann jemand gewesen sein, der nie mit ihm zu tun hatte, nie in seine Nähe kam.«

»Das kann nun wiederum nicht sein«, sagte Minna mit schmalen Augen. »Das Ding war durchgestylt wie die Verpackung eines neuen Parfums. Es war in allen Phasen genau überlegt, nichts wurde dem Zufall überlassen, nichts …«

»Ein perfekter Mord?«, unterbrach er sie.

»So in etwa«, sagte ich. »Sogar die Gästeliste des Hotels wurde manipuliert.«

»Wie bitte?«, fragte er verblüfft.

»Ja«, strahlte Minna. »Sehen Sie, wir kennen bereits zwei Männer, die laut Gästeliste gar nicht in Genf waren.«

»Sie waren aber dort?«, fragte er verblüfft.

»Sie waren dort«, bestätigte ich. »Wenn wir die Männer haben, werden Sie die Geschichte lesen. Wir danken Ihnen sehr für Ihr Vertrauen.«

»Es war mir eine Freude«, sagte er. »Seien Sie vorsichtig bei Ihren Nachforschungen.«

»Warum denn das?«, fragte Minna.

»Nun«, sagte er nachdenklich und spielte mit der Uhrkette vor seinem Bauch, »wenn es möglich war, Herrn Watermann aus der Welt zu schaffen, wird es auch möglich sein, Sie zum Schweigen zu bringen, nicht wahr?«

»So ist es«, nickte Minna fest. »Können Sie uns ein Hotel empfehlen?«

»Mein eigenes«, sagte er lächelnd. »Von irgendetwas muss der verarmte Adel leben. Fahren Sie unten an der Kreuzung links, dann ist es dreihundert Meter rechts. Das Haus heißt *Kuniberts Klause*. Dann noch etwas, Herr Baumeister: Leuten wie mir wird immer Rechtsextremismus angelastet, die Nähe zur Deutschen Volks-Union und ähnlichen Vereinen. Seien Sie versichert: Damit habe ich nichts zu tun und will auch nichts zu tun haben. Können wir uns auf diese Lesart einigen?«

»Wir können«, sagte ich. »Und danke für Ihre Offenheit.«

»Es war mir ein Vergnügen.«

Wir kamen wieder in diesen verzauberten Innenhof, der eine jahrhundertealte Realität widerspiegelte, die es so nie gegeben hatte. Draußen vor dem Tor fragte Minna: »Glaubst du, dass er sauber ist? Nichts von rechtsextrem?«

»Ich glaube ihm«, sagte ich. »Er wirkt sauber. Aber ob die Leute um ihn herum genau so denken, wage ich zu bezweifeln. Hast du Blum fotografiert?«

»Der war so schön, das tat ich unter Zwang«, lachte sie. Dann wurde sie unvermittelt ernst und fragte: »Was machen wir eigentlich, wenn sich plötzlich herausstellt, dass irgendein internationaler Waffenhändler den Auftrag gegeben hat, Watermann um die Ecke zu bringen?«

»Dann haben wir recherchiert und waren erfolglos«, sagte ich. »Dann müssen wir die Recherchen Richtung Deutschland abbrechen und neu anfangen. Die Psychologie der Recherche sieht bei Waffenhändlern völlig anders aus und ist auch komplizierter. BBC-Leute haben es einmal geschafft, an Kashoggi heranzukommen. Das Interview war großartig, aber letztlich sind seine Aussagen, gemessen an den Fakten, ziemlich mager. Diese Leute sagen selbst über Dinge nichts, über die sie getrost sprechen könnten. Die Psychologie des Todes von Watermann sagt mir, dass diese Leute dafür nicht verantwortlich sind. Für die war er nicht mehr als ein quer sitzender Furz. So komisch das auch klingt: Es war ein typisch deutscher Mord, gut durchdacht und gründlich. Waffenhändler machen sich das einfacher, sie lassen schießen oder Autos in die Luft jagen.«

»Aber letztlich war es doch nicht perfekt.«

»Kein Mord ist perfekt. Perfekt wird er nur durch begünstigende Umstände. Das Perazin war ein Fehler, Gaetano einzuspannen war ein Fehler, zwei Leute hinzuschicken war ein Fehler, die Erfindung des Entlastungszeugen Rohloff war ein Fehler, Watermann Notizen machen zu lassen, war ein Fehler, und so weiter und so fort. Ich möchte Spätzle zum Abendessen, Kässpätzle.«

»Wann haben wir ein bisschen Zeit für uns?«

»Nach Watermann.«

Kuniberts Klause war ein erstklassiger schwäbischer Gasthof mit erstklassigen Zimmern. Ich bestand darauf, dass wir getrennte Zimmer nahmen, ich wollte tief und lange schlafen. Sie verstand das, sie war einverstanden, und ich dachte erleichtert: Sie ist keine von denen, die klammern. Ich fand sie überhaupt klasse. Ich rief sofort Gaetanos Vater an. »Hat es geklappt. Ist er oben?«

»Ja. Und niemand weiß, wo er ist. Wir haben zwei Männer von den Freunden bei ihm platziert. Sie wohnen mit in der Hütte. Das gefällt mir nicht, weil ich die Freunde nicht mag. Aber es ist richtig: Jetzt brauchen wir sie. Wann kommen Sie?«

»Vielleicht morgen, vielleicht übermorgen. Wir wissen es nicht.«

Dann der Express in Köln. Ascheburg sagte aufgeregt: »Ich möchte morgen erneut die Geschichte ins Blatt nehmen. Ich habe den Eindruck, dass in Bonn unter der Hand die Hölle los ist. Sie recherchieren herum, wer die Akten hat, wer sie weitergab. Ein ziemliches Ding der Unmöglichkeit, weil praktisch jeder bei den beteiligten Staatsanwaltschaften und jeder in der Untersuchungskommission des Landtages in Kiel die Möglichkeit hatte, Kopien zu ziehen. Wie sieht diese Waffenhandelsfirma aus?«

»Schwäbisch brav und bieder. Aber extrem rechts.«

»Wie verfahren Sie jetzt weiter?«

»Das ist ziemlich einfach. Wir fotografieren alle Beteiligten und alle, die möglicherweise beteiligt waren. Dann fahren wir mit den Bildern ins Hotel nach Genf. Wir werden sehen, wer dort war, als Watermann starb.«

»Können denn die Medikamente, die er im Körper hatte, nicht einen Weg aufzeigen? Ich meine, irgendwer muss sie doch geliefert haben, irgendein Apotheker muss an der Sache beteiligt gewesen sein.«

»Es muss kein Apotheker gewesen sein«, widersprach ich. »Es kann auch jede Großhandelsfirma gewesen sein, möglicherweise sogar ein praktischer Arzt. Der Beweis wird schwer werden, denn es ist möglich, dass jemand in begrenzter Menge über diese Gifte verfügt, ohne dass irgendjemand das kontrollieren kann. Wie würden Sie denn im Notfall an diese Mittel kommen?«

Er überlegte eine Weile. »Wenn ich internationale Verbindungen hätte, würde ich international arbeiten. Ich würde einen bestechlichen Apotheker in London oder sonstwo bitten, das Zeug per Express-Luftfracht ins Haus zu schicken.«

»Sehen Sie, so einfach ist das. Zu beweisen wird es kaum sein. Es kommt noch ein entscheidender Faktor hinzu: Wenn ich keinen Apotheker, keinen Arzt und keinen Pharmagroßhändler bemühen will, brauche ich mich nur an einen Geheimdienst zu wenden, der das Zeug aus Quellen beziehen kann, die sowieso sicher sind. Bei Watermann ist der Bundesnachrichtendienst beteiligt, der Verfassungsschutz und mit Sicherheit der Militärische Abschirmdienst, also alles, was gut und teuer ist …«

»Da können wir nur auf Kommissar Zufall hoffen«, sagte er.

»So ist es«, sagte ich. »Und um Ihnen sämtliche Hoffnungen zu nehmen, weise ich darauf hin, dass alle diese Geheimdienste über verbeamtete Ärzte verfügen, die sowieso zu absolutem Stillschweigen verpflichtet sind und jederzeit ganz legal an diese Medikamente herankommen können.«

»Sie haben recht«, gab er zu.

»Schreiben Sie schön«, sagte ich.

Das Restaurant war prall gefüllt mit gutbürgerlicher Stille, obwohl fast jeder Tisch besetzt war. Sie hatten einen Ecktisch für uns reserviert, und der jugendliche Kellner, der mich bediente, war freundlich und sprach ein breites, anheimelndes Schwäbisch. Ich bestellte eine Kanne Kaffee. Ich war allein. Minna stand noch unter der Dusche. »Wer führt denn diesen Laden?«

»Das macht der Blum«, sagte er. »Der Baron hat ja keine Zeit.«

»Aha«, murmelte ich. »Hat er eigentlich Feinde, der Baron?«

»Das glaube ich nicht«, sagte er etwas verlegen.

In diesem Moment ging eine Kellnerin an uns vorbei und wandte mir ruckartig den Kopf zu. Sie wirkte seltsam aufgeregt. Unvermittelt heftig sagte sie zu dem jungen Mann: »Die Herrschaften übernehme ich, der Chef hat es aufgetragen.«

»Schon klar«, sagte er verlegen und wandte sich ab.

Sie stellte sich neben mich.

»Ich habe zunächst eine Kanne Kaffee bestellt«, sagte ich. »Also hat er Feinde?«

»Wer hat die nicht?«, fragte sie. Sie war eine dunkelhaarige Mollige, ungefähr dreißig Jahre alt. Der Typ, der alle Probleme im Leben mit Eiern und Speck angeht.

»Ich habe bloß nach seinen Feinden gefragt, weil ich ein Journalist bin und den Fall des toten Watermann untersuche«, sagte ich munter.

»Watermann? War das nicht der …?«

»Das war der«, sagte ich.

Sie verschwand und kam nach einer Weile mit dem Kännchen Kaffee zurück und baute das alles etwas umständlich vor mir auf. »Sie sollten mal mit meinem Mann reden«, sagte sie gepresst.

»Wo und wann?«

»Am besten jetzt am Abend. Die Straße lang, erste rechts bis zum Ende, das linke, kleine Haus. Mannstein heißen wir.«

Ich überlegte eine Weile, während sie für die Dose mit dem Zucker keinen geeigneten Platz zu finden schien. »Ich gehe jetzt sofort«, sagte ich. »Sagen Sie meiner Frau, wenn sie herunterkommt, ich sei bald wieder zurück.«

»Schon recht«, sagte sie.

Ich nahm den Jeep nicht, ich wollte nicht auf mich aufmerksam machen. Ich ging schnell und hatte die wahnwitzige Hoffnung, dass hinter diesem unklaren Hinweis etwas stecken könnte. Ich fand das Haus sofort, ich schellte und sagte ihm gleich ins Gesicht: »Ihre Frau schickt mich. Es ist ein etwas eigenartiges Treffen, denn ich …«

»Meine Frau hat schon angerufen«, sagte er. »Kommen Sie herein.« Er war um die dreißig Jahre alt, groß und schlank gewachsen, ein Handwerkertyp, mit einem dichten, korrekten Schnäuzer und hellen, aufmerksamen Augen. Er trug Jeans, ein buntes Hemd, keine Goldkette, nur eine schlichte, aber teure Uhr. »Setzen Sie sich«, sagte er.

Wir waren in der Küche, einem sehr gemütlichen Raum mit einem großen Tisch und acht Stühlen. Ich setzte mich.

»Nun, es ist so«, murmelte ich. »Ich recherchiere noch einmal den Tod des schleswig-holsteinischen Ministerpräsidenten Watermann. Auf ziemlich komplizierten Wegen kam ich hierher, um den Verein des Barons einmal genauer unter die Lupe zu nehmen. Natürlich auch wegen dem Waffenhändler Westphal. Es ist reine Routine, wenn ich nach Feinden frage, weil erfahrungsgemäß jeder Feinde hat.«

»Der Baron hat kaum Feinde«, sagte er. »Westphal schon. Westphal ist brutal. Wenn er hört, dass jemand aus der Firma etwas rumerzählt, schmeißt er ihn raus. Es steht in den Arbeitsverträgen: Ein Wort über die Firma und du fliegst. Ich bin damals geflogen, weil ich am Stammtisch über irgendetwas geredet habe. Es war total unwichtig, aber ich flog, und das Arbeitsgericht hat ihm recht gegeben. Er ist wirklich brutal. Der Baron ist in Ordnung, aber der Baron weiß natürlich nicht, was wirklich läuft.«

»Was läuft wirklich?«

»Waffen, jede Menge Waffen. Die sind dann für Israel bestimmt und gehen nach Uganda. Oder sie sind für die Philippinen bestimmt und gehen nach Afghanistan. Oder da steht auf den Frachtpapieren was von Traktoren und Pflügen, und es sind Kanonen aus der Ex-DDR. So was läuft da dauernd.«

»Mich interessiert aber nur Watermann.«

»Was wollen Sie wissen?«

»Watermanns Tod ist fünf Jahre her. Wie Sie wissen, hat man immer bezweifelt, dass es Selbstmord war …«

»Ja, ja, das weiß ich alles«, unterbrach er mich. »Schließlich lese ich Zeitungen. Wo liegt der Knackpunkt?«

»Der Knackpunkt ist, dass im Hotel mindestens zwei Leute waren, die offiziell an diesem Tag weder im Hotel noch in Genf waren, verstehen Sie? Ich suche diese Leute, ich versuche, sie zu identifizieren.«

»Wieso kommen Sie dann zum Baron?« fragte er sehr aufgeregt.

»Weil ein Privatdetektiv namens Gerber, der für das Bundeskriminalamt, für den Bundesnachrichtendienst, für das niedersächsische Landeskriminalamt und für die Regierung gearbeitet hat, auch im Dienst des Vereins und im Dienst von Westphal stand, und dieser Privatdetektiv in der Tatnacht im Hotel nebenan war.«

»Gerber ist oft hier. Jetzt auch noch«, sagte er. »Er ist nie beim Baron, immer bei Westphal. Das war damals schon so. Man nimmt hier an, dass Gerber dem Westphal auch Waffengeschäfte vermittelt. Also 1987 war das Jahr, in dem das mit mir passierte. Westphal schmiss mich raus. Ich ging zum Baron, und der wollte mich retten. Er sagte, ich könnte bei ihm als Hausmeister in der Burg anfangen. Wir haben hier das Haus und alle Freunde und Verwandten.« Er seufzte tief und rieb die Hände aufgeregt ineinander. »Aber der Baron durfte mich nicht anstellen, Westphal war dagegen. Westphal ist in Wirklichkeit der Herr auf der Burg, der Baron kann nicht machen, was er will. Man nimmt hier an, dass das finanzielle Gründe hat. Jedenfalls wurde das nichts mit der Stelle. Ich weiß ja nicht, was Sie vorhaben, aber ich weiß, dass Blum und Westphal damals, als Watermann starb, in dem Hotel in Genf waren.«

An der Fensterscheibe zum Hof war eine Schmeißfliege. Ihr Summen klang sehr laut.

»Sind Sie sicher?«

»Ja«, sagte er. »Ich erzähle Ihnen mal, was ich weiß.«

»Ja, bitte.«

»Also, das war so: Ich habe damals natürlich nicht an Watermann gedacht, konnte ich auch nicht. Ich lief beim Baron als Hausmeister auf Probe. Das ist ziemlich anstrengend, denn du bist für alles in dem Gemäuer zuständig, für jedes Telefonkabel, jeden Nagel, jedes Wasserrohr. Ein Vertrauensposten ist das. Ich hatte in Blums Büro zu tun. Da war ein Heizkörper geplatzt. Ich kriegte mit, wie er in Genf, in diesem Hotel … ich weiß nicht, wie man das spricht, also …«

»›*Beau Rivage*‹.«

»Richtig. Er buchte dort zwei Zimmer. Eines auf den Namen …«

»Daun aus München und eines auf den Namen Melle aus Stuttgart.« Ich lächelte zufrieden.

»Ach, das wissen Sie schon? Na ja, also so war das.« Er kniff die Augen zusammen, er konzentrierte sich.

»Das bedeutet gar nichts«, sagte ich sanft. »Warum soll er für diese Herren nicht in Genf Zimmer buchen?«

»Moment, Moment«, sagte er scharf, »das ist noch nicht alles. Blum sagte wörtlich: Wir werden Freitag gegen sechzehn Uhr ankommen. Und Westphal muss dann Daun gewesen sein. Denn an diesem Freitagmorgen holte Westphal den Blum in seinem Wagen ab. Als sie einstiegen, sagte Blum: Genf, wir kommen!«

»Herr Mannstein, ich muss hier unterbrechen. Wenn Sie behaupten, dass Blum und Westphal als Melle und Daun nach Genf in das Hotel reisten, dann bedeutet das, dass sie als Mörder infrage kommen. Ich bitte Sie, sich das genau zu überlegen. Ist kein Irrtum möglich?«

»Keiner«, sagte er ruhig. »Das kann ich beschwören.«

Ich sah ihn an, stand dabei auf und sagte: »Ich versichere Ihnen, dass ich Sie nicht auffliegen lasse. Ich war niemals hier.«

»Das ist gut«, sagte er.

»Ich muss zurück. Noch eine Frage: Was ist das für eine Truppe in dem Zeltlager da oben an der Burg?«

»Ziemlich haarige Typen. Hier machen sie nichts, hier sind sie friedlich. Da gibt es einen Busfahrer in Tuttlingen. Der fährt den Verein manchmal. Der hat in besoffenem Zustand erzählt, dass sie in die neuen deutschen Länder im Osten fahren und da Randale machen. Richtige Straßenschlachten organisieren sie da, aber auch Prügeleien im Fußballstadion und so was.«

»Haben Sie eine Schreibmaschine?«

»Ja, ja, meine Frau kann tippen.«

»Dann diktieren Sie ihr alles, an was Sie sich erinnern, in die Maschine. Das muss nicht geordnet sein, das kann durcheinandergehen. Einfach diktieren. Hier haben Sie meine Karte. Nicht vergessen: Ich war nicht hier, ich kenne Sie nicht.«

»In Ordnung«, sagte er erleichtert. »Das wird viel sein, was wir zu schreiben haben. Und viel Glück.«

»Das kann ich gebrauchen.«

Ich ging zurück, es war dunkel geworden, der Mond war eine verschwommene mattgelbe Lichtquelle, zuweilen von dunklen Wolken verdeckt. Das Restaurant hatte sich weitgehend geleert. Minna war nicht da.

»Sie ist spazieren gegangen«, sagte die Bedienung. »War es gut?«

»Das kann man wohl sagen. Hat meine Frau gegessen?«

»Nein, sie wollte auf Sie warten.«

»Dann warte ich jetzt auch«, sagte ich.

»Haben Sie gesehen, in welche Richtung sie gegangen ist?«, fragte ich nach zwanzig Minuten.

»Ja, links runter in Richtung Burg«, sagte sie.

Also ging ich Minna nach, vielmehr ging ich nicht, ich schwebte. Blum war in Genf gewesen, unter dem Namen Melle aus Stuttgart. Mit Westphal! Das war fantastisch, das war beinahe zu einfach.

Ein Lastwagen donnerte an mir vorbei, und dann sah ich Minna im Licht seines Scheinwerfers. Sie kniete etwa einhundertfünfzig Meter vor mir an der rechten Straßenseite. Soweit ich erkennen konnte, war sie nackt.

ZEHNTES KAPITEL

Im gleichen Moment, als ich mit einem erstickten Laut loszurennen begann, trat der Lkw-Fahrer mit voller Wucht in die Bremsen. Der Anhänger stellte sich quer, und in der nächsten Sekunde schleuderte die Zugmaschine nach links. Dann bremste er stotternd und landete im linken Straßengraben.

Minna kniete im Gras. Sie war nicht nackt, ihre Kleidung war nur zerrissen, die Bluse hing in Fetzen, ihre Jeans waren verschwunden, der weiße Slip leuchtete seltsam obszön in der Dunkelheit.

»Mein Gott, was ist denn passiert?«

Sie kniete da, und ihr Kopf pendelte zwischen ihren Schultern. Dann fiel sie hart nach vorne auf das Gesicht.

»Was ist los?«, fragte der Lastwagenfahrer hinter mir.

»Ich weiß es nicht. Wenn Sie CB-Funk haben, rufen Sie die Bullen. Und einen Krankenwagen. Dalli, Mann, dalli.« Ich versuchte, sie hochzuheben, aber sie war bewusstlos und schwer. Ich drehte sie herum. Sie hatte die Augen offen, aber sie blickten leer.

»Ich bin Baumeister«, sagte ich. »Was ist passiert?«

»Da waren Männer«, sagte sie merkwürdig klar. »Sie packten mich. Sie sagten, ich wäre eine Journalistenhure. Wir sollten uns nie mehr um Watermann kümmern. Sie zogen mich aus ...«

»Schon gut, schon gut. Waren das die Männer aus dem Zeltlager?«

»Ich weiß es nicht. Ja, sie sahen so aus, aber ich weiß es nicht. Sie hatten Farbe im Gesicht oder Schmutz ... Baumeister, sie wollten ... sie versuchten ... sie rissen mir die Beine auseinander ... Baumeister ...« Sie stammelte noch ein paar Worte, aber ich konnte sie nicht mehr verstehen. Sie war wieder ohne Besinnung. Ihr Gesicht war sehr weiß und sehr steinern.

»Der Krankenwagen kommt sofort«, keuchte der Fahrer hinter mir. »Die Bullen auch. Was ist denn? Wer ist denn die Frau?«

»Meine Frau. Sie ging hier spazieren.«

»Ach du Scheiße«, sagte er. »Guck mal, das Blut da am Bauch.«

»Sehe ich.«

»Und oben an den Beinen. Den Schweinen sollte man den Pimmel rausreißen!«

Minna bewegte den Kopf und atmete mühsam. Zuerst kam ihre Zunge zwischen den Lippen herausgekrochen.

»Ganz ruhig«, sagte ich, »ganz ruhig. Gleich kommt Hilfe. Ich bin hier. Keine Angst.«

Dann kam der Krankenwagen, gleich darauf ein Streifenwagen. Die Männer waren schnell und energisch. Ich erklärte ihnen kurz, was wahrscheinlich geschehen war, und als ich mit zu Minna in den Krankenwagen steigen wollte, sagte der Notarzt scharf: »Kommt nicht infrage, Mann. Sie steht unter Schock. Kommen Sie nach.«

Ich hockte mich ins Gras. Einer der Polizeibeamten kam zu mir. »Haben Sie eine Ahnung, wo das passiert ist?«

»Keine. Sie machte den Spaziergang allein. Sie sagt, es kann sein, dass es Leute vom Baron waren. Ich meine die vom Zeltlager da oben.«

»Na ja«, murmelte er zweifelnd.

Nach einer halben Stunde hatten sie den Tatort gefunden.

»Es war da vorne in einem Weizenfeld. Hier die Jeans Ihrer Frau. Wir fahren jetzt zu dem Zeltlager.«

»Ja, ja«, sagte ich matt. »Ich bin im Hotel. Wie finde ich das Krankenhaus?«

Er beschrieb es mir. Ich stand auf und ging zum Hotel. Das Restaurant war leer, an meinem Tisch saß der Baron und starrte mir entgegen. »Sie müssen nichts sagen«, sagte ich. »Blum war in Genf im Hotel *Beau Rivage,* als Watermann krepierte. Nicht wahr? Und Sie haben das gewusst. Westphal auch.«

»Es ist in den letzten Jahren alles außer Kontrolle geraten«, sagte er dumpf. »Ich habe das gewusst, ja. Ich wollte es nicht wissen, ich habe es geahnt. Die sind so fanatisch, lieber Gott. Was ist mit Ihrer Frau?«

»Sie haben sie vergewaltigt«, sagte ich. »Wissen Sie denn, woher Blum die Medikamente hatte, die Watermann eingetrichtert wurden?«

Er schüttelte den Kopf. »Weiß ich wirklich nicht. Damals fingen sie an, alles an mir vorbeizuplanen, ich wurde nicht mehr informiert. Ich denke, Gerber hat ihnen die Medikamente gegeben, oder?«

»Wahrscheinlich«, sagte ich. »Aber letztlich ist das auch egal. Wo ist Blum?«

»Verschwunden«, sagte er. »Er verschwand, kurz nachdem Sie gegangen sind.«

»Alles sauber, alles logisch«, sagte ich. »Ich fahre jetzt ins Krankenhaus.«

»Kann ich mitfahren?«

»Nein«, sagte ich heftig. »Zumindest diese Schweinerei hätten Sie verhindern können.«

Er starrte blicklos in die Gegend und nickte. »Westphal ist natürlich auch weg«, sagte er.

»Ist mir egal«, sagte ich.

»Er war ja damals auch in Genf«, sagte er tonlos. »Das habe ich erst später erfahren, als Blum sich mal verplapperte. Er hat sich Daun genannt. Ich habe das verdrängt. Sie sind die Mörder.«

»Wie schick«, sagte ich.

Zwei Polizeibeamte kamen herein. Einer von ihnen verbeugte sich linkisch vor dem Baron. »Im Zeltlager ist nichts festzustellen. Die Leute haben alle geschlafen. Ein paar haben Kratzer. Aber sie sagen, das stammt von den Streifzügen durch die Wälder. Tja, ich weiß nicht.«

Er wandte sich zu mir: »Sie ist nicht Ihre Frau, nicht wahr?«

»Nein, meine Freundin.«

»Sind Sie sicher, dass sie sich mit niemandem freiwillig eingelassen hat?«

»Noch so eine Frage, und Sie haben keine Zähne mehr«, sagte ich.

»He«, er wurde scharf und wollte irgendetwas Hitziges sagen.

Ich machte zwei schnelle Schritte und langte zu. Ich weiß nicht einmal mehr, wo ich ihn traf, ich erinnere mich nur, dass er auf einen Tisch fiel.

Dann ging ich nach draußen, setzte mich in den Jeep und fuhr in das Krankenhaus. Sie wollten mich nicht zu Minna lassen, sie sagten, sie seien noch bei der Untersuchung. Sie verwiesen mich in eine dieser trostlosen Sitzgruppen, die aus mir unerfindlichen Gründen in beinahe jedem Krankenhaus in der Regel zwischen zwei vergammelten Gummibäumen stehen.

Irgendwann kam ein junger Arzt vorbei und setzte sich mir gegenüber. »Sie ist nicht vergewaltigt worden«, sagte er. »Aber das macht kaum einen Unterschied. Sie ist genauso geschockt, als wäre es tatsächlich passiert.«

»Haben Sie eine Ahnung, wie lange sie hierbleiben muss?

»Wir würden gerne einen Psychologen hinzuziehen«, sagte er. »Sicher eine Woche. Es sind sehr tiefe seelische Wunden.«

»Ja, das will ich meinen. Haben Sie ein Schmerzmittel für mich?« Ich zeigte ihm den Gips an der Hand.

»Natürlich«, sagte er. Er verschwand und kam mit einer kleinen Packung Tabletten zurück. »Nehmen Sie zwei. Wenn Sie nicht schlafen können …«

»Ich habe keine Zeit zu schlafen«, sagte ich. »Sagen Sie ihr, ich komme so schnell wie möglich wieder, und ich rufe sie an.«

»Gut«, sagte er. Er war froh, mich loszuwerden.

Ich fuhr zum Hotel, ich packte unsere Sachen, ich lud sie in den Jeep und machte mich auf den Weg. Einmal, zwischen Ulm und Augsburg, bekam ich Regen. Ich öffnete alle Fenster und empfing die Nässe mit Dankbarkeit. In Augsburg ging ich wieder auf die B 23 und trudelte vor mich hin. Gegen Morgen, als der Lkw-Verkehr einsetzte, machte ich eine Pause auf einem Parkplatz und schlief zwei Stunden. Die Träume, die mich quälten, waren so ekelhaft, dass ich sofort weiterfuhr und nicht eher haltmachte, bis ich Oberammergau erreichte.

Ich ging in die nächste Drogerie und gab unsere Filme ab. Ich sagte: »Ich bezahle das Doppelte, wenn ich einen Abzug pro Bild innerhalb von zwei Stunden bekomme. Jedes Bild entwickeln, bitte, auch wenn es verwischt oder über- und unterbelichtet ist.«

Der junge Mann starrte mich an. »Behörde?«, fragte er.

»Polizei«, sagte ich, weil er der Typ war, der dann sofort ganz aufgeregt mit der Arbeit beginnen würde.

»Selbstverständlich«, sagte er. »In einer halben Stunde.«

»Danke«, sagte ich. Ich ging in das Hotel zur Post und bestellte ein Frühstück. Mir war schlecht, und jeder Bissen fiel mir schwer, und wenig später musste ich mich übergeben.

Ich holte die Bilder ab. Minna hatte gut gearbeitet, sie waren alle einwandfrei zu erkennen, von Lilo bis Blum. Ich packte sie in das Handschuhfach und fuhr in das Ammertal.

Es war schon heiß, und eine Menge Touristen waren unterwegs. In Linderhof rief ich Minna im Krankenhaus an, aber sie sagten mir, es hätte keinen Sinn. »Wir halten sie im Tiefschlaf«, sagte der Arzt. »Vor morgen Abend können Sie nicht mit ihr sprechen. Körperlich ist sie topfit, aber seelisch …«

»Tun Sie alles, was Sie für richtig halten«, sagte ich. »Geld spielt keine Rolle.«

Ich fuhr auf den Berg, es war sehr still, eine Unmenge von Schmetterlingen schwirrten in der heißen Luft.

Gleich hinter der ersten Serpentine musste ich hart in die Bremsen steigen. Da stand am Wegrand ein feuerroter Porsche mit einem Genfer Kennzeichen. Ich brüllte: »O nein!«

Natürlich, es war so einfach: Lilo hatte sich auf den Weg gemacht. Sie hatte es wahrscheinlich durch den Padrone erfahren, oder sie hatte immer gewusst, wo Gaetano war. Dann hatte sie mich belogen. Wenn sie all ihren Einfluss auf Gaetano geltend machen würde, dann war er als Zeuge verloren. Und der Wahnsinn würde sein: Sie hätte recht.

An Gaetanos Hütte standen jetzt zwei kleine Suzuki-Jeeps. Es war noch früh, wenn sie vernünftig waren, würden sie noch schlafen. Ich stieg aus und sagte laut: »Hallo!«

Nichts rührte sich.

Ich ging die zwei Stufen auf die hölzerne Veranda hoch. Die Tür der Hütte war offen, stand angelehnt. Das Schloss war offensichtlich zerbrochen. Nein, herausgeschossen! Ich sagte noch einmal »Hallo« in diese erdrückende Stille und machte dann die Tür ganz auf. In dem breiten Strahl aus Sonnenlicht war absolut nichts zu sehen. Staub tanzte in der Luft.

Ich erinnere mich, dass ich plötzlich eine atembeklemmende Furcht spürte. Ich dachte, ich könne nicht mehr atmen. Dann berührte ich die Tür.

Die drei Männer hatten sich drei Feldbetten dicht nebeneinander aufgestellt, und sie hatten alle drei keine Zeit gehabt aufzustehen.

Sie lagen im Bett, als schliefen sie. Gaetano in der Mitte. Sie hatten alle einen Einschuss genau in der Stirn, und das Blut war längst getrocknet und hatte einen schwarzen Hof und schwarze Striemen gebildet.

Gaetanos Beschützer kannte ich nicht, Freunde aus der ehrenwerten Gesellschaft, die versagt hatten.

Wo war Lilo?

Ich drehte mich herum und sah sie in eine Decke gehüllt in einem alten Schaukelstuhl sitzen. Sie hatte ein Loch in der Stirn.

Ich hockte mich an den Steilhang in den Schatten einer windschief gewachsenen Birke und stopfte mir eine Pfeife. Ich durfte nicht hektisch werden, vor allem musste ich jetzt schnelle und möglichst richtige Entscheidungen treffen. Es machte wenig Sinn, zu überlegen, wer diese Morde begangen hatte. Nichts machte sie ungeschehen.

Gaetano war der Mann, der Blum und Westphal hätte einwandfrei identifizieren können. Jetzt nach weiteren Kollegen Gaetanos zu suchen, um sie zu einer Aussage zu überreden, brachte diesen Menschen nur Gefahr. Wer auch immer hinter dieser unglaublich brutalen Tat steckte, wichtig war jetzt nur, dass jemand versuchte, möglichst gründlich aufzuräumen.

Das nächste Opfer würde ich sein. Ich setzte mich in meinen Jeep, um den ausgewaschenen Weg nach Linderhof zurückzufahren. Ich ging in das Hotel und bat um den Geschäftsführer. Ich erklärte ihm, dass ich einen abgeschlossenen Raum und ein Telefon brauchte, und zwar für mindestens zwei Stunden, dass er aber keinesfalls zu fürchten habe, dass ihm irgendwelche Schwierigkeiten daraus erwachsen würden. Er sagte: »Das geht.« Er arrangierte es innerhalb von fünf Minuten.

Ich holte mein Namensverzeichnis aus dem Jeep und blätterte es langsam durch. Was geschehen war, war geschehen. Auf eine Stunde mehr oder weniger kam es jetzt nicht an. Ich blätterte in den Namen und versuchte, mich auf die Gesichter zu konzentrieren. Wer war so absolut zuverlässig, dass er in dieser Situation ohne Rücksicht auf Ämter und Macht verfuhr? Wer von ihnen dachte dabei nicht an die eigene Karriere? Ich erinnerte mich deutlich an Kröner, Oberstaatsanwalt Dr. Kröner. Aber er war nicht zuständig für das hier. Er hockte zur besonderen Verwendung auf der Zeil in Frankfurt und war mit der Drogenbekämpfung beschäftigt. Wahrscheinlich würde er nichts tun können, wahrscheinlich würde er sagen: »Ich kann den Kollegen im Landkreis Garmisch nicht in die Parade fahren«, oder irgendetwas in der Art.

Ich rief ihn an, ich hatte gar keine Wahl. Ich kam sofort durch, ich sagte: »Siggi Baumeister hier, erinnern Sie sich?«

»Aber ja, schön von Ihnen zu hören. Was kann ich für Sie tun?«

»Einiges! Ich hocke hier mit vier Erschossenen in Linderhof im Ammertal. Ich weiß, dass Sie nicht zuständig sind, aber Sie müssen mir jetzt fünf Minuten zuhören und dann mit mir gemeinsam überlegen. Geht das?«

»Das geht. Sie klingen ziemlich durcheinander.«

»Ich bin durcheinander. Hören Sie zu, es geht um den toten Watermann.«

»Etwa um Genf und den Watermann im Hotel?«

»Um genau den. Und wenn Sie …«

»Ach du Scheiße …«

»Dr. Kröner, hören Sie mir zu. Selbst wenn Sie nicht zuständig sind, brauche ich Ihre Hilfe, denn ich habe den Beweis oder besser gesagt, gleich mehrere Beweise, dass Watermann ermordet wurde. Und ich weiß auch, wer es getan hat. Wenn ich jetzt einen einzigen falschen Zug tue, bin ich tot.«

»Ist das Ihr Ernst? Und was ist mit den Toten? Wollen Sie mir erzählen, dass vier Erschossene neben Ihnen liegen?«

»Nicht gerade neben mir, aber so ähnlich. Hören Sie mir jetzt zu?«

»In Gottes Namen«, sagte er.

Ich berichtete ihm so knapp ich konnte, und glücklicherweise wurde ich beim Erzählen immer ruhiger. Als ich endete, sagte ich: »Das ist der Stand der Dinge. Jetzt weiß ich nicht weiter.«

»Das verstehe ich«, sagte er gelassen. »Sie müssen jetzt vor allem Ruhe bewahren. Ich werde zunächst veranlassen, dass Ihre Freundin sofort aus dem Krankenhaus verlegt wird. Es ist zu riskant, sie dort zu belassen. Leuchtet Ihnen das ein?«

»O Gott, ich Arschloch. Daran hätte ich denken …«

»Nun gut, Sie haben mich ja jetzt. Also zunächst mal das. Ich nehme übrigens dieses ganze Gespräch auf Band auf, ist das okay?«

»Völlig okay. Weiter.«

»Nach allem, was ich von Ihnen gehört habe, glaube ich nicht, dass Gerber an der Sache persönlich beteiligt war oder ist. Der Mann ist clever, der hält sich raus, der agiert höchstens im Hintergrund und zieht von dort aus seine Fäden. Ich benachrichtige zunächst einmal die Staatsanwaltschaft Garmisch. Die müssen sich um die Leichen kümmern. Ich werde die Aufklärung im Sinne der massiven Bundesinteressen an mich ziehen. Ich kann und werde behaupten, dass internationale Drogenschieber mit der Sache zu tun haben. Dann können wir die vier Toten als Opfer einer Mafia-internen Auseinandersetzung verkaufen. Haben Sie das verstanden? Falls jemand Sie fragt, antworten Sie immer: Ich bin nicht befugt zu antworten, und ich weiß nichts. Sagen Sie das auch jedem Bullen, ob im Anzug oder in Uniform. Okay?«

»Okay. Weiter.«

»Nehmen wir an, Gerber steuert das. Was wird er jetzt denken? Er muss unter allen Umständen versuchen, an Sie heranzukommen. Er darf nicht verlieren und schon gar nicht als Drahtzieher auftauchen, sonst kann er sich nach Sibirien absetzen. Also muss er alles versuchen. Er wird es nicht mehr mit Bestechung versuchen, er wird Sie töten wollen. Kommen wir ihm entgegen, wir müssen Sie als Lockvogel benutzen. Haben Sie eine Vorstellung, wie das geschehen kann, ohne dass es auffällt?«

»Ja. Ich sehe eine Möglichkeit. Ich habe Ihnen von dem Baron von Windlingen erzählt. Diesen Mann können wir einspannen. Entweder Westphal oder Gerber oder sein Sekretär Blum werden ihn anrufen. Dann sollte er vielleicht nebenbei erwähnen, dass er mich für einen seltsamen Vogel hält. Dass ich in die Eifel zurückgehe, um diese Geschichte zu schreiben. Nicht mehr, nicht weniger. Ich bin in der Eifel leicht zu finden, außerdem habe ich Visitenkarten verteilt. Die Falle ist mein alter Bauernhof in der Eifel. Geht das?«

»Das geht. Noch etwas, Baumeister: Halten Sie nirgendwo unnötig an, halten Sie an Tankstellen auf der Autobahn, aber niemals auf Rastplätzen, die einsam liegen. Fahren Sie durch bis zu Ihrem Haus, fahren Sie den Wagen in die Garage, und schließen Sie die Haustür hinter sich ab. Ich melde mich.«

»Danke.«

Ich bezahlte, setzte mich in den Wagen und gab Gas. Ich musste so schnell wie möglich versuchen, nach Hause zu kommen. Ich schaffte es über verstopfte Autobahnen in fünf Stunden und vierzig Minuten, und ich möchte gar nicht wissen, wie viele Fahrer auf der Autobahn über mich fluchten, weil ich sie schnitt oder zu dicht auffuhr oder ihnen einfach den Vogel zeigte.

Ich kam in den kühlen Hausflur, Krümel schlich die Treppe herunter, rieb sich an meinen Beinen und schnurrte. Ich sagte: »Guten Tag«, und rief Kröner sofort an. »Ich bin da.«

»Das weiß ich schon«, sagte er. »Leute von uns hocken in dem belgischen Laster, der oben am Sportplatz steht. Heute Nacht komme ich nach. Ich habe einem meiner Leute Ihre Freundin anvertraut. Sie ist bereits auf dem Weg in ein anderes Krankenhaus, sie lässt Sie grüßen. Ein weiterer Mann ist bei dem Baron. Ich denke, wir können nur noch warten.«

»Falls überhaupt irgendetwas passiert«, sagte ich.

»Oh«, er lachte, »darauf verwette ich mein dreizehntes Monatsgehalt. Die können gar nicht anders, die müssen weitermachen. Steht Ihr Wagen in der Garage?«

»Ja.«

»Wo arbeiten Sie normalerweise?«

»Im linken Raum im Erdgeschoss. Dicht am Fenster.«

»Arbeiten Sie ab sofort im Obergeschoss. Und zwar so, dass ein direkter Einblick möglich ist. Geht das?«

»Das geht. Sonst noch etwas?«

»Ja. Die Haustüre muss zugeschlossen sein. Das Licht an Ihrem neuen Arbeitsplatz muss ab heute Nacht ständig brennen, nur tagsüber nicht. Kommen Sie erst aus dem Haus, wenn Sie sicher sind, dass niemand auf dem Hof ist, den Sie nicht kennen. Meine Leute werden keinen Kontakt zu Ihnen aufnehmen, niemand im Dorf wird auch nur ahnen, was vor sich geht.«

»Haben Sie eine Vorstellung, wie lange die brauchen werden, um hier aufzukreuzen?«

»Nicht die geringste«, sagte er. »Wir müssen Geduld haben. Ich habe Ascheburg vom Express angerufen. Er wird einen Satz einschieben: Dass Sie mittlerweile in Ihrem Haus in der Eifel sitzen und genügend Beweise haben, um jede Selbstmordthese zu kippen. Das muss reichen, das macht jedem Lahmen Beine.«

»Du lieber Gott, was tue ich denn, wenn jemand mich besuchen kommt, um ein Schwätzchen zu halten?«

»Den werden Sie abwimmeln. Freundlich, aber bestimmt.«

»Na gut. Versprechen Sie mir, mich anzurufen, wenn es losgeht?«

Er lachte etwas heiser. »Das verspreche ich.«

Draußen war es noch immer heiß. Ich ging einmal langsam durch den Garten, sah nach den Blumen und Büschen und hörte die Glockenunken an der Mauer.

»Macht's gut«, sagte ich, »euer Herr und Meister hat die Hosen voll.«

Langsam kam der Abend, ich sah mir die Tagesschau an, dann einen selten dämlichen Film auf RTL, der wahrscheinlich nur gedreht worden war, weil der Produzent mit der Hauptdarstellerin ins Bett gehen wollte.

Gegen elf Uhr brauste Schoko auf den Hof. Schoko heißt eigentlich Frank, ist dünn, blond und vorwitzig und kommt von Zeit zu Zeit, um mir Vorträge darüber zu halten, dass ich eigentlich konservativ bin, alten Zeiten verhaftet, mit Vorurteilen zugenagelt und Ähnliches mehr. Er grinste auf seine durchaus liebenswürdige Art und fragte: »Hast du einen Kaffee für mich?«

»Leider nicht. Ich muss arbeiten«, sagte ich.

»Das macht nichts«, sagte er. »Dann kaufe ich meinen Kaffee eben im Teller.«

»Tu das«, sagte ich.

Er war etwas irritiert, als ich mich herumdrehte und ihm die Türe vor der Nase zuschlug. Es war sicher, dass er länger darüber nachdenken würde.

Gegen zwei Uhr morgens klingelte das Telefon, ich hob ab, meldete mich, aber niemand antwortete. Es klackte leise, und dann wurde wieder eingehängt. Gleich darauf klingelte es wieder. Diesmal war es Kröner.

»Das war ich eben. Wir wollten nur die Leitung prüfen. Ich bin jetzt hier. Lassen Sie das Licht brennen, lange kann es nicht mehr dauern.«

»Hatte der Baron den Anruf?«

»Ja«, sagte er. »Ungefähr vor einer Stunde. Es war Blum, der anrief. Es war Blum, der sich nach Ihnen erkundigte. Der Baron antwortete wie abgemacht. Wir können also damit rechnen, dass sie bald aufkreuzen. Versuchen Sie aber, noch zu schlafen.«

»Wo fangen Sie sie ab?«

»Auf der Autobahn und sämtlichen Bundesstraßen.«

»Gott sei mit mir.«

»Ganz richtig«, sagte er. »Da gibt es noch eine Frage, die wir klären sollten. Gibt es in Ihrem Haus irgendeine Ecke, in die Sie flüchten könnten, wenn es ernst wird? Es ist nicht auszuschließen, dass die mit schwerem Geschütz anrücken wie Sprengstoff oder auch Handgranaten.«

»Wollen Sie mich verarschen?«, fragte ich.

»Nicht im Geringsten«, sagte er. »Wir könnten auch versuchen, Sie vorher aus dem Haus zu holen. Aber das erscheint uns fragwürdig. Wir können andererseits nicht garantieren, dass nicht irgendein Idiot sein Päckchen auf Ihre Schwelle legt.«

»Na gut. Sehen Sie mein Haus? Ich bewohne von Ihnen aus gesehen die rechte Hälfte. Erdgeschoss und Obergeschoss. Die linke Hälfte hat oben einen alten Dachboden, in dem Stroh lagert. Ich kann auf diesen Dachboden gelangen. Darunter liegt der alte Stall. Sehen Sie die Garagentür? Das ist in Wirklichkeit die Tür zum alten Stall. Auch dorthin kann ich über den Dachboden.«

»Gut. Wenn es ernst wird, dann gehen Sie dorthin. Durch bis zur Mauer. Ist das klar?«

Es war sechs Uhr morgens, als er erneut anrief und knapp sagte: »Sie kommen. Sie kommen in zwei Wagen. Drei Männer in einem schwarzen Porsche, vier in einem Ford-Granada-Kombi. Es sind also sieben. Sie werden vermutlich nicht sofort angreifen. Sie werden erst einmal die Lage erkunden.«

Es ist merkwürdig: Nach zehn Jahren im Dorf glaubst du, alles zu kennen. An so einem Tag stehst du ohne Pause hinter den Gardinen und merkst, dass du nichts kennst. Die Beckers von gegenüber, die Huths von schräg gegenüber, die Lenzens von nebenan – sie alle verbringen einen normalen Tag, gehen ihren Geschäften nach. Du kennst Martha von der Post, die Tag für Tag ihre Runde durch das Dorf läuft, du kennst Christa, die Frau vom Walter, die mit den Kindern den Wochenspiegel austrägt. Du kennst den Milchwagen, der um elf Uhr durchfährt und die Milch aus den Kübeln absaugt. Du kennst die Frau vom Barger, die morgens in ihr Fernseh- und Radiogeschäft fährt und mittags heimkommt, um dem Mann und den Kindern das Essen zu machen. Du kennst Gaby von nebenan, die ihren Polo gut gelaunt schnurrend die Straße hochziehen lässt, weil sie die Schule in Gerolstein hinter sich hat und nun froh ist, in den Tag zu gehen. Alfred rauscht mit seinem 100-PS-CASE vorbei und hebt vorsichtshalber die Hand zum Gruß, obwohl er dich nicht sehen kann. Der alte Leyendecker kommt die Straße in seinem Trecker hoch und hat die Enkelkinder auf den Schutzblechen der Hinterräder hocken – das alles kennst du, das ist nicht neu.

Aber da gibt es andere Dinge, die plötzlich sehr neu sind. Du fängst an, darüber nachzudenken, ob du bei Westwind hören wirst, wenn jemand versucht, in das Haus einzudringen. Du denkst, du kannst auf dem alten Bullenplatz Rasen säen und eine Bank hinstellen. Du siehst eine alte Frau humpelnd die Straße entlang gehen, fragst dich, wer sie wohl sein mag. Du hast sie tausendmal gesehen, und du hast nie gefragt, wer sie ist. Der Wagen der Eifelbäckerei kommt und lässt seine elektrische Klingel schrillen. Er bringt Brot, das weißt du. Aber hast du jemals beobachtet, wie der Fahrer aufsteht, nach hinten zu dem Verkaufsstand geht, die Arme verschränkt und wartet, ob jemand kommt? Manchmal kommt keiner, was denkt er dann? Verflucht er den Tag? Arbeitet er gegen Festgehalt, gegen Provision? Ist er am Verkauf prozentual beteiligt? Da geht ein Ehepaar in der grellen Sonne die Straße hoch. Du weißt, sie sind aus Düsseldorf, haben sich einen alten Hof ausgebaut. Aber du weißt nicht, welchen Beruf der Mann hat, welchen die Frau.

»Krümel«, sagte ich, »es ist komisch, aber eigentlich weiß ich nicht viel über meine Heimat.«

Gegen fünfzehn Uhr rief Kröner erneut an. »Wir haben Schwierigkeiten. Ihre Freundin ist aus der Uniklinik in Ulm entwischt. Wir konnten sie gerade noch abfangen. Wissen Sie, was die vorhatte? Sie stieg in ein Taxi und sagte: Fahren Sie mich in die Eifel! Wir hatten Schwein, dass wir mit so etwas gerechnet hatten.«

»Seien Sie vorsichtig, das Biest ist raffiniert.«

Er lachte. »Das ist die richtige Einstellung.«

Am Spätnachmittag hörte ich, dass Jakob Lenzen, mein Nachbar zur Rechten, an seinem Trecker herumhämmerte, seine Tochter Gaby spielte mit jemandem, den ich nicht kannte, Tischtennis. Die Kinder vom Michael Eichhorn links neben mir schoben ihre Boards die Straße hinauf und rauschten dann glücklich zu Tal. Gegen acht Uhr wurde die Sonne matter, gegen neun Uhr ging sie hinter den Höhen schlafen, gegen elf Uhr rief Kröner an.

»Sie werden nachts kommen. Wir schätzen gegen zwei, drei Uhr. Sie werden die Rückseite der Wiese nehmen, dann von Osten über den Gartenzaun kommen. Wenn es so weit ist, lasse ich das Telefon dreimal klingeln. Sie gehen dann rüber auf den Boden, dann runter in den Stall.«

»Gut. Und sagen Sie ihnen, sie sollen schnell machen. Diese Warterei ist furchtbar.«

Sie kamen um drei. Das Telefon schrillte dreimal, ich ging hinauf auf den Dachboden und schloss die Tür hinter mir ab. Ich hatte überlegt, dass es schlecht war, gar nichts mitzubekommen. Deshalb hatte ich drei Dachpfannen in bequemer Höhe herausgenommen und steckte jetzt meinen Kopf durch die Lücke.

Sie kamen zu viert in grader Reihe auf die Rückfront zu. Als sie noch etwa zehn Meter entfernt waren, hörte ich die Türklingel schellen. Also waren jetzt zwei oder drei vor dem Haus. Einer von den vieren hinten trug eine Leiter bei sich, lehnte sie jetzt routiniert gegen die Hauswand und stieg sofort zum rückwärtigen Fenster meines Arbeitszimmers hoch. Die Scheibe knallte, als er sie einschlug.

Das war das Signal. Plötzlich waren überall Scheinwerfer, und jemand sagte sehr ruhig durch ein Megafon: »Nehmen Sie die Hände hoch. Alle. Die Waffen weg! Los, die Waffen weg. Westphal! Sie auch!«

Drei von ihnen blieben stehen und drehten sich herum. Irgendetwas fiel auf den Boden. Der, der längst auf der Fensterbank des Arbeitszimmers hockte, schrie: »Wenn ihr irgendwas macht, irgendwas, lasse ich die Bude hochgehen!«

»Machen Sie keinen Quatsch, Blum. Sie haben keine Chance.«

»Reden Sie kein dummes Zeug«, schrie er zurück.

»Blum, seien Sie doch vernünftig. Hier ist überall Polizei. Wenn Sie sich wehren, sind Sie ein toter Mann.«

»Ich lasse die Bude hochgehen«, schrie er.

Ich hörte ihn durchs Haus poltern, er erreichte den Flur, er kam die Treppe hoch.

Kröner sagte in sein Megafon: »Blum, Baumeister ist gar nicht im Haus.«

Blum antwortete nicht.

Ich hörte, wie er an der Tür zum Dachboden vorbeiging, dann zurückkehrte, dann die Klinke herunterdrückte. Ich rutschte durch die alte Holztür auf den

Heuboden und glitt so schnell ich konnte zur Luke nach unten. Ich zog sie hoch, nahm den Rand und ließ mich hinunter. Ich hörte, wie er auf dem Dachboden die Tür eindrückte und dann hineinkam.

»Blum, kommen Sie heraus!«, dröhnte Kröner.

»Scheiß dir was!«, sagte Blum unterdrückt.

Ich nahm den Griff des Garagentors und hebelte ihn aus. Ich drückte die Tür auf und verfluchte zum x-ten Mal, dass ich seit zwei Jahren Mennige draufschmieren wollte. Es kreischte wie in einem Horrorfilm. Aber ich war draußen.

»Kommt er jetzt?«, flüsterte eine Stimme neben mir.

»Er kommt«, antwortete ich und glitt neben ihn.

Blum hing wie ein tiefdunkler Schatten in der Luke und ließ sich fallen. Er begann sofort zu schießen.

»Blum!«, schrie Kröner. »Sie sind wahnsinnig!«

»Halt die Schnauze, Bulle!«, keuchte Blum. Dann erschien er in dem großen Viereck.

Der Mann neben mir schoss. Er sägte Blum buchstäblich die Beine weg. Blum keuchte und beugte sich vor. Dann fiel er. Der Mann neben mir rief: »Alles klar. Krankenwagen, bitte!«

Blum war besinnungslos.

»Ich brauche eine Zigarette«, sagte ich.

Jemand reichte mir eine Schachtel und gab mir Feuer.

»Nur die Ruhe«, sagte er gutmütig, »es ist alles vorbei.«

Ich sah verständnislos zu, wie Männer vorwärtsgestoßen wurden, wie man sie in einen grünen Laster verfrachtete, wie Kröner eilig hin- und herlief und Befehle gab, die ich nicht verstand.

Eine Frau hinter mir sagte atemlos: »Baumeister, du bist ein leichtsinniger Arsch!«

»Ach«, sagte ich, »das ist gut, dass du da bist. Wie teuer ist denn so ein Taxi von Ulm in die Eifel? Ich muss dir übrigens noch die beiden Glockenunken im Garten vorstellen. Ich habe sie Kastor und Pollux genannt, weil ich nicht weiß, wer das Weibchen ist.«

Jacques Berndorf

DER MONAT VOR DEM MORD

Taschenbuch, 208 Seiten

ISBN 978-3-940077-52-3

10,00 EURO

Nicht immer steht die Tat am Anfang

Neuauflage: Ein frühes Meisterwerk des Eifelkrimi-Königs

Niemand ahnt etwas von Horstmanns Träumen. Für seinen Chef ist er der hochqualifizierte Chemiker, der nur in Formeln denken kann. Für seine Kollegen, besonders für Ocker, ist er der nette, immer ein wenig zerstreute Weltfremde.

Seine Träume? Er braucht Geld, um sie realisieren zu können. Viel Geld. Ein neuer Forschungsauftrag kommt ihm daher sehr gelegen. Der Auftrag lautet, ein Mittel gegen einen verheerenden Kiefernschädling zu entwickeln. Horstmann will dieses Mittel schneller finden als die Kollegen, schneller als die Konkurrenz.

Umsichtig und raffiniert macht er sich an die Arbeit, die ihn seinem Ziel einen Schritt näherbringen soll. Einem Ziel, das er ohne Gewalt nicht erreichen kann. Einem Ziel, das einen Monat entfernt vor ihm liegt.

Deutschlands meistgelesener Krimiautor hat in seinem Fortsetzungsroman im „stern" den Zeitgeist der Siebziger Jahre eingefangen uns seziert mit dem aufmerksamen Blick des Journalisten und dem großen Talent eines versierten Erzählers das Kleinbürgertum in einer wilden Zeit des Aufbruchs.

»... schon damals – lange vor den Eifel-Krimis – erwies er sich als überzeugender Baumeister spannender Handlungsbögen. Ein ungeschöntes, unerbittliches Buch.« (Thomas Przybilka, Die Alligatorpapiere)

KBV

KBV KRIMINALROMAN

Manfred Lang

SCHATTENWÖLFE

Taschenbuch, ca. 220 Seiten
ISBN 978-3-95441-767-4
13,00 EURO

Tief unter der Erde warten Antworten, die alles verändern könnten …

Mechernich, November 1981. Als auf dem Gelände des stillgelegten Tagebaus Bleiberg ein Toter gefunden wird, stößt die junge Stadtbeamtin Lena Cremer auf Hinweise, die nicht zu einem Unfall zu passen scheinen. Neugierig und gegen alle Warnungen beginnt sie nachzuforschen. Alte Fotografien, verschlossene Akten und rätselhafte Drohungen öffnen ihr und dem Lokalreporter Albert Neesgen ein Tor in eine Vergangenheit, die nie wirklich begraben wurde. Unter der Eifelerde scheint ein Geheimnis zu liegen, so alt wie der Krieg und so brisant, dass Generationen geschwiegen haben.

Je weiter Lena und Albert vordringen, desto deutlicher spüren sie den Atem jener, die dieses Schweigen um jeden Preis bewahren wollen. Denn manche Fracht, die einst die Wirren der Geschichte durchquerte, wurde nicht zerstört – nur sorgfältig verborgen. An einem Ort, den niemand vermutet hätte.

Zwischen vergessenen Stollen, der politischen Kälte des Kalten Krieges und persönlichen Abgründen beginnt ein Wettlauf gegen Gegner, die im Schatten agieren und die nichts zu verlieren haben.

Nach zahlreichen unterhaltsamen und humorvollen Büchern präsentiert der Eifelkenner Manfred Lang seinen ersten spannenden Kriminalroman aus der Heimat.